蹚过湘西的河流

TANGGUO
XIANGXI DE HELIU

吴军辉 著

作家出版社

图书在版编目（CIP）数据

蹚过湘西的河流 / 吴军辉著 . -- 北京：作家出版社，2022.11

ISBN 978 - 7 - 5212 - 1984 - 5

Ⅰ.①蹚…　Ⅱ.①吴…　Ⅲ.①散文集 - 中国 - 当代　Ⅳ.①I267

中国版本图书馆 CIP 数据核字（2022）第 142107 号

蹚过湘西的河流

作　　者：吴军辉
责任编辑：田小爽
装帧设计：留白文化
出版发行：作家出版社有限公司
社　　址：北京农展馆南里 10 号　　邮　　编：100125
电话传真：86 - 10 - 65067186（发行中心及邮购部）
　　　　　86 - 10 - 65004079（总编室）
E - mail: zuojia@zuojia. net. cn
http: // www.zuojiachubanshe.com
印　　刷：唐山嘉德印刷有限公司
成品尺寸：145 × 210
字　　数：190 千
印　　张：8.25
版　　次：2022 年 11 月第 1 版
印　　次：2022 年 11 月第 1 次印刷
ISBN 978 - 7 - 5212 - 1984 - 5
定　　价：52.00 元

代 序

　　二〇一六年，我以二十七年军龄从军队转业。在等待安置期间，我着手翻阅从学生时代至今，跨度几十年的旧日手稿。有诗歌、散文，或介于二者之间的散文诗，也有几个中短篇小说雏形。初略翻阅的那几天，我感受到发自内心不由自主的震颤。这份感触来源于那些手稿带给我的关于人生旅途中的记忆与感动。二十余年来，因为工作繁忙，我无暇顾及这些束之高阁的手稿，它们有的是一个片段的记叙，有的就是某时某地一个情绪的影子，但串联起来，即是一个普通湘西人在湘西几十年的人生脉络。于是，我决定从中选择一些篇目进行整理，集中起来便有了这本散文集，或者说非虚构作品集。

　　是的，这是一个平凡的湘西人在湘西几十年不间断而又不刻意的叙述。这些篇目里，大部分写的是湘西本地或身边的人和事，少数叙述域外物事为主的篇章，每时每刻都紧贴着一脉湘西人的思绪，勃动着一副湘西人的情怀。二十余年昂扬的军旅生涯，从文学的角度来看，似乎缺少惯常与湘西文脉深入契合的机缘或纽带；作为一个湘西人，又似乎从本性上不期然疏远了湘西的文脉之道。但恰好是这种并非有意而为的疏离，却让我透过军营这个独特的窗口，二十余年从内心默默地守候、注目湘西物事。火热的军营不仅有铿锵的气质、豪迈的激情，也有家国意气、儿女情长。就好比诗歌，不仅有豪情万丈，也有温情软语，同样与军营的气质相辅相成。

诗人艾青说："为什么我的眼里常含泪水？因为我对这土地爱得深沉。"从出生至今，四十余载时光，我肆意地从湘西的土地吸纳生命的涵养，放纵自己的思想在这片土地的温床里滋长蔓延，并放任自己以一个纯粹湘西苗族后生的身份，尽情撷取湘西儿女与这片土地相依相恋的自豪与收获。在《怀恋仁农内》的结尾，有这么一段话："这些年名山大川到的实在不少，每一处仿佛都有独特的气象，若论内涵又都仿佛不及仁农内。仁农内太过于细致精密，我熟悉它就像自己的身体，每一处都有迹可循，于是每一处又都有情节有故事。我甚至武断地认为，若老家没有一座山，那实在是一件极为遗憾的事情。当然也可以有湖泊，有江河。我还是固执己见地断定，山是一切的源头，包括江湖之源。金庸说有人的地方就有江湖。长年累月行走江湖之间，偶尔，特别地怀恋仁农内……"这一段话写的既是对老家一座山的依恋，也是对湘西的依恋。选辑的许多篇目都在有意无意间流淌和传递这份不绝如缕的情感。

崇尚自然在我的思想中具有根深蒂固的位置。湘西山水人文如此之美，或许仅仅作为一种喜爱与自然流露，文章采用自己熟悉的方式。首先是诗化的语言与诗歌的意象普遍运用。这得益于年少时与诗歌的亲近。无疑，诗的语言和意象更容易潜入思想，深入灵魂，使表达的内容在张力上更趋于伸展自如。有几个篇目在文体形式上更趋向散文诗，这主要是早期作品，我也选择几个篇目作为代表。如《古苗河之梦》，基本上可以直接归为散文诗，都是些二三十年前的文字，属于年轻时代的思绪。从少年到中年，那些篇目落笔时的感觉已经很难追索，所以改动也最少。而像《卓然的湖泊》等部分篇目虽有简单的情节，但具体表达的思想同样比较抽象与婉约。其次借鉴小说的结构，使情节跳跃鲜活。身处和平年代，即便长期在军营工作，绝大多数的军人都无缘那种千军万马万里疆场的雄浑豪迈，尤其现代意义上的军营。但长期的军营生活对一个人性情的淬炼却显而易见，对为文的影响表现为情节的起伏跌宕。于是，有些篇目中借鉴了小说的结构，如《我们的高原》等，这些篇幅相对比较长，最长的甚至超过万字，如果平铺直叙，显然难以进行。三是内容选择具有广泛性，又充分兼顾到广泛意义的自然与人文情怀。有的涉及湘西风俗民情、历史文化，还有的浅涉军营生活。既有对历史的追索，也有对现实的拷问。当然，这些内容基本上穿插相融，是文章不同因子的有机组合，并没有人为地进行剥离或孤立起来。在《施其美》等篇目中，我用比较大的篇幅融入历史文化，不仅表达我对苗族历史文化的粗陋认识，同时也烘托人物生活的场景与背景。

　　我并不是一位惯常意义上的为文之人，没有这种向往，也深知自己底蕴浅薄。相反，我甚至潜意识里抗拒自己成为这样的一个人。我在《青春的记忆》中有一句话："我非常明确地拒绝在我年轻的时候沉浸于当一只啼泣的夜莺。"说的就是这层意思。所以，本书所有文章只是工作的间隙随性写的，如此简单。这反倒避免过度沾染市侩气息，给自己保留一方疏朗有致的空间。当然，作为一名湘西人，一名有着二十七年军龄的转业军官，我心中也根植深厚的家国情怀与民族情结，刻印着湘西人悲天悯人、崇尚自然的天然本色，这些无法磨灭的印迹，亦自然而然地流淌于本书的字里行间。

本书存在许多不足，留下许多遗憾。由于阅历与经历局限，涉及湘西文化时，深度总体不够，有轻描淡写浮光掠影之嫌，而对湘西某些本土特色的风俗文化，有意进行淡化处理，经常欲言又止，欲雨还晴，语言上过于严肃，削弱文章的表现力。特别是作为一名军人，或者普通公务员，对待工作与生活细节的描述都不可恣意妄言，对文章的艺术性、文学性，有意无意间形成一道栅栏。同时，由于诸多篇目涉及真人真事，为避免给当事人带来困扰，我对人物姓名均作了变动，个别的篇目里对相关事情的某个情节进行过善意的改动，而情节变动直接影响原有的效果。所以名为散文集，实际上严格来说，有的篇目只能算非虚构作品。因为文章集中于近期整理，为使内容趋于丰润，增加个别后期发生的事情，但完成日期并没有更改，可能在时间层次上会产生违和感。

河流很近也很远。它在每个人心中蜿蜒，也流落人世间。江湖存在于古代，侠肝义胆，仗剑天涯；也存在于现世，车水马龙，市井阡陌。人生起伏，犹如河流跌宕。湘西的河流，是流经湘西的一条河，也是流经湘西的大小河流。是河流，也是湘西的土地，更是这片土地所承载的植物万象、风土民情。它是与湘西相濡以沫的一个段落，也是与湘西荣辱与共的人生体验。它是偶然，也是必然。

蹚过湘西的河流，携带湘西的特性与风流，如承载河流的土地一般，水乳交融。远涉你的河流，终将与你共拥江湖世态，人世荣辱。"凡是过往，皆为序章。"湘西如此深刻地根植于骨髓，蹚过不仅路远道长，而且深入心扉。这是一场舒适的人生探讨，也是一场与湘西大地坦诚的时空对话。所写又多是凡人凡事，平淡而恬静。

无论蹚过湘西的哪一条河流，哪一个角落，得以远涉你的土地，从你的江湖路过，就是最美的人生。

是为序。

写于 2019 年 8 月

目录 ·

寻找瓦尔登湖

　　湘西在悉力打造"神秘湘西"核心品牌。湘西文联主办的文学期刊与之贴近，刊名《神地》。湘西从来不缺文人墨客，《神地》是湘西文学大本营，许多作者像星辰冉冉升起，由此走出湘西，走出湖南。年少时懵懂，总感觉"神地"之名出格怪异。二十多年后方能品赏出其间之妙境。一个"神"字，高贵而神圣，既概括湘西地域神巫文化特性，又赋予文学神秘的秉性。神地还是一种向往的高程，期望作者们都能到达神奇的境界，在神秘之地起舞翩跹，忘我舒展。

　　随着时间推移，阅历增多，我对生活的这块土地产生深深的膜拜。行走在湘西大地，入眼便让人怦然心动。放眼阔望，赋予一定的社会物质条件，入眼之处都够得上 5A 级景区品质。目前湘西正在全面建设生态文化保护区，致力于创建国内外知名生态文化公园。我想凭任湘西的禀赋，当以一万五千平方公里的载体，申报世界自然和文化双重遗产。

由于工作关系，对湘西的地形地貌多有了解。加上对山川景物的特殊喜好，不少地方自己都慕名涉足。奇峰竞秀，万涧涌流，每一次到基层，都是一路风景一路歌。到吉首工作后，便发现吉首境内峡谷纵横，或壮美雄奇，或玲珑秀逸。正是万千风情，处处锦绣。

任何一处地方能成为风景，都有其内涵所在。看懂风景的人，对景物常看常新。对于人生而言，每个人都有自己的风景，状态突兀也并非风景的极致。除却凤凰古城已然蜚声中外，湘西极致的景观在哪里呢？我不止一次追问自己，并与身边的同事和朋友讨论过这个问题，每一次总有不同答案。那是因为每一次的心境并非一致，内心对于景致的吸纳和认同就不一样。或许是那样能全面代表湘西特色的全能型景观尚等待横空出世。

眼下，我就在寻觅湘西的瓦尔登湖。在我还没能通读《瓦尔登湖》的时候，瓦尔登湖就一直幽居在我心里。没能通读，那是因为这本书没有一定的社会阅历，没有品味过人生沧桑跌宕，没有一定的思维层次，很难读懂，或者根本读不下去。身陷凡世之中，往往尘埃飘扬，惯于随波逐流，对生活尚且自顾不暇，更妄言返璞归真，自是没能安身静心，读不通也是自然。就像波士顿郊外康科德小镇的瓦尔登湖，时而平静如镜，时而翻波摇浪，躲藏在二千八百余英亩橡树与松树为主所组成的森林褡褓之中。瓦尔登湖并不大，用一个小时便足够沿湖畔小径走上一圈。湖的美在于与四周景物的无缝契合，若神的指引般流落风尘，恰似收纳并照耀自然美景的一面明镜。瓦尔登湖是一个世纪以来避世隐居与超验主义的地标，成为人们向往简单生活的圣地。但除却亨利·戴维·梭罗，又有几人真正穿透过湖深邃的思绪？

湘西土地广袤，人烟稀少。加上武陵逶迤，山峦叠韵，河谷穿梭，许多地方实际上仍然是一片懵懂未开的处女地。就是一些散落的民居，也处于一种半原始的生活状态，极少对自然形态形成大的冲击破坏。毫无疑问，湘西是生存瓦尔登湖的地方。它的地理环境，它的人文背景，正是酝酿并蓄积瓦尔登湖的最佳所在。

按照形态来说，瓦尔登湖不管它的名字缘何而来，它都首先是一座湖泊。而基于湘西这片土地的质地，湖泊出现，必然就是一处绝世风景。何尝不是呢？

处在西水下游的栖凤湖，当为湘西湖泊的一个典范。栖凤湖缘于凤滩大坝的修筑，在古丈、永顺、沅陵毗邻之地，河湖相融，形成一座二百三十八平方公里的湖泊。湖面岛屿点缀，岛上林木葱茏，岸线犹如匠工，曲折幽远，深入浅出。两岸山势巍峨，起伏有致，小溪、高望界、借母溪三大著名国家级自然保护区曲绕相连，连绵近千平方公里，为国内所罕见。珍禽野兽，奇花异木，人迹少至。三大保护地把栖凤湖优雅地圈在中心，犹如它们共有的心脏，而穿越其中的西水便是吐纳生命之液的血脉。永顺境内的小溪自然保护区，是价值极高的动植物资源宝库，为世界罕见、中国独有、中南十三省唯一幸存免遭第四纪冰川侵袭的低海拔常绿阔叶原始次生林。一条河，一座湖，三大自然保护区，外加老司城世界文化遗产地，红石林、芙蓉镇数处世界地质公园片区，猛洞河国家重点风景名胜区及多处国家级自然公园，天赋异禀，完全可以支撑起一座无与伦比的国家公园。栖凤湖的品质毫不亚于千岛湖，根植于深厚的人文风情，依附于神秘的武陵圣境，却少了喧嚣与浮躁。那份迷离宁静，自若淡定，莫不是参透人世，把臂入林，筑舍湖畔，遁形归隐的绝佳之所。

在栖凤湖酉水上游数十公里，躺卧着一处年轻的大型湖泊，叫碗米坡，它又是另一番景象。这一处湖泊，也因十年前修筑电站成形，因为两岸山势壁立，植被茂盛，水位抬高后，造就数十平方公里平泛的湖面，颇具高峡平湖的深邃。但在我的记忆中，我却难忘这一段酉水河原始隐秘的粗犷风貌。

武器仓库是军事敏感部位，凡招录人员必经严格政审。而两位入围试用的退伍兵，家住酉水河湖南段上游的岸边。正是 SARS 肆虐最严重的时期，一群人郁闭在单位足不出户半月余，正窥间伺隙自由散漫一番。于是六七位年轻同事强烈要求随同我前往考察那两名拟录用的退伍兵。我们选择租用一艘柴油运输木船逆流而上，百十条船停靠在河湾里，没有一艘愿意搭载我们去目的地，结果我们付出两倍费用。不是船家坐地起价，皆因水情险恶，船只只得望河兴叹。一帮年轻男女，心中的烦闷像在经历野物的张牙舞爪，一时就疏忽真正的凶险。正是春夏之交，两岸披绿，万物清新，但汛期暴雨之后，河水陡涨。酉水河上游落差很大，水势奔腾汹汹，木船在河中跌宕起伏，一行人掀起阵阵惊呼。好在船工父子经验丰富，一次次化险为夷。

回程已是晚上，天上有暗淡的星辰，木船在咆哮怒吼的急流中颠簸。那是一个特殊时期，SARS 横行霸道，人心惶惶终日，每个人对人生都有一些反省。我坐在船头，想起少年时代读过叶蔚林的《在没有航标的河流上》和它的那些主人公。那一年军队体制改革，经历那一段航程，我心变得笃定，面对个人去留已经没有半点惶惑。那一个晚上，真一个胆战心惊，现在回想，尚惊魂甫定。但也只有在激烈而突兀的感觉中，人的思想才会受到冲击乃至震撼，才会思索一切存在的本质所在。

我怀念酉水上游的原始风貌，是怀念蕴含在它体内桀骜不驯的野性，以及欲藏还露的古朴面容。酉水是流经湘西的一条重要河流，自古而今，作为湘西文化的重要承载奔波不息，那两年一个标志性的事件就是里耶古镇发掘出数千枚秦简，轰动海内外。而被喻为土家民族发源地的八部大王庙遗址，就在黔山脚下的碗米坡湖滨。野性的缺失，古典的掩隐，会导致文化的散发。怀念酉水的原始风貌，是怀念它带给我成长的经历及生活的感悟。如今，它已随电站的崛起而消逝。酉水的上游曾经没有航标，却给我带来过人生的启示，而今它一展如镜，留给我无以言说的迷失。它仿佛消失的瓦尔登湖，让我再无处寻觅。

位于吉首市郊的八仙湖，系沱江与峒河交汇处筑坝形成的一处湖泊景致。湖的蓄水面积较栖凤湖与碗米坡小许多。我四次前往都在春夏之交，岚霭流浅，花事灿然。湖岸山腰间的农户隐匿在花红柳绿和茂林修竹中，只见炊烟袅袅，一个山水桃源圣境。我最心仪的是深入八仙湖中心的桃花岛，岛上建筑可供游人休闲娱乐的楼台飞阁，风亭月榭。春夏之交湖岛成了花海，野樱桃和山桃花密布其间，引得蜂吟蝶舞，不亦乐乎。一条环岛小道，在湖边的林中穿行，可垂钓，可漫步，仿若瓦尔登湖畔的林荫小径。在岛上野炊为一大乐事，山林里生长各种野菜，随手掐来；岛上留守人员散养着花花绿绿的山鸡，垂钓也绝对不会空手而归，是饕餮的主材；木姜花开得正盛，胡葱随处可见，可当天然佐料。一顿饱餐之后，再和船家租下游船，在十里长湖迂回漫游，细细玩味湖光山色。此处景色虽佳，但人工痕迹稍重，两岸果园和山水结合，有沦为城市游园的趋势。尤其这湖名的来历，稍嫌牵强附会，原本想给湖增加一些文化气息，拉来八仙落户也未尝不可，好歹契合神仙谷的延伸内涵。是否真的有八仙渊源则无从考究。景区的名字是第一印象，不能让人感觉不伦不类，若对湘西漫山遍野的人文内涵置若罔闻甚至背道而驰，实在是浪费神秘湘西的文化品牌。

"落霞与孤鹜齐飞，秋水共长天一色。"唐朝四杰之一王勃的千古名句就是对紫霞湖的本色描摹，甚至比滕王阁所处的环境来得更有意境。鹜原本的意思是野鸭，后人为译成白话文更具有飘逸的意趣之美，便臆测诗人本意指的是大雁，大雁的飞翔仿佛更能够舒展开天地间的辽阔与幽远。我倒觉得鹜之回归野鸭却展现了意境的贴近与野趣。紫霞湖有不少大雁，但成群的野鸭和白鹭，却是湖区最为灵动和相映成趣的精灵。我的发小石绍峰在当政府办主任时给了紫霞湖这个名字非常美妙的诠释。

紫霞湖位于花垣城郊数公里，水体面积六平方公里，纵深十余公里，身形收束有致，姿态妖娆。紫霞湖所处的位置，是湘西地区罕见的丘陵状低山区域，岸线被繁茂的森林覆盖，许多状似鳄鱼腹背的低缓山脊，在湖滨驮着密实的树林，或深或浅，或突兀或平缓，皆自然协调。一座国家高科技农业园环绕紫霞湖，上规模的果园、花海、植物园，湖岸连绵不绝的紫云英，红唇烈焰，一派绝世田园美景。若逢雾起，雾幔如帷幕徐徐开合，数十座拔地而起的独立山峰若隐若现，近处的低矮山丘仿佛湖优美身段的贴身锦缎，流丽飘逸。而远处数公里至十数公里之遥的莲台山、摩天岭、太阳山则形成湖第二层帷幕，大气雄浑。随身处地，一幅浓墨重彩的水墨画便以天地为幕汹涌而至。

除却栖凤湖和碗米坡，其他湖泊属于小家碧玉，散落在湘西的山间谷地，犹如出嫁女滴落的泪珠，楚楚生动，优雅地依偎武陵山

苍翠而伟岸的胸脯，无不如乱花般纷纷渐欲迷人眼。湘西的湖泊有
一个共同硬伤，基本上属于人工湖泊。杉木河是与自然结合得恰到
好处的一处，堪称自然湖泊。它与自然保护区融为一体，湖在林
中，林在湖中，也是一处身处核心自然保护地的湖泊湿地，当与瓦
尔登湖的静谧与飘逸，遥远与从容最为相似。在湖畔筑一幢木头房
子，白云青舍，烟霞氤氲，伴一位娘子，或半老徐娘，或青春幼
稚，两只小狗，雌雄双胞，三四头湘西黄牛，壮瘦其间，一大群花
花绿绿的鸡鸭，随处可见的鸡毛蒜皮。更有几丘田地，几垄菜畦，
躬耕林间，抱瓮灌园，晨追雾漫，晚绕落霞。闻听鸡鸣狗吠，静看
日月嬗变，好一幅世外景象。每天，可独自徜徉于树木花草、鸟兽
鱼虫间，种庄稼，栽菜蔬，与大自然相亲相近，过着独立不羁、悠
闲自在的生活。正应了《南华经》描摹的情景："日出而作，日入
而息，逍遥于天地之间。"

在中国，《瓦尔登湖》的影响亦不可谓不深。当世有些许人忍
耐不住倾慕与诱惑，寻一静谧幽邃之所，东施效颦，吠形吠声。要
是沉心修德养性尚可，而恰是相反，尽干些忸怩作态的伎俩，倒成
了画虎不成反类犬。但见此类文章，我都是一闪而过，唯恐避之不
及，像躲瘟疫。君不见，出色的篇章及写者，无一不是巧辟蹊径，
别出机杼，独立成峰。在我想来，既是成不了峰，便是一条有着自
己跳宕的轨迹与特性的小溪，也是无比美妙。

为一睹诸葛茅庐的风采，我曾经背着挎包只身前往古隆中，沿
着诸葛先生春播秋收的"一亩三分地"，闲庭信步地踱了一个下午，
煞有介事一般。又于抱膝亭孤坐半晌，诸葛先生曾常于此处抱膝长
吟。说明诸葛先生并不拒绝尘世，他只是静心修炼，等待时机。我
也曾在醉翁亭自斟自酌，流连忘怀。欧阳修被贬谪滁州，经常呼朋

唤友，在醉翁亭觥筹交错，排遣心中郁结。"醉翁之意不在酒，而在乎山水之间也。"其实有一些无奈，有一些逃避，有一些人世的酸楚。晋公陶渊明乃真隐士，"结庐在人境，而无车马喧。问君何能尔？心远地自偏"。刻画出一幅心与自然和谐交融的生活图景。我以为，古与今，中与外，在人世的本真里，都具有返璞归真的追索。《瓦尔登湖》有一句话说，一个人放下的东西越多，他就越富有。相比之下，亨利·戴维·梭罗属于那个时代的一个小人物，但他与瓦尔登湖的纯粹，造就他的特立独行，终究成就不平凡的一生。瓦尔登湖没有呻吟，只有平静，亨利·戴维·梭罗没有企求，只有淡定从容。在有意无意之间，为世人描摹出"采菊东篱下，悠然见南山"的意境。陶公有知，当引以为豪。

寻找瓦尔登湖的过程，也是我的一次心灵之旅。我非常庆幸的是，在我尚年轻健康的岁月，就开始对瓦尔登湖的探寻。不是谁都能有幸追寻到瓦尔登湖，湘西大小湖泊众多，每一座都可能是瓦尔登湖，但可能一座也不是。湘西群峰耸峙，山相对于湖的自然品质，怎样描述都毫不夸张。每一座都可能是南山，但同样，可能一座也不是。生命中的每一天犹如马足车尘，来来往往，忙忙碌碌，恓恓惶惶。无论是光荣还是卑微，都不要过分计较。但别忘记歇息一下，问问自己，眼前的道要通向哪里，自己要走向哪里。心中的瓦尔登湖一定不能混浊，而在时间的穿梭中保持透明。

写于 2009 年 7 月

寨子的精神

穿过弧形峡谷幽暗的隧道，眼前豁然开朗，一片开阔谷地铺展开来。谷地两侧山势巍峨，植被峻茂，公路傍着山脚逶迤而行。河在谷地的中央，正值旱季，河水伏流在卵石之下，大部分河段河床裸露，只在村庄的附近，掘出许多不规则的深眼，使幽流的河水浸漫出来，供村民淘米洗菜，洗澡浣衣。河床宽且曲折，浅滩上五零二落地长着水柳和枫杨。数百年前，沿这条路径就是一条古道，一直通向黔地的中心腹地，顺延至大西南、东南亚。许多被废黜的古道段落仍形迹可寻。尤其是通过寨子的石桥或粗卵石铺就的路段，利用方便，仍被寨子沿用至今。公路是解放后才修筑，但却一直是砂石路面，走的重卡车多，又缺少维护，坑坑洼洼。许多聪明的司机借干涸的河道为路，至少有十公里长的河床被辗成稔熟的道路。车在河床中行驶，倒不失为一种兴致。

走到裸露河床的尽头，河与另一条从深山峡谷哗哗撒欢而来的小河交汇，仿佛两位情同志合的老朋友阔别多年后奔跑着相拥。河水也溢出地表，现出宽阔的水面，如同照片上的仙本那清澈无痕。榆树和水竹也多起来，在几块不大的河洲，甚至长成了树林。树林里有简易木房子，用鹅卵石垒起几截高低不齐的院墙，河洲成为鸡自由的家园，一只或几只狗，在鸡群中走来走去，互不相干。已经到了河谷的尽头，巨大的山体局促而茫然地横亘在眼前。

顺着深山奔流而来的小河谷望去，直疑是要将引入桃源的境地。在进入大山幽邃峡谷的入口，左右两个寨子盘踞在山的脚踝处。寨子竹木葱茏，石径通幽。河两岸巨石壁立，在巉岩上隆起的台地，长着浓密而虬枝铁干的古木，形状各异，有的将树荫撑到河面上，各种姿态尽情倒映在清凌的河水碧面上。

第一次置身于这个情真意切的山水画卷，我们直惊呼美到不可方物。石壁斑驳陆离，有许多明显的褐色条纹，颜色深浅不一，就像村子着墨舒缓有致的天然轴画。古树多杨柳、枫杨、石楠和小叶青檀，在河岸或地形跌宕的岩缝间虬根曲绕，树干上爬满茸苔，树结节簇拥着一圈雅致的凤尾蕨，摇曳生姿的石韦则相对集中地长成一撮撮或一路路的形状。老百姓将石韦叫飞刀剑，好像一柄柄绿色的飞刀插在树干上。有几株古柳或枫杨已经枯朽，枝干横七竖八地倒在河床和岸边，成为孩子们天然的木马，或匍匐躲藏的障碍。村姑则就地取材，将倒在岸边的树干刨平，制成数十米长的捣衣板，物尽其用，且精妙成趣。有几处石罅直从寨子通向河边，有自然生成的，也有人工规则开凿的。有几幢房子的吊脚楼在石壁上凌空架起，坐在吊脚楼上，树影飘摇，河风送爽，浅浪款款。两个寨子两相呼应，都在石壁显眼处建有年龄久远的木楼寨门，就像寨子黑黝黝的小眼睛。

左边的寨子叫龙家寨，右边的寨子叫吴家寨，是两个以族居为基础的古老寨子。寨子的起势，房屋的走向，古老的木屋建筑格局，皆相融于一片层楼叠榭中，蕴含深邃的风水地理和建筑美学。寨子很少沾染现代的痕迹，依然古色古香地浸染于浓郁的山水风情之中。

在吴家寨沿河若切割般垂直的巨壁之下，有一眼古老的洞口，终年淌出一股大水汇入河里。说它古老，是因为钻过洞隙的人说，里面的几处石壁上雕刻有文字图形，不过，没有人认出它表达的意思。图形线条简洁，结构抽象，加之岁月久远，山洞之中阴晦潮湿，造成图案剥蚀残损，并无规则分辨。也许只是到达洞中的某一位前人一时兴致而为之，并无存在多少价值判断可言，也无人不依不饶去进行一番探究。

据说有人在山洞看到一只百公斤以上的乌龟，铁甲铜皮，生活在洞内幽冥的石罅中。据说这个某某人并无实据可查，只是寨子老幼间的口口相授。要钻进洞的深腹之中极度艰难，一则进洞的通道十分逼仄，不能仰身翻腾，人体长时间浸淫在阴河之中，需要具备过人的水性与强悍的肺活量；二则洞内阴晦，岔道密布，需有超凡的辨识力。这引得胆量强硬的某几位年轻人豪言壮语雄心万丈地钻洞搜寻，但出来时无不壮士扼腕，鼻青目滞，苦大恨深。曾经有人从洞中捕获娃娃鱼，也找过小乌龟，但是，就是没有瞧见大乌龟的行迹影踪。

某一年，通过招商引资来本县从事矿石采冶行当的企业老板不知如何听到传言，带领一支意气昂扬的队伍，用皮卡车拖来炸药、雷管和掘进机，企图炸开洞穴的口子。这无异于掀起轩然大波，遭到村民集体的强烈愤慨与抗议。一队人马兴冲冲而来，灰溜溜而去。村民认为，炸开洞口，破坏了风水，这是其一；其二，数百年的乌龟早已成精，千万动不得，寨子数百年来得以安定的休养生息，正是得益于乌龟的精心庇佑。因此，全寨男女老少的心中都把乌龟当成神圣不可侵犯的圣灵。乌龟成了仙骨神龟。

寨子沿逼窄的小河峡谷往西约一公里，在山脚一片数十亩田地的中央，有一块隆起的土丘，面积不过数亩，挤挤挨挨密布低矮的杂木和针针丛棘。两株古紫薇鹤立之上，一株粗壮，筋骨古拙，一株身段娇娆，飘逸伸展，形状十分奇特。两棵树仿若一对夫妻，或对歌，或对舞，摆首弄姿，可谓生动奇异。每年春夏之交，花团锦簇，蔚为壮观。有人出价数万元，对于这个至今仍自然耕作的寨子来说，无异于天文数字。但是通过寨子所有成年人举手表决，同意出售古紫薇的只有寥寥数人，同意的又都是几个年轻人。和山洞里的乌龟一样，古树也成精，数百年的古紫薇历经风雨沧桑，其气息如蛹化蝶，早已羽化为神树，冥冥之中护佑着生灵的安宁。出于相同的原因，寨子里古木簇拥，枝脉扶疏，从来都没有遭受过人为的恶意损毁。也基于这种朴素的相融思想，这个地区的森林植被保存完好，成为梵净山国际人与生物自然保护圈的一个部分。

寨子的身后，就是森林繁茂的巨大山体。山没有尽头，层峦叠嶂，终日里云蒸霞蔚，与森林河谷、古寨青舍相互辉映，组成一幅来自遥远的心灵之域，被遗世独立的圣洁之光笼罩缭绕的图景。

对于寨子而言，河流和森林是它的生命，一只乌龟和两棵古老的紫薇就是它的精神。有了这种精神，寨子就有了秉性。到过寨子的人不仅记住它俏丽的容颜，更记住了它古朴而深厚的情怀。

写于 2005 年 6 月

峒河绿道烟雨稠

一

只要不下雨，早班二路公交一如既往地熙攘，大抵是去谷韵绿道休闲锻炼的人们，而十之八九又是中老年人。叔叔阿姨们流露清晨的兴奋，热情交流生活中的鸡毛蒜皮。我一般会乐于当一位安静的倾听者，与人群一同享受清晨行驶的光阴。

绿道依山傍水，蜿蜒于峒河之滨，故谓之峒河绿道。又因吉首乃一座名副其实的峡谷之城，而绿道本身穿行于河谷之中，建设之初便赋其名谷韵绿道。

汛期久违的太阳从烟岚云岫中冒出头，浅淡的棉花云优雅勾勒天空的图纸。如若没有分布有序的云朵点缀蓝色的棋盘，天空的深邃会显得空乏，反而会使一切无所适从，甚至凌乱。远山密林的枝叶，凌空的飞鸟，过往行人的行为、穿着，甚至目光和神情，远近的物像都清晰可辨。

我经常注意到自己的情绪追随清晨的物景起伏变化。

让我愤懑于胸的是河流越发类似人工河，因为入城以后，河道便被两岸的高楼紧紧收束，修砌成壁立的深峡，缺乏了野性与生趣。洪水来临，低洼街区沦为生活的弱者，任由灾魔肆虐与沉渣泛滥。一座城市没有河流，总是无以言说的封闭与沉闷，腐臭的气息，与泛黄的尘埃不知如何逃逸出城市的领域，想到此，总是让人心情郁结。可是当河流完全渠化地穿过我们的城市，明媚的大小河流堕落为城市藏污纳垢的角落，不免感觉到城市行进过程中处心积虑并且冠冕堂皇的理由又是多么荒唐。也因此，人们难免疑惑：究竟谁把美演奏成阴暗的腔调，谁把自由囚禁成城市发展的掣肘？

好在绿道像使者一般秘密潜入我们的生活。对我和大多数吉首市民而言，相当长的时间里对绿道的概念就等同于峒河绿道。

二〇一三年开始，我似乎发现峒河绿道所蕴含的某种秘密，或情感密码，同众人趋之若鹜并因此一发不可收。绿道本身没有什么秘密或魔方可言，当它与行者的思想发生碰撞，那么它在不同的时间，与各色不同的人物，便呈现出不同状态或面貌。便如文章具备情节，便让行者追索，便让行人牵肠挂肚。便如一部书，季节的羽翼不断变换颜色，人物形象不断丰腴生动，仿佛心灵开启一道窗口，逐渐形成聚焦的磁场，吸引人探索窗口内外的故事风景。

譬如我走绿道的第一年，偶然间注意到毗邻而居的两爿土地。一爿呈丰满的椭圆形，另一爿则是不规则长条地，均位于绿道朝向峒河的一侧，高低相衔，面积相仿。两爿地不约而同种上油菜，庄稼明显超越周边许多，油菜花盛开时节，甚至成为景点，吸引诸多行者流连拍摄，驻足享受。也许是农民的儿子，对地的主人陡然而生敬意。试想，这两家人必然为勤劳精细之家，做事条理清晰，不会缺衣少吃，家里也会打理得整洁利索，在乡里往往受人尊敬。

第二年条形地的中央，率先整饬出两垄油菜苗，还预置几堆牛粪类农家肥，只等择日移苗栽植。但奇怪的是两个月有余，我连续几个周末在绿道步行，长条地野草浸淫滋长，景况发生紊乱。尤其那几堆隆起的粪堆周沿，铺满粗壮茂盛的蒿草，几棵虎杖长得有人一般高，趾高气扬地矗立。原本清亮的菜苗，早早抽茎开花，面黄肌瘦，单薄的躯干随时可能折枝断颈，空间也被狗尾巴草堆挤，开出三两点零星的花，也显得无精打采，仿若无颜直面惨淡人生。椭圆地的庄稼依然按部就班，一丝不苟。两相对比，形成强烈反差。就像一个班级两名齐头并进的优等生，形成你追我赶的良性互动，突然之间有一名一落千丈，掉落到队伍末尾，让人莫可名状。

每次路过都让我纠结一下，我忍不住探寻这片长条地的秘密。是不是精于耕作的老人突然生病，或是年轻人都外出打工，再无人打理农活，或是地的主人有了变迁，而新主人又不善耕作。总之，长条地经历不为人知的变故，从此命运发生转折。又一年春种前，长条地被整理出来，我也为之欢欣鼓舞，以为它卷土重来，又将一片生机盎然。长条地栽下辣椒苗，遗憾的是往后的日子仍然疏于管理，缺乏培护。长条地仿佛被主人置若罔闻，任由庄稼自生自灭。

几次看见精神矍铄的老汉带领年轻人在椭圆地心无旁骛地劳作。因为椭圆地的地势稍矮，也就不曾特意与他们打过招呼。我只是一位路人，对椭圆地和长条地的际遇发出感喟，所谓枯耕伤稼，枯耘伤岁。世间物事如何行进也只是一种状态，完全没有想要悲天悯人。依照时下的景况，长条地说不定还生产出更符合生态天然的作物来。原本冒出探寻一下究竟的意图，但终究不是一个案件，甚至都算不上一个事件。好奇不等于可以随意窥视他人的生活状态。

二

不过两年多时间，绿道沿途哗啦啦冒出数十家小吃店与农家乐，规模不等，档次参差。大多是苗寨人家利用自家房舍，就地取材实现生产转型。经营所备无非武陵山区常见的土产特货，麻辣小吃。要论特色便是苗家腊味、坪朗豆腐，尤其峒河捕捞的鱼虾虫蟹与时令果蔬，鲜嫩新润，自然勾人脾胃。

行人与游客逐年见涨。一到节假日，绿道边开阔的河滩布满休闲游乐的人群。在山水间徜徉流连，疲惫便到亭台楼阁休憩，再享受一番湘西美食小吃，不枉为一次身心愉悦的舒爽之约。

这条绿道单程长逾十五公里，全程穿行于世界地质公园、国家重点风景名胜区、国家森林公园、国家湿地公园核心区域。也许杭州有钱塘江畔，岳阳有洞庭湖滨如此之类，名气远在矮寨大桥、德夯苗寨这些尚养在深闺待人识的景区之上。但若论景观的多样性，突兀度，这条城市绿道的特质却无以比拟，无疑是绿道中的翘楚。

绿道从城市的西郊引出，沿峒河一路蜿蜒蛇形，直达蜚声中外的公路奇观与矮寨大桥。峒河峡谷山势奇特，或壁立千仞，雄奇壮阔；或状形类物，神形兼具。春江花月，千山暮雪，渔舟唱晚，苗寨风情，四时之景皆有不同，所思所闻便有迥异。吱嘎筒车，幽咽清流，浅霭岚烟，啾啁百鸟。世间喜闻乐见之物事皆汇于此。穿行其中，如穿行于一幅天然勾勒的丹青水墨之意境，便时常如痴如醉如仙，超然于物景之外。

一年四时，皆有异香盈袖，花色润眼。神奇灵异的白果花，绚丽浓郁的野樱桃，素雅高洁的蝴蝶兰，殷红淡紫的山杜鹃，灿烂不羁的云实花，玲珑秀巧的禾雀花……不胜枚举。某一次，正是春花烂漫，我们竟然在数百米的绿道两侧，厘数出四十余种品种不一的各式花朵，即便同行有林业高级工程师，也不能辨识呼全花朵的名谓与路数。

在森林中深入浅出，在田园间清唱浅吟，在漫滩上轻歌曼舞，疾驰相间，舒缓相宜。阅物阅己阅世事，翻天翻地翻时光，听风听雨听禅意。

每个人都有自己最初的角落。它也许是个人神圣的禁地，只有疲乏的时候偶尔溜达或放牧自己。每座城市几乎也有自己的绿道，可以肯定每条绿道都承载发展的理念，记载城市高端的禀赋而成为城市的标识和骄傲。作为这座城市的一员，我由衷为拥有这样一条绿道感到幸福。

有这种感觉的自然不止我一人。走得多了，会经常碰到熟人，也会结识一些新朋友。经年不见的老朋友在绿道偶然相遇，停下来聊聊，班荆道故，或凉风习习，吹拂因运动泛红的脸颊，或熙阳浅影，和蔼地照耀彼此的身体。绿道俨然情谊的使者，使过往经历仿若不断拉近的风景历历在目。生命中的某一个点被碰触，便有一连串情境接踵而至，一起度过的光阴，熟悉的身影，都在迈开的脚步间次第启幕，犹如踏上一段生活的交响，或跌宕起伏，或徐舒曼卷。生活的感触蜂拥而来，人世间的温情，友谊、事业、家庭如此种种，只剩下美好情节，许多纠结随露水蒸发，随鸟鸣啁落，随流水荡涤，随风雨骄阳，花开花谢。

对于某项事情过于执着，精神上容易产生依赖和寄托。走得多了以后，绿道就自然成为释放身心的最佳场所。对着山脊喊山，彻底地托出全身心的呼吁。心无旁骛地放歌，任那出口的音阶仿佛破落的韵律。在微雨雾中撑着雨伞，在遥远的湘西山地，随戴望舒的诗章曼妙迂回。在暴风雨中狂奔，权且充当一次绿道的烟雨，任尔东西南北风，我自波澜不惊且作诗。可故作深沉，日暮沉霭；可放任轻狂，鲜衣怒马；可颔首默然，风轻云淡。

一个人的旅行，一个人的脚步，一个人的情绪就像那春秋嬗变，四季更迭。弯弯曲曲的绿道，举目望云，时隐时灭，逶迤蛇行。时有路段前不着村后不着店，也不见行人影踪，偶尔会涌来孤独的滋味，甚至忧伤弥漫，萦绕周围。在行进的过程中，不知何种情绪的挑动，倏然间会想起一些故人，心中的郁结常常无法排遣，只道任意哼哧一些断断续续的曲调，听那微风拂过树林的低语，也仿佛时光的喘息，凭任自己感染着自己。

有一段时间我刻意回避其中一截路径，路旁长满黄荆树。一闻到浓烈的荆条花气息，就让我想念母亲。母亲安寝的那片山坡，长满密密实实的黄荆条，甚至除了稀疏的油茶树和见缝插针的龙蕨草，一大片山坡上黄荆树成为主宰。那正是春夏之交，荆条花正开得热烈馥郁，满山笼罩在这种气息之下，丛丛簇簇的花仿佛献给母亲的花朵，引得蜂吟蝶舞，形成一道绵延不绝的气势，就像天地为幕的教堂里，吟诗班献给母亲的唱诗。

走得多了，绿道的老护工每次都热情与我打招呼。老人站着，语气柔和："大哥，你今天心情好像不好，多走走，吹吹风。"老人接着有点神秘地告诉我，峒河是水源地，严禁洗澡，但寨子男人绕到背后的峡冲泡泡潭里洗澡，要不要我带你去泡一泡，舒坦舒坦？按照老人的理解，好像隐蔽的峡冲泡泡潭就被隔离于水源地一般。我摆手谢绝，说："不用，老人家，母亲刚过世，笑不起来而已。""噢，这样，我就说你心情不畅快。"老人陪我在悬崖边的廊亭坐下，兀自给我叙述他经历过的艰难岁月，人生起伏。他说他今年八十岁，一辈子就像演一场电影，一晃荡就过。他年轻时嫌工厂上班工资不够养家糊口而回乡务农，结婚后生育两个儿子。有一天他去外地帮工，那时兴一个生产队帮一个生产队，大家农忙相互帮助赶工。他未成年的小儿子鬼使神差自己在家偷喝一瓶酒，发现时奄奄一息，紧急送到州医院抢救，中毒太深，医院无力回天。老人说他一辈子不喝酒，那天恰好家里来客送给他一瓶酒，他家小孩兴许平常看大人喝酒来劲，便认为喝酒以后很舒服。这成为老人一生的阴影。老人的风骨不像八十岁，所以仍然担负两个亭子之间长两公里余的绿道卫生，每次总能碰到他打扫卫生。那天我与老护工告别，快走下弯道时不经意回头，发现老人还站在廊亭边显眼的地方目送我，见我回头，又立即挥挥手，让我一个大男人很不争气地受到感动。我感受到老护工不动声色而朴实的开解，和话语背后无言的传递，即使历经人世如磐风雨，也要保有内心的良善与希望。

三

当然，并非所有时候我都在独自行动。我偶尔也把绿道当成会客厅，带上暌违已久的朋友到绿道散步聊天，在绿道边的小店自己动手炒几道季节菜，喝几杯苞谷烧。月色浓酽，峒河奔流，山花浮香，蛙鸣狗吠，既高雅又实惠。部队在职训练期间，我间或也会带上年轻干部到绿道体训，绿道又成为最舒心的训练场。

有多余时间在绿道逗留，自然有许多情趣项目可供消遣。秋冬之间阳光暖照，绿道旁的山野开满金黄的野菊，许多人挎着造型雅致的提篮，乐此不疲地采摘野菊花。吸收峡谷烟霞灵气，异香沁脾的野菊，自然是制作谷韵花茶的上等材料。

全面禁钓、禁猎、禁捕之前，可加入垂钓队伍，在峒河踟蹰上大半天，心情与河水共清凛，心绪与浮标同沉浮。可钻进峒河的小支流，溯源进入小峡谷深处，这时流水很小却跳宕流急，经常到悬崖脚下，一脉脉的水帘从天播撒，极尽妖娆姿态。水帘之下随地势起伏形成许多梯级小水潭，像水线贯串起一串串状态不一的贝壳。潭水碧透澄亮，无忧无累巡游的石鲮鱼清晰可数。若有兴趣翻动重重叠叠的堆石乱砾，会很容易发现冒头快爬的山蟹。越靠近山脚壁下的湿地，山蟹越多。景区附近农家每天有人到峒河峡谷深处网鱼捞虾翻山蟹，然后做成湘西风味的麻辣小吃出售，广受游客喜爱。

可赏花观鸟，绿道总有许多不知名的山花次第开放，经常会遇见新鲜的鸟类面孔从眼前翠鸣飞翔。在峒河几处少有人打扰的开阔滩涂，每次都看到白鹭优雅的身影，数量越来越多，或在水草湿地停驻休憩，或在峒河两岸浓密的树冠间不断划动，或在水面上三五成群聚精会神地觅食。

一日，天刚微蒙，峒河的岸线岚烟氤氲。晨起的客人仿佛闯入桃源仙境的深处。我突然发现在轻雾流纱之间，数百甚至上千只白鹭翔集轻舞，那情景令我目瞪口呆。群鹭编排成各种美妙精致的队形，犹如幻影。或贴切水面俯冲，旋即又腾然向高空弹射而去，似乎经受电脉的控制；或斜飞，整齐划一地扇动雅致的双翅；或静默如眠，敛声静息，像一缕风在飘浮；或高声欢唱，同声吟哦一曲动人心弦的鸟韵。鹭群像训练有素的精灵，不断调整成各种队形，共同支棱一方整洁缥缈的绸面，仿佛它们宣誓的旗帜。我痴迷地呆怔一刻多钟，欣赏这一幕来自异域的有如神的指引般令人幻入迷津的圆舞曲。

一场微雨过后，清晨冷冽的空气，传播土地成熟的味道，迷茫的旷野中，各种鸟雀的鸣叫稠密起来。赶在微曦冲破迷雾之前，白鹭的群舞戛然而止，又三五成群，各自飞向树冠、草丛、河滩和岸边的密林。这是我到绿道最早的一次，原本想趁喧嚣之前呼吸一场空山新雨过后微澜的空气，不承想却欣赏到峡谷精灵翩翩起舞的一幕视觉饕餮盛宴。和谐优美的姿态，变幻莫测的分列，百鸟和鸣的吟哦。剧场落幕，在太阳跃出山脊前幽玄的色彩笼罩下，河面浮泛起一层绸膜似的雾霭，乳纱一般游弋，犹如仙气蠕动迷离。我一个人茕茕孑立于河滨树影间，心绪久久难以平息。没有一场绿道的邂逅，我原本对白鹭定为市鸟也有过一些质疑，认为那总有些附庸风雅的嫌隙。以峡谷为背景，烟云缭绕，百鸟喧喧，清流伴奏，峡谷上演了一场自然界盛大的文化盛宴。

四

这两年，但凡与浪漫沾得上边的事情，大抵与绿道相连。几个朋友从外地回湘西相约来看望我，我不假思索就拉上他们直奔绿道的怀抱。在绿道上漫步，轻风徐来，流云漫卷，畅叙旧情，娓娓叙说这许多年各自的经历际遇和人生体会。到后来都毫不吝啬地感叹，这绿道上的时光又深深嵌入友谊的小船。最多一次涌来高中文科班大部分同学。老家本来很近，绿道的另一端几乎就是老家县城与州府的中间线。大家相约走一回绿道，连这群典型的土著人物，都惊呼绿道的美妙。于是由衷反省各自的心路历程，纷纷感慨这二三十年的往来际会，竟没有静下心好好瞩目峒河峡谷，竟将它当成匆匆的生活脚步中再普通再熟悉不过的一段路程而已。仿佛经过峒河峡谷的路径是天生的，也是必需的，它应该就铺设于峒河沿岸，承载我们来来往往，它只是理所当然的一件交通工具。因为它在心中低廉而漠然的存在，在来往之间，没有谁真正停下脚步感知眼帘中稍纵即逝的风景与意义。它美得令人心颤，美得惊世骇俗，当你驻足聆听，必然为你所观所感，所震撼所共鸣。试想这些年行色匆匆，大江南北，竟没有几处风景骨质可以超然于这一片武陵峡谷。也许是一种深刻的幸福所在，当矮寨大桥与武陵腹地峡谷风光逐渐成为全球耀眼的旅游目的地，各路游客蜂拥而来，引得交通拥塞，人满为患，而我们却可以心安理得、心平气静地拥有与享受。

说到底，很多人向往湘西，千里迢迢来湘西观光旅行，休闲娱乐，或体验生活，是把湘西当成艺术片欣赏，希冀神秘的武陵大地能给旅人生存中某些空白部分摄取充分的涵养。他们的行程肩负责任，或抱负目的，因而满怀渴望与好奇。作为东道主，我们必须充满激情并善意引导。当旅人被湘西大地的景物震撼，或由衷发出赞叹时，对我们而言，既是一种高度认可，也饱含灵魂经受拷问后的反省与沉思。哪怕没有主观臆见，那么习以惯之也同样达成形式深刻的依恋。这就如同某些包办的婚姻，即使缺乏轰轰烈烈的刻度，但在长期的岁月磨砺中，照样滋养相濡以沫的情愫来。这通常被称作家园或故园情结。

旅人即便在湘西停驻十天半月，在湘西做一番深度探寻，相对于山水自然与风物民情之源远流长，博大精深，亦为仓皇步履，陌陌过客。旅人在人生体验中自然增添了阅历，而且关于湘西的感知多半具备唯一性，在向旁人引鉴湘西时可以自豪地引经据典，侃侃而谈，行云流水。即使我们有幸聆听，也大感自愧弗如，甚至我们本身也成为神秘的本尊，从而引得我们恍如隔世，犹如戏中之人。自然而然涌起这种五味杂陈的感受。好在这些语言大抵来源于由衷的赞誉。美过于接近身边，会使我们冷漠。美如影随形地环绕，会令我们麻木。美不招自来，会使我们陷入迷茫，失去追逐的动力。不管是不是谬论，反正都成了原因。我们当习惯并适应，并且当以适应作为改变的一个部分，并且当以湘西成为网络或者现实世界一个流行词语而坦然舒心。

我们不是步履匆匆的旅人。峒河绿道也非他乡佳颜美景，而是默然承载我们生活的土地。我们甚至淡漠而固执地认为，从绿道举目所及，映入眼帘的每一个形态因子，它原本就是如此这般。如果一定要做一番探究，或许某个点还可以更突兀，至少可以更细微。一切都可以这般安心恬淡，只是因为我们的相融已经物我相忘，出神入化。如此，才算得上相偎相依，不离不弃。

确实，峒河绿道如此美妙，又这般平静地接受我们过往漫不经心的眼神与心绪。须得我们驻足聆听和凝望，如此才不枉然美景光阴同船渡，容颜共沐四季风。

翠华总归远去来。人生静处，不妨多陪陪绿道，好让绿道陪陪你。任心事起落，时光荏苒，亦歌亦舞。每时每刻，绿道的烟雨都在向忙忙碌碌的你我发出如丝如缕的邀请。

是否听到踏步由远及近，我蜿蜒的原因就是等待你的来临。看着落霞，看着落英，提请美的旋律伴奏浅浅行吟。不要落寞，不要叹惜，我愿陪伴你共度一段美丽光阴。

写于 2015 年 2 月

森林与鸟

　　人来到世界上，如同一只鸟飞进一座森林。

　　人面临的森林是同类，芸芸众生，越拥挤的地方越是趋之若鹜，如蝼如蚁，挤压地球的肌肤。微笑和美，经常无意识地伤害自然，如同随风袭击的黑雨，通常染黑正大光明的四季，沾染四季轮回中的自然与优雅。人类最美的故事属于传说和神话。传说的风和神话的鸟，飘浮于薄荷色森林与现实之外，在远古的草地疾驰如鹿，那犄角的灵犀展现了空旷无边与深厚延展的内涵。

　　谁也没有到过远古的边缘，如同我们无法及时启动萌芽的思维，记录下各自人之初美的嫩香。啼哭标识一种中性意义的启动，人与人最初生活的森林都同时呼吸到流落的风尘。微妙而苦涩。

　　于是草开始成片成片潜滋暗长，从思维

的苍白到森林的胴体，草展示出超脱的平静与坚忍。各种野花窥间伺隙地繁衍，人类的辩证思想由此开始起航。野花和蘑菇，名正言顺地成为人们崇尚的植物，在它们身上，蕴藉人类最初的肖像。自然与修饰，本体与自由。在混沌朦胧的处女体上，野花与蘑菇的存在与人类的存在相互砥砺，又相互依托，蕴含凛然的圣洁。另一面山坡，腐朽的气息又催生野花与蘑菇的进化，它们的繁荣源于植物重叠的肉体之作。犹如人类永无休止的征伐，胜利者的道路尸骨遍野，血流成河。

相对于森林而言，我们是辛苦觅食的鸟群。森林的变迁，使得我们惊慌失措，无所适从，只得一次次迁徙。我们通常自以为是地戕伐一片又一片森林，以为那是伟大或者征服。到头来，我们赖以自豪的家园被穿行不止的怪风切割成污染环境的废料。被拾荒的老太婆驱赶魔怪一般扫地出门，她黯淡的眼神布满恐惧，嘴里呶呶不休，没完没了地重复令人心惊胆战的魔咒。

远古的一只鸟和远古的一座森林，譬如我们和这个社会，似懂非懂地对视与戒备，思想布满犹豫，有一些伤害，有一些期许。河无规则地罗列布局，在森林和森林边缘的草地，河偶尔的交语，远古动物在河里爬行，穿着用高档布料裁剪的时装。森林仿佛是观众，还有一只鸟忧郁的眼睛。

看起来，高雅的制作，并不比几片菝葜叶撺掇起来遮羞的远古意识高明几许。越看越别扭。鸟忽然笑将起来，笑得漫山遍野，莫可名状。鸟的笑声让森林很不自在，浑身鸡皮疙瘩，忍不住地恍惚起来，掀起一阵阵怪诞不经的林涛。鸟突发奇思异想，采几枝优雅的粉背南蛇藤，盘成一顶彩叶婆娑的花环，点缀数枚紫色的禾雀花，圈住人类自以为隐秘的部位，再染一头黄褐相间的毛发，配上一双条形厚底鞋，采集远古的月光，走在二十一世纪的大街上，用不了几天，一定会风靡人类。

鸟的对视使森林惶惑不安。森林把不准鸟这只可爱的精灵是不是想逃遁。鱼悬鸟窜。毕竟，抛弃与被抛弃都不是一件好事。如果不是不得已，谁也不会轻易改变生活，哪怕得过且过，随波逐流。

森林的迷茫源于厚实的个性，而鸟的梦想诞生自那对百伶百俐的翅膀。没有翅膀的事物都不会飞，何况鸟还有一双滴溜溜转的小眼睛。当然尘埃和细菌也会飞，并没有翅膀，但是也没有意识和目的地。爱热闹的鸟向往外面的世界，而热爱沉静的鸟厌倦森林的喧嚣。大多数鸟都只把一座森林当作驿站。

一只鸟要经历无数森林才会停下步伐。一个人故步自封，即便成为刻板的标本，也还是不能免除跌宕起伏，颠沛流离。这是鸟趾高气扬的原因。森林经常怀抱壮志豪情，以坐拥江山而自以为然，风来时吼一吼，雨来时抖一抖，仿佛地球的演变也只是森林不经意翻开历史的页面。森林高傲的头始终高高昂起，轻而易举便能越过人类鸟们的头顶。这让人类在很长的时间里无法揣摩森林的法则，因此相处经常成为水火不容的矛盾。

而鸟不以为然。生活的本意不是江山如画，而是丽人相伴，穷尽毕生追寻知音红颜。

某一天，眼前的一座森林被鸟无情离弃。森林成为一座寂静岭，空徨无边，了无生趣。森林乜斜鸟群弧形的踪影鄙夷不已，并沾沾自喜地催花打朵，开枝散叶，预备接下来的日子按部就班地生长、繁衍，尽情享受漫无边际的安谧。森林想，小小一只鸟儿，除却令人心烦气躁的聒噪，还有什么能耐！没有森林遮风挡雨，提供食源，连家都无处安放，顷刻鸟覆危巢，倘凭什么自鸣得意。森林甚至勃然于胸，愤然而起，那鸟儿，除却一对会飞的翅膀，从来不务正业，只是成天醉心于梳妆打扮，看看那个媚态，滴滴鸟语，朱唇粉面，恰是描摹鸟的神形，专为魅惑这世间厚颜无耻的男人。更有甚者，那三五一群，轻佻忸怩，还恬不知耻美其名曰小鸟依人，或者沉鱼落雁。依着森林的鉴别，完全就是幕后的龌龊勾当，萎靡气息，纯粹一派鸟不拉叽，低贱轻浮不入类。

森林却不知道，人类崇尚鸟不拉叽的自由。生命属于自己，凭什么非得闷声拘泥于某座暮气沉沉的森林之城，吊死在某一棵老气横秋的树上。人类的郁结多了，或许只得依靠描摹鸟的形象，偶尔得以释放。良禽择木而栖。甚至北山有鸟，南山张罗。鸟从来不管自己算哪棵葱，哪儿的菜市场好，毫不犹豫，想进就进，想出就出。其实生命就是一个过程，到过才知道哪儿的景致最好，哪儿是自己的生境。

对于人类而言，鸟的鸣声是森林的琴音。倘若一座森林没有鸟的踪迹，将是一件阴森恐怖的事情。森林的气派恢宏会被死寂紧紧包裹而打入生命的囚笼，所谓池鱼笼鸟，将是鸟的名词对森林赤裸裸的讥讽。每一只鸟都是一位天使，用曼妙身姿和抑扬顿挫的语音，在自然与人类之间来来往往。只有鸟能释放森林的空虚与怅惘，只有鸟可以如丝如缕拨动人类不易动容的心事。高山流水，阳春白雪，皆在鸟的一抹红唇烈焰。鸟是舞者，亦是歌伎，是无拘无束在森林与人类之间穿梭的精灵。不要以为那是东施效颦，惺惺作态，只要自然，纵使夸张，也是本色。不要一见到奇装异服，便认为那是鸟类伤风败俗的挑逗。即所谓缘于生活而高于生活。是生活的艺术，是鸟儿的远方与诗歌。

所以鸟肆无忌惮，所以鸟从不自欺欺人，从不庸人自扰，从不自命不凡。所以鸟尝试各种生活，所以鸟敢于自甘堕落，坠入滚滚凡尘，它想阅人无数，也想融入人间烟火。鸟能征服雪山莽岭，也能飞入寻常百姓家，凡是有江湖的地方就有鸟的踪影。人类经常对同伴出口污言秽语，大约人类都会猝不及防听到一句"什么鸟人"，或愤懑或鄙夷，被侮辱或侮辱人，来得滚滚雷动，如此冠冕堂皇，顺理成章。那么且慢，你没有经历鸟的生活，如何知道鸟人就该被轻贱，或许他的日子过得比你美妙与舒坦。《庄子》言："子非鱼，安知鱼之乐？"幸福犹如一条瀑布，唯有奋不顾身地跌落，才会迎来平坦而温暖的河床。生活本身无高低贵贱，高贵在于是否拥有一颗像鸟儿一般纯净无邪的心。要知道，这世上没有人从心底崇尚毫无来由的鸟嘀花怨。

如此，男人喜欢狂蜂浪蝶，仿如鸟语花香，森林就用不着耿耿于怀。鸟儿飞得再远，森林还是最妙的家园。"云出岫以无心，鸟倦飞而知还。"你得明白，爱情不是霸占，而是相互牵念，或者彼此成全。待凤还巢，丹凤朝阳，百鸟朝凤，鸟儿会鸣得更欢。那时森林的坚守，自会引来翻云覆雨，悱恻缠绵。彼时森林不要受宠若惊，忘乎所以，只以宏大宽怀揽之拥之便可，鸾凤和鸣，自是月下风情，暗香款款。

彼时，先有鸟还是先有森林，便无关紧要。都只是地球演进中的匆匆过客，森林或者鸟，何况人类，谁也千万别轻易破坏谁的规则。那些妄图主宰世界的狂妄者，谁又逃得过历史的戏言。

最倾心的交谈即是呢喃絮语，而最美丽的事情莫过于森林与鸟在夜幕中共眠。

写于 2007 年 6 月

青春的记忆

在我的潜意识里，青春是蓝色的，蓝得纯洁，蓝得透彻。要是一种纯净的美到无瑕，到极致，那它一定充满青春的气息和状态。

青春是一段流美的韵律，仿佛透明浮动的飞絮。即使你不是一名歌手，用生命的方程流浪咏唱；也不是一位诗人，四海为家，"独自闲行独自吟"。没有歌的叶脉，没有诗的翅膀，青春，仍用自己的方式摧开生命的涟漪。

青春总是向往崎岖，向往富有，其实，青春正是富有内涵的历程。人一生中的记忆和幸福与否，莫不与青春的轨迹根络相连，经纬交错。哪怕曾经的一声叹息，也可能是生命中刻骨铭心的一枚坐标，一道驿站，或一段里程。

但当它与我们相拥相伴时，我们常常心安理得。以为"执子之手，与子偕老"，便是自然而然的规律。以为标上音符，它便是我们咏唱的歌谣；着上声调，它便是我们朗诵的诗词；绘上色彩，它便是我们的人生。是的，无论谁高兴与否，青春都如期而至，不为谁等候，为谁停留，亦不会此消彼长，厚此薄彼。不会为你增添光亮，也不会为你减弱昏阴。年少轻狂，鲜衣怒马，烈焰繁花，红飞翠舞，莫不是青春的资本。青春不会嘲笑稚气和懵懂，因为那是生命赋予的特质之美。在未知，亦在远方。正是那种蓝色的纯澈和碧透，是一种毫不矫饰的本真。借用一朵花的生命，那是咸泪浸润的花骨朵，然后微笑开放的花瓣，是春夏之交嫩蕊凝珠般的贞洁与纯正。

当学生时，几个乳臭未干的男生凑到一起，爱哼侯德健的《三十以后》。在那个纯真的年代，这首歌夹带一股震撼心灵的质朴与沧桑，它对生活状态直白的歌咏，直接击穿我们已然膨萌但仍保持卷曲度的情怀与意识，让我们对三十岁以后的生活萌发出蒙眬的期许。

如今早过而立之年，青春的激情和张扬渐次褪息，对生活的接受已归于平静。当年的同窗偶有相聚，竟然没有人想起《三十以后》，而是唱起罗大佑的《野百合也有春天》。后来又有女声唱李宇春的《无价之姐》。

家庭与事业，春耕与夏耘，无疑是男人前半辈子的主题。男人年过三十，目光从游离移向身边，环望周围，瞩目自己生存着的那个家园，心绪渐然从放纵开始收束。这是一个关注与被关注的问题，是一个关于缥缈无垠与凡尘俗子的哲学，是一个从事外到入世的过程。如果有可能，我们还可以走得更远，可以走一个轮回，从入世再到出世。不过这必然有点遥远了，大约是不惑之年才会探讨的问题。

年少时经常呼朋唤友，歌舞升平。而今偶有朋友自远方来，竟然不知城市的娱乐已经改朝换代。这种变化用季节来换算，一个冬天，落叶换上新装，遗落在我们身后的，除却去年凛冬的寒冷，还有一年年消逝的青春年华。

唱过的骊歌已经一支支遗落，那仿佛生命的强音渐趋消隐。"让暴风雨来得更猛烈些吧！"这曾经勃发的激情，如今再次重述，它像每天整时响起的铃声。"回家吃饭了。"这是孩子的母亲不厌其烦的催促。久而久之，这仿如山寺的钟声或木鱼，让虔诚的心绪醍醐灌顶，心安理得地宁静或坦然。如聆听一场沁人心脾的洗礼。

一个经朋友介绍的文学作者来到我的办公室，执意地要和我聊一聊诗歌，而且每一句话都刻意往我的诗引导。惹得我有些狼狈和惶恐。我那些少不更事时期的破词烂句，连我自己都很不以为然，拿来讨论无疑丢人现眼。我唯恐挤占他的时间与空间，我自己又莫可奈何。每个人的方圆都何其有限，我也是不愿有人在我这里过多地消磨其实极其浅薄的所谓追索。我又感觉亵渎到他真挚的情意，于是又只有静静地倾听。

每个人都有倾吐的需要，不管是有意识还是无意识的，吐纳便是所有活着的过程。那么当一个倾听者也是一种责任。这位作者年龄并不比我小，对文学的热烈可以称作痴狂，却让我难以望其项背。我突然感觉他是在和我谈他的诗，他的感慨，仿佛与我无关。他甚至可以背诵，一咏三叹。令我坐立不安，如端坐灰炭之上慢炙三时，直到外焦里嫩。我不知该感觉骄傲还是酸涩，甚至羞愧，他的解读已然超越我的意象。我非常明确地拒绝在我年轻的时候沉浸于当一只啼泣的夜莺。我们生活的这个时代已经很少有人谈诗，或者已经习惯生活中没有诗的热忱。我陷入迷茫，我不知如何理解自己，不知过往的自己如何生成偶尔又不知踪影。不是苗族生成哲学的生成，我没有那么深奥。我只是不适宜于被人解读，那浅薄的皮囊如何担待得起，内心万般局促而恓惶。我想简单地存在于自己的躯壳，像一只没有肝胆的内心透明的昆虫。

那种青春的感觉距离我似乎已经很遥远。也为那个下午意识到的隐隐约约的亵渎与恍惚，在一个安静的角落，我一个人，翻动青春存封的奶酪。时隔几年，我再一次翻阅青春的诗页，我为青春的剔透真诚地感动一次。这一次没有勉为其难，感染静默涌流，待我察觉时事情已经静水流深。犹如雨过天晴的武陵峡谷，一场光风霁月的气象已然无可避免地传播到每一处沟壑。

这不是为赋新诗强说愁，也不是想抓住青春的尾梢谱新曲。流水带走青春的故事，是什么带走我们年少的青春，留给我们红颜易老，深锁眉头。仰望夜幕，有一丝时光的哀愁在闪烁，风中，传来如丝的流韵，起起伏伏，若隐若现，似叹息，又似呵护。

曾经向往雪山，大海，向往草原和沙漠。当这一切活色生鲜展露在面前，我们犹如一群失血的动物，默无声息。不是冷漠，也不是失望，而是真诚的静默。雪山瑰丽的天际线，大海的海天相衔，草原的辽远苍茫，大漠的长风冷月，都是青春漫无边际的激情和感慨。有如青春韵律的依次滑落，我们的心逐渐皈依平静。这是青春葳蕤的树林育出的果实，包蕴岁月的艰涩与沉静。这是时光的生命，也是人性的走向。苏东坡说：渐老渐熟，乃造平淡。说的不仅是为文，也是人生之道。

分别十六载的朋友突然从域外归来，相互凝视一阵，像眼前降临一项令人难以接受的非物质遗产，只得嘘唏喟然，努力让匪夷所思的情绪安静下来，再做交谈。朋友曾经意气风发的脸已经风雨穿梭，故事纵横，头顶秃到后脑勺，活脱脱河南抗日名城平顶山的免费代言人。来来往往雕塑我们的心灵，熙熙攘攘改变我们的容颜。

一位学长四十岁生日，关系紧密的几位师兄弟蹭得一餐酒喝。我引用诗意的祝辞，"恣意人生何所似，苍茫河汉弄扁舟"。其意类似"愿你历尽千帆，归来仍是少年"。一饮而尽，便有如鲠在喉，感觉到萧煞秋风，已临窗前。我们如一林叶枚已燃烧过的树，站在深秋的风中，随便几个旋转，风就有可能带走我们身上的叶片。尽管过了这个冬天，树枝还会焕发出新嫩，足下的野花也会成群开放，并映红我们某个冬季冰冷而凄然的心。重新审视岁月之波，驮我们来到此地的青春之舟，已经开始返航，并永远地驶离梦中的彼岸。

记得毕业晚会我们朗读过莱蒙托夫的《帆》。那是生命激情的三色帆，青春奔涌的三色帆。我们捎带五彩缤纷的期冀，从那个激情迸射的夜晚出发，启动各自的航程。那个夏天因为有了那个夜晚而多姿多彩，那个夜晚，在唱过《毕业歌》和《送别》过后，我们都以水手的姿态，踌躇满志地踏上青春激荡的帆船。

理想像长了翅膀的风帆。把我们驮到陌生的某地，然后掀起一阵风暴，折断坚韧的桅杆，我们驶离航向，一路跌跌撞撞，在苍茫的岁月之海起伏漂荡。

冬去春来，草长莺飞。一个春末午后，我们在白水河追逐耶稣光奔跑。绚丽的天空，神奇的白水，青春渐行渐远的背影。古苗河冲出峡谷之后，在花垣城郊塔里附近，傍崇山岩洞涌出两股乳白色的大水将河水染白，这段河水被称白水河。与《山海经》的描述："白水出焉，而生白焉"极为相似。名气大得很。我们在河畔的土路奔跑，生活的风雨接踵而至。我明白，青春的流水不会静止不动。终有一天，它也会像这白色的流水，会被行程不断地稀释，降解。像白水河汇入花垣河后，消隐滚滚急流之中。

隐隐约约记得，曾读过这样的语言：缘分是本书，翻得不经意会错过，读得太认真会流泪。老一些的时候又读到：人的一生，都有一些说不出的秘密，挽不回的遗憾，触不到的梦想，忘不了的爱。更老一些的时候又读到：浮世万千，吾爱有三，日、月与卿，日为朝，月为暮，卿为朝朝暮暮。

偶尔忆起，有些青春的诺言还不曾兑现。十五岁时爱上的那个女孩说，十年后让我们再相见。十五年过去，山重亦水复，关山若飞渡，女孩还不曾出现。一位江南的女诗人说，如果想念她，就登上边城的高地吹奏洞箫一阕，箫音幽鸣弥漫，悒悒之音会在风中绞结成一管自带磁极的通道。那就是对她的呼唤，她随时可以开启生命的第六感。而我还没有学会吹箫，她赠送的那支精美的竹箫，大概早已忘记存放在何处了吧。还曾答应一位声音如银铃般的女孩，带她去看南山的三叶草，去放牧当代牧马人的爱。而今，花开花落，鱼沉雁杳。

在这个烈日炎炎的夏季，遥望青春蓝得碧嫩清脆的背影，站在天幕下，我感觉到了人世间辽阔的苍凉，深刻的孤寂。

写于 2001 年 5 月

人到中年

人到中年，经常会冒出这样的闪念，有些什么事是这一生需要完成却仍然慢条斯理，甚至无动于衷。想的时候，心情有些急迫，甚至惶恐，仿佛伫立在光阴深处的一棵树，马上就落叶缤纷，摧枯拉朽。实际上人比树脆弱，湘西是一片适合生命的土地，据不完全统计，百年以上挂牌保护的古树名木多达六万余棵。其中以保靖为最，一个县便有一万六千棵，几乎每个村寨都掩映在苍翠翁郁之中。就是千岁的老树也不少见，其中生活着数种华夏树王。这还不包含数个自然保护地内的古树群落，光一个小溪自然保护区，百年以上寿龄的古木即数不胜数。一日，误打误撞进入泸溪县一个叫新寨坪的村庄，一千余棵古木成群簇拥，高低错落，突兀于绵延不绝的林海之中。像巍然挺立的绿色古堡。而人因为有思想，却折损了寿龄，虽然湘西是闻名遐迩的长寿之乡，百岁之人也已寥落非凡。

　　生儿育女，扶老携幼，持家立业，交朋结友，人到中年以后，突然觉得劳顿忙碌，精力不济。面对以前的雄心壮志，已不能用单纯的偃旗息鼓来描绘，甚至也不是随波逐流。追求平静、安逸的生活状态像洪水猛兽般铺天盖地，噬咬曾经向往伟大豪迈的心事。

　　经历之后方感真切，领悟之后才道深刻。譬如年轻时三天两头呼朋唤友，是一种时髦，是排遣寂寞或直抒胸臆的需要。且有传呼，趋之若鹜。人到中年，朋友沉淀为一种品质和责任。可相偎相依，可相协相扶，偶有相聚，珠玑连篇，掷地有声，都仿佛经历过佛门的烟火，道场的钟声。都仿佛熔炉淬炼出金子，滚落得遍地生花，又似是而非。

　　唯其若此，于是经常彼此叮嘱，应酬可以应付，不要亏待应字，身体的紧要由不得马虎。很多时候这句话说得情真意切。但应答者一般唯唯诺诺，闪烁其词，仿佛面临的正是一口无底渊薮，即便语调铿锵亦如过眼烟云。个中滋味，难言之隐，大约言传之下只可意会。尤其一路走来，人到中年，霜鬓银丝，额下褶皱，眼角纹理，嘴边法令，像帝王后宫妃嫔争宠，落英缤纷，粉墨登场，应接不暇。男人自嘲沧桑美，女人自叹花辞树。做过了，有一份欣慰；经历了，有一份豁达；见识了，有一份淡然；领略了，有一份踏实。

　　生活不必过于深奥。在生活的土地精耕细作，蓦然回首，播下的种子，是不是长成丰盛的庄稼，是不是长成参天树木，已经改变不了结果，太过纠结只会徒增烦恼。"失之东隅，收之桑榆"。就算剩下一片荒地，及时栽种一些菜蔬，清茶淡饭，或白云青舍，不也是一种美丽人生。西方流行一句谚语："当上帝为你关上一扇门，一定会为你打开另一扇门。"便时时诵读李白的《山中问答》:"问余何意栖碧山,笑而不答心自闲。桃花流水窅然去,别有天地非人间。"读的多了,便有一些体会,于是心生向往。

因此,便开始描绘退休后的生活。退休已经是非常现实的事情。转业近在咫尺,触手可及,要不要重新就业,我还犹豫不决。大多数人说还年轻,还能做事,就这样鸣金收兵剩下的日子怎么排遣。湘西本地土话语气硬实,说的是"怎么搞"或"搞什么",的确有一点令人望而生畏,仿佛前路漫漫,风萧萧兮易水寒。

但有一位朋友郑重其事告诉我,如果你觉得还有更重要的事要做,那也非得继续前面的道路不可。这是一位高中同学,身材高挑,鼻梁上架一副厚度近视眼镜,模样斯文,说话徐言慢调。他仿佛经历数月思考提炼,才正经八百将这一句睿智又不失委婉的话托出予我。对我而言,每次触摸转业话题,内心的思想立马分成左右两派针锋相对,攻守激烈。绝大多数人的那一派可谓规模宏大,浩浩荡荡,排山倒海,但影像模糊;而另一派虽然在形势上势单力薄,但声音铿锵清晰,竟毫不显出势弱。是的,人生一世,如果有更重要的事,那也无妨。

如何是人生重要的事?一时一地,在内心,在思想,很难分辨得清。重要不一定轰轰烈烈,繁花烈焰。那么退而求其次,人到中年,就从眼前出发,如丝如缕地清理那些曾经缠绕你的万般心事,万种情缘。说到底,人的一生不就是活的一个情分。

如果前半生足够绚丽多姿,不妨静下心,尝一尝凡桃俗李平淡无奇的生活,酸涩甘苦,余味缭绕。如果生活进行得刻板无趣,波澜无痕,不如营运一方避风护雨的港湾,足够自由散漫一场,放肆红飞翠舞一番,尽情逃逸飞扬一回。如果还没有来得及好好地爱一次，感谢上苍的点悟，爱的机遇仍在你经常出没或者忽视的某个角落，保留一份蜷缩的姿势。

《诗经》说："无父何怙？无母何恃？出则衔恤，入则靡至。"有一句话经常出没我们的耳目：父母在，人生尚有来处；父母去，人生只剩归途。马尔克斯在《百年孤独》中说得更深刻："父母是隔在我们和死亡之间的一道帘子。"某一日，春寒料峭，我带着三四位朋友到乡下老家，就餐时分，我们围坐在火坑边的方木桌旁，等待母亲再给我们上两道下酒的菜肴。这数位朋友是家中常客，喜欢母亲用柴火铁锅小炒的家常菜，喜欢我老家依山傍水的环境，喜欢冬天坐在火坑边，一边动手添柴火，一边喝两盅的滋味。母亲半晌没端菜上桌，这却不是母亲一生麻利热忱的性格，我便心生埋怨，嘴里叽里嘀咕，起身到灶房催促。灶房在偏房，紧挨火坑那间正屋。第一个灶口正燃着旺火，铁锅被烧得滋烟滚火、流星迸射。我情急火燎地大声叫嚷，阿妈阿妈！苗语的这个前缀"阿"字读上声，叫得非常响亮，急迫之下，语气已经略带苛责。这一叫就把我从梦中唤醒。正是凌晨四时，窗外已有些微蒙。而我正睡在母亲原来睡的房间，睡在母亲原来睡的那张床。只是母亲已不能应我一声。母亲在三年前的春夏之交已经故去，安寝在老家那片开满黄荆花的山坡。我胸口一阵冷浸似的揪紧，仿佛遭受西伯利亚凛冽的冷风突然侵袭，一时心慌如麻，眼角兀自颤动。时及深秋，窗外簌簌的落叶，陪伴我独自卧听南窗雨。

如果对过往的作为不曾有过交代，寻机递补一声谢谢或对不起，这是年少时老师教给我们的姿态；当然，并非每一件都得重叠地说上一遍，人生不必那么斤斤计较，否则又会成为生活的累赘，物极必反，就说那些让人纠结的特例。某件比较突兀的事别人有愧于你，而那别人又心存芥蒂，再如何心结也无济于事，不如主动打一个电话，让前嫌尽释。"实迷途其未远，觉今是而昨非。"时光很美，不要辜负这一生的缘分。即便有些糟糕，只要不是天仇地恨，不共戴天，让愁怨在这一生某个适合的情绪，或场所，消解弥散。就当某个宁静的夜晚，闯将进来一位或几位不速之客，且发出一堆靡靡之音。再是有所不谐，也不该让它打扰到我们生命中本该平静或舒畅的光阴。

不要给谁轻易承诺下一辈子，下一辈子很缥缈，如果不是虚伪，便是逃避的路径。这一生的每一分钟，只要你愿意，都可以是远方或情诗。有的东西很现实，骨感淋漓，百无聊赖。所有，甚至等不及下一次，哪怕一句淡淡的话语，一抹浅浅的眼神，一丝微微的情意。让每一分钟你所想，能够忠实地面对，关于爱和包容，关于过往及遗憾。

于是某一日或某一段时间，煞有介事地叮嘱几位朋友，随时随地打一通莫可名状的电话。譬如心情怎样，我正闲散，需不需要陪你喝两盅？仿佛那几人属猫科动物，会毫无来由凭空消失。这还不是唤虎入穴，引狼入室，然后自投罗网，好不容易算计好的几天假期，被糟蹋得暗无天日。

又偶有一日，在军分区桂木园碰到闲庭信步的老护士，便请她给测量血压。老护士热忱洋溢，工作极为负责。军分区政治部门兼负老干部工作，所以与老护士也算有过密切配合。老护士不过四十多岁，但因为入伍早，军龄已满三十年，马上面临退休。便调侃她第二春都还没有来过，看如何打发寂寞。也不过一年半载没有体检，那天的血压值脆生生吓唬我一跳。再到人民医院复查，科室主任语气僵硬，面无表情，说得住院观察，让我忐忑的心瞬间经历一番季节的穿越，一时风声鹤唳，秋风扫落叶。由于即时启程参加封闭式理训班，科室主任才善罢甘休，开出一摞降压药，千叮万嘱，循循善诱。

那些天心情黯淡而颓废。那之前我崇尚自然的生活状态，譬如说能吃则吃，能喝则喝，很少禁忌，甚至还宣扬歪理邪说，即便长寿两百年，此处禁地，彼处危城，身处的环境危机四伏，生活危如累卵，那又如何。那天可能是季节的一个分水岭，告诉我说人到中年再经不起折腾。人生的脆弱如此明朗，犹如在荒凉之上倏然点燃的一堆篝火，却引得无际的冷漠而无所适从。

理训班结束，我给自己放几天假，一个人跑去小南海。我感觉自己需要一个时间，一个环境，一个空间，来调整生活状态。这件事没人能帮助，外表的坚强容易修饰，可内心的承受需要寻找源泉。

小南海位于重庆，渝湘相衔，不必把过多的精力浪费在旅途颠簸。山水兼备，宜于寄情寓景。小有名气又远算不上热点，徜徉其间，便不会清寂寥落，也不会庸人自扰。十年前就写过小南海之旅，并没真的到过，只是一种适合彼时心境的臆想而已。这一次小南海又闯荡而来，明明晃晃，也算是人与自然的一次契合。

抵达小南海不过半天时间。湖畔冷风飕飕，芦苇残枝败叶，暮霭流浅，远山像漂浮在一片阔海之上。我立马升腾起一脉浅浅的歉疚。后悔没有邀集几位亲近的好友同行，他们中有的愿意与我同行，甚至为等待这样的机会，嘱咐我许多年，但我武侠般的背包精神，每次临行前都让我选择独自远行。

蓦然间，沧桑感如暮色般凝重。心境苍老的人需要旅伴，需要人陪伴絮语人生，当他形单影只时，大部分时间不是畅想而是回忆。在静得听得见小南海涟漪呼吸的湖畔小木墅里，我不像过往静下心来记录耳闻目睹，而是一一拨通几位好友的电话。

有一些豪迈，但也难以掩饰个中的酸涩。如那漂浮在小南海之上的远山，此时仿若黑夜中疾驰的列车，正劈头盖脸地往心事重重的敏感部位撞击，所有的人生结构顷刻支离破碎，扭曲变形。

刚踏入不惑的门槛，下一次还如何有能量独自远涉。如何独自承受远山袭来的寂寥，并与寥廓的夜空执着对视。

在小南海的那一夜我什么记忆也没留下，只是不停地拨打电话。睡着的时候，我甚至手机都没摁停。因为第二天朋友专门打电话询问我什么状况。第二天很早，那些喜欢停留小南海的候鸟还没醒来，我反而像一只孤独的候鸟，清寂地离开了清寂的小南海。此刻远山正像一艘巨型船舶，慢慢腾腾地从黑暗中驶出小南海的轮廓。

到小南海其实想起来也是一种责任。很多年前不是心驰神往吗？用还债或者逃离来形容小南海之旅都不为过，狼狈到可以认为来去匆匆就是为拨打几个莫名其妙的电话，甚至都不敢标示自己的方位，仿佛那里流落了人生的难言之隐。

人生的许多际遇，无意识地让小南海躺着中枪。多年前即从内心倾慕于它，多年后离弃的也是它。小南海其实没有过错，它的美色与臆想相比有过之而无不及。与其如此，还不如将它设定为心湖，永远伫立在水的中央。

那又如何，"人生不就是为了形象一种遗憾"。年轻时写下的诗句，不就是人到中年的写照！

写于 2011 年 8 月

施其美

　　人生不就是为了形象一种遗憾。这一句年少时的诗，本是写给云山的道姑。

　　那天我与朋友从武冈云山之巅徒步下山，经过一座古朴道观，遽然目睹中年道姑号啕大哭，把我们惊得云山雾罩。云山是《道书》载天下七十二福地之第六十九福地，清代刘文徽诗题此山可谓入木三分："山以云名云即山，云生山头山埋云，山静云动云无定，云多山少山难分。"

　　清明时节，一场滂沱大雨过后，山中浓雾凄迷，仙气缥缈。道姑哭得撕心裂肺，不可抑制，仿佛一股清泠泠的山水从山上往下奔涌。这带给我们年轻的心思意外的撞击与震慑。已经选择遁入玄门，还有什么人世遗留的悲苦与哀怨，让一位中年道姑如此耿耿于怀不能释然。

人生的遗憾，又怎只有道姑一人不能释怀。叫其美的女子，何其靓丽的名字与容颜，本不该就与遗憾结缘。人生的路径，犹如那云山的迷雾，去来无踪，说不清，也道不明。即便上天有垂爱之意，既施予了天然之美，却又往往设置出其不意的情节。许多年过去，一想起这个女子，心里总是涌动莫名的伤怀，久久挥之不去。

事情已经过去很多年。朋友们每次从外乡回来，仍不免一番有意无意地探询，聚在一起的时候，大家总会言非由己地聊到她。仿佛许多话题都潜伏她的身影。已经多年没有信息，聊起的时候，我们心中就会泛起无限苦涩和酸楚。随之而至的是一阵不约而同的岑寂与默然。像年轻时候朗诵过的某一首诗，由于情节哀感顽艳，难免令人情绪低沉而沮丧。

事情得追溯到十多年前。

宵汉、昌含和我是高中三年级文科班要好的朋友。毕业会考后，我们有几天短暂假期，随即转入紧张的高考冲刺阶段。宵汉和昌含遂邀约五六个同学，利用会考假到吉卫释放心情。我们在同届理科班有一个朋友，叫海成，家住吉卫镇的老卫街，大家正好将他家当作大本营。我那时专心备考，所以就没有随从。一队人马中，尚有两个同班同学，一个叫玉宏，一个叫志东，两人脑瓜灵光，属于班里的学习尖子，在班上向来介于百唇之舌与好说之间，也许得益于总体形象倾向正面，所以并不令人生厌。返校时宏东两生你一言我一语，犹如一阵急不可耐的噼啪骤雨，眉飞色舞叙说这一程假期旅途的逸闻轶事。既有异域般之魅惑，又穿插男女之情，无疑给同学们年轻的思想造成冲击力。

他们相邀到湘黔交界处的葫芦小学。那时即使有公路也少有载客的车辆，好在一路坦平，从老卫街步行过去，磨磨叽叽也花不上两个时辰。这里是县农场所在地，数千亩连片稻田镶嵌在四周连绵高山的怀抱。葫芦小学坐落在田坝子中央，湘黔公路从学校门口经过。正值周末，他们应邀和葫芦小学的老师打一场篮球赛。在那里，他们结识两位热情洋溢的年轻女教师，一个叫施其美，一个叫时兰馨。打完球，他们就在女教师处搭伙吃饭，因为年龄相仿，大家谈话投机，两个女教师主动提出给他们当向导，带他们游莲花山和高原湖。

据宏和东的描述，两个女子皆貌美，尤其其美老师，艳而不俗，娇而不媚，谈吐优雅，名如其人何其美，仿佛遗落在莽莽崇山中仙风雅息的女子。年轻女孩的气息浓郁袭人，每一次不经意传导，都能掀起几个男孩心绪的阵阵波澜。不过施其美仿佛心仪的是宵汉或者昌含，有意无意地接近，一起消磨的时候经常生点小事。

崇山气势雄浑，形体奇丽，如一位处子静卧吉卫台地，无愧于它的山名。吉卫台地毗邻黔东北，属云贵高原余脉，我们习惯称之为高原。吉卫镇坐落在台地中央，至今仍然是武陵山地区苗族重要的原生态文化中心，苗族的服饰、语言，以及乡风民俗，在这里保存完好。比较典型的是以吉卫为中心的苗语语音被确定为武陵山区苗语系的标准音。莲花山是崇山的最高峰，而崇山是武陵山苗区一座具有特殊含义的山脉，类似神山圣湖之于藏民的象征意义。苗族的文人墨客或歌者提涉崇山，往往怀抱敬畏与尊崇。崇山是苗族历史重要的背景和见证者，许多重大的苗族历史事件都蕴含着崇山的踪影，甚至直接在崇山的肌体之上演绎和铺展。史书《尚书·舜典》记载："放驩兜于崇山。"驩兜在武陵苗区通常被认为是苗族五大姓之一石姓的先祖，而崇山据考指的就是在湘黔之交吉卫台地之上伏行耸翠的这一匹山脉。

吉卫的来历跟明朝军队体制编制有关。明朝军队编制采用卫所制，在全国各要地设立卫所。一州设所，数州设卫，一卫约编制五千六百人。存在于湘西地区的老司城与老卫城的区别在于，老司城是土著居民自治的土司所在，而老卫城是中原王朝控制土司和苗民等少数民族设置的军事设施。明洪武元年，即一三六八年，明朝廷在崇山主峰莲花山脚下的老卫城置崇山卫。至今老卫城古城堡仍形迹可寻，经考古认定的城郭面积达五十五万平方米。军营官兵加上家眷，以及隶属于卫城的官衙等机构，军营中征用的劳役，而且历经数百年的巩固建设，鼎盛时期卫城人口当在万人以上，已经是一座名副其实的城池。而这个范围并不包含后来于两公里以外另址建设的吉多古城。老卫城城阙外有洗马池两座，呈椭圆状，坐落于老卫城两座城门的入口数十米处。也许经过夯筑的缘故，洗马池的形状至今保持完好，并长年蓄积一泓清水。清乾隆年间，以石三保、吴八月为首领的乾嘉苗民起义，就是以吉卫地区为中心，苗民起义军在崇山之巅的黄瓜寨和莲花山等诸多战场同清军浴血奋战，演绎了苗族历史上最豪迈也最悲壮的一幕。

攀援在莲花山崎岖蜿蜒的山道，施其美和时兰馨将崇山山脉人文典故给几个年轻学生娓娓道来。攀至海拔一千余米的最高点，莲花山五个山头如莲花并蒂罗列，神奇地呈现眼前。一群年轻男女忘情地欢呼雀跃，仿佛展现在他们眼前的世界如此奇瑰而美妙。作为苗族有学识的年青一代，共同的历史文化让宵汉和昌含产生强烈的心灵共鸣，他们感觉相见恨晚，遂对着天地敞开心扉，无所不谈，从心理上与两个女教师迅速拉近距离。

夜幕降临，在高原皎洁的月光下，苗族未婚青年倾巢出动，心有灵犀地赶赴约定俗成的区域聚合，俗称赶边边场。边边场是苗族爱情的芳草地，苗族多少跨凤乘龙的爱情故事，都是在边边场上签约。我有一位隔房的表哥，因为兄弟姐妹多，家境不尽如人意，数次请媒人联亲均铩羽而归。表哥相貌堂堂，又有一肚子陈词滥调，于是在边边场与女孩盟约唱歌，女孩赢了表哥要如何如何，而表哥唱赢只要女孩当老婆。二人唱了几天几夜，女孩主动牵了表哥的手。表哥就这样赢取他的如花美眷。那时节苗族女孩嫁人要讲银饰，苗族在历史上对银饰情有独钟，女孩出嫁前会根据双方家境提出相应分量的银饰品作为嫁妆，这是女孩的荣耀，也是女人一生独享的财富。而这些银饰品往往一代传一代，可以传给女儿，也可传给媳妇，成为女人的传家宝。表嫂不要一分彩礼就自己过门，要知道表哥比表嫂年纪整整大了一轮。两家家长也乐观其成，鼎力相助。两人生儿育女，过着于飞之乐的生活。表哥因疾早逝，表嫂痛心伤臆，一年后也郁结而逝，让人唏嘘。

月光银瀑金纱般笼罩吉卫高原，所有年轻的激情都在月光的轻纱里激荡和膨胀。歌声在夜色里此起彼伏，四处传播肆无忌惮的打情骂俏声。一队队人群，全是年轻的红男绿女，在夜色庇护下，不分尊卑，不分容颜，所有的行动都只有一个目的，寻找生命中的配偶。方式简单而原始，全靠语言的传递，全靠心与心赤裸裸地交流。宵汉和昌含们没有见过这种群体感情求索的阵势，有点胆怯，但随着行进的人群，心脏一波波加速跳宕，心里充盈起无限激越和莫名兴奋。

施其美和时兰馨拨云撩雨，不断揶揄和怂恿几个年轻男孩勇敢追求女孩子。志东好奇而急不可耐地盘问："怎么追？"时兰馨直白相告："你们不会唱歌，赶边边场属于天残地疾，剩下来只得放开胆量，跑上前，一手拉，一手抱，如果女孩喜欢，就会半推半就。"玉宏心地单纯，性格可爱，听时兰馨一说便信以为真，趁着兴奋劲直顶脑灵盖的当口，提起胆量跑去抱住前面队伍里身材高挑的女孩。队伍一阵骚乱，发现细作一般发出激烈尖叫，随即一窝蜂逃散。引得附近队伍里掩藏的狂蜂浪蝶一阵高过一阵的狂言浪语。于是整个天幕下就仿佛一个偌大的现实剧场，各色人物与剧情络绎登台。因为玉宏忍不住哈哈大笑，郴州口音暴露无遗，以为他只是恶意调戏，一群麻辣女生把他训得狗血喷头。玉宏不懂苗语，面对一队女孩的唇枪舌剑，只有愣住木头脑袋张口结舌，弄得一群人撑腰捧腹颠三倒四地笑。不过宵汉和昌含借此壮大胆量，对施其美和时兰馨的言辞变得放肆而犀利，甚至露骨。像路边的树林里疾速而过的鼹鼠，已经露出稚嫩的獠牙。宵汉无所顾忌地说，要追我就追你，肯定不会去追别人！施其美和时兰馨比男孩们自然多了些通达谙练，应对起来环环紧扣，招招入木三分，犹如一味传说中会紧紧蛊惑迷恋对象心意的苗药的引子，令人欲罢不能。不过女孩也绝非轻浮之辈。即便语言携云带雨，也保持在睿智而不失优雅的层面。这反倒更让男孩子心悦诚服，敬佩不已。所以这一夜带给宵汉和昌含的是一种无法言喻而酥爽的感觉，对生活开启真真切切的冲动。严格来说，宵汉和昌含的成人洗礼从这一夜开始。这一夜他俩在乡间伴着蛙鼓，彻夜谈论这两个韵味无限的女教师。

第二天用过早餐，他们出发去高原湖。因为吉卫和贵州山水相依，我们就把莲花山下的莲花山水库叫高原湖。高原湖呈狭长形，蜿蜒嵌入到贵州地界的腹部，四周青山倒映，静影沉璧。经过边边场熏陶，几个男孩成熟练达许多，仿佛一夜间脱胎换骨。青涩少年成长为思想葳蕤的男子汉，言谈举止间设防布哨表现得淡定自若。在此之前，他们没有过与社会人物自然而深入交往的经历，更遑论对象是两位仙姿月韵的女孩。于是，从心底把两个女孩视若知音。甚至，产生了无以言说的依恋。

施其美和时兰馨轮流唱起凛冽的苗族花腔民歌，唱完一曲就哈哈大笑一阵。宵汉和昌含知道，她俩是有意借苗歌行戏谑之事。但是没有办法，他们扯不开嗓子唱苗歌，他们在学习现代知识的同时，也荒芜掉天然本分。昌含故意扯起嗓门道，再这么日弄我们，就把你俩捉上山当土匪婆。两个女孩胆子大得翻天滚地，时兰馨想也不想喷口而出，你们有胆量当土匪抢婆娘，我们就敢当压寨夫人，抢都不用抢！把几个年轻男孩抢白得瞠目结舌，面面相觑。

苗歌在山谷萦回缭绕，原野上躬耕的壮年男子偶尔直起腰好奇地东张西望。高原的云霓变幻莫测，美轮美奂，不断在湖水中演绎各式形态。没有比这更精美清亮的情境。各种飞鸟的鸣叫充盈欢愉，在两岸的水柳间飞来划去，无情衔走这几个年轻男孩十多年来宁静的心绪。

老卫城古城遗址内林木葱茏，杏雨梨云，荒草葳蕤。他们从古城围墙边的海成亲戚家借来一应家伙，便在古城流芳井旁搭起简易灶架，数人分工合作，不多时，一顿丰盛的晚餐准备停当。他们提议唱歌，女孩仍然唱苗歌，男孩唱男孩子下雨不打伞。女孩先唱平腔，男孩说还是花腔感染人，有劲道，于是女孩又唱花腔。他们跳起舞，女孩跳苗族古老的接龙舞，一招一式，优雅传神。接龙舞需要男孩花式对跳，于是男孩被驱赶着扭扭捏捏地在女孩与树木之间穿插，数人各自忍俊不禁。他们还喝了酒，喝了便有些恓惶，随之而来的是兴奋与恍惚。数人均第一次喝烈性酒，一人除外，明媚而温润的女生钱钱，大约也是她提议喝酒。谁也看不出她竟是喝酒的老把式。钱钱家是苗方酿酒世家，男孩很小就可以跟长辈出入酿酒作坊喝酒酿酒，女孩却不准许沾边，无奈之下，钱钱便偷着喝酒慢慢长大。流芳井下原是古城内可供半城数千名官兵及家眷使用的净菜淘米池，后被社会主义生产队改造成数百平方米的良田。最怡人的当数农田下方数亩荷花池，这时节正嫩蕊凝珠，沿袭六百余年的轨迹绽放清香。月亮爬上来，农田与荷花池蛙鼓一片。数人带着微醺，闻着荷香，听着清朝某位格格在古城苗域荡气回肠的爱情故事，沉醉于崇山古城之中。

几天后，我们回归紧张的高考复习。但宵汉和昌含的心绪没有平静下来。他们给我描述施其美的清丽脱俗，言语神情完全是深度倾倒与膜拜的自然流露。我清楚记得，一个星期六晚上，我独自待在宿舍，昌含吹着口哨意气风发地从外面走进来，仿佛脚步都捎带轻快。他笑嘻嘻地说："她捏了我屁股一把，痛得要命！"我打量他闪闪烁烁的眼神："说说然后？""当然，我捉住她的手放在胸口抚摸，出电影院的大门，就自然而然牵上她的手。"昌含荡漾满脸幸福，说话的尾部还拉着颤音。

昌含比我年长，高中毕业，他已经二十冒头。我说："让她等你几年，大学毕业刚好结婚。"

很快，我们挨过高考。施其美陪伴我们度过那个忐忑而又处于转型期的假期。容貌和气质不必赘言，施其美性情婉约而雅致，比众人描述的模样更具女人味。她十分体察人的心境，举止落落大方，说话的音调蕴含着一小股吸引人的魔方余韵。这是一个对生活很真诚的女孩。她陪伴我们游历卫城附近的山山水水。神奇的崇山石海与石栏杆石林，高耸的摩天岭，峻削的梳子山，神秘的老卫城与天生桥，娴静的百果湖。夜幕下的舒风爽意，月光里的荒芜古城，浅山上的云卷云舒，青春里的人来人往。仿佛每一座山每一道水都惬意而钟情，因情谊而感性，因山水而诗化。莫不是一场锦绣华年中不期而遇的风花雪月。那个假期，因此增添许多妙趣，无形中减轻多少高考后的焦灼与枯燥。

然而事情并没有按照设想的轨迹发展。宵汉和昌含落榜，在不同的地方各补习一年或两年。通信中逐渐减少施其美的信息，我以为这两人在学苏秦悬梁刺股，遂将感情的事先放一放。假期和海成在一起，说到此事，海成说："卵！他俩同时爱上了！宵汉和昌含一个鼓励一个追求施其美，施其美一个也放不下，也不知是不是言不由衷，宵汉和昌含也没有一个放得下，就这样耗持，胶着不下。"我当即一震，这怎么行。我分别找到宵汉和昌含，对他们说了同样的话："你俩得把话扯开，明白无误告诉对方，要么你大胆表白施其美，要么你就从施其美身边销声匿迹，好让彼此心无芥蒂。"我后来感觉这句话失之偏颇，于是又说，你俩同时亮明心意，让施其美自己作出选择。我好心转了一圈，大约放了一通无关痛痒的莫名屁。

这种僵持的状态一直没有丝毫缓解。试想，一份感情的分合要是轻易便能破解密码，那许多人便不会因此纠结一生。

三年后，宵汉早于昌含毕业，他离开湘西，到广东沿海城市的一家外贸公司任职，并很快和隔壁电子公司一名湖南籍女工程师结为秦晋之好。宵汉远走他乡而很快结婚，不知是不是蕴含着一份心情在其中。即便如此，昌含并没有接受他的情意，昌含晚两年毕业，背起行囊毅然到千里外的省城发展。

我把昌含到省城工作的消息告诉施其美。她眼神空蒙，神情模糊，甚至婉约的语调都不曾捕捉得到一毫半厘的变奏。半晌，清浅地问几句昌含的情况，又问问宵汉在广东的境遇。平静得好像在询问一个属于别人的故事，只需捎带上无关紧要的心情与只言片语。

而且故事已然流逝许多年，就像某一个季节莲花山涨起的山洪，经过时间的涤荡，完全沉入高原湖深邃的底部。

不久，昌含收到施其美寄来的信。鼓鼓囊囊的一封。信后来昌含拿回老家，收在学生时代使用的自制老式木箱，他特意翻腾出来让我看过。是的，老家是收藏青春最好的地方。美妙的，或者忧伤的，都在老家的风物间得以静静地贮藏。

就像莱蒙托夫在著名的《帆》一诗中写道："它到遥远的异地寻找着什么，它把什么抛在故乡？"这诗句恰好是为这些远离家乡，去异地他乡追寻的年轻人而写，这个它不就是宵汉和昌含们么，只不过时代不同内涵迥异而已。只不过每个人怀揣的心绪此一时彼一时，或者那片帆影所承载的波澜起伏，色彩迷离，如此而已。

我记得信件凌乱不堪，青春的幽怨仿佛随高原湖的起伏铺展，而高原湖的涟漪洇漫过信页的褶皱。无数淤干的泪痕藏匿于字里行间，像远古曾经的河道被沙漠的躯体无情地掩埋，只剩下隐约的痕迹让人踟蹰和叹息，无边无际的荒凉替代了河生动的流淌。这个女子，一直静静地等待生命中的这两个男孩。是的，是两个。当第一个男孩离她而去，她更明晰而坚定、默默无言地守候第二个。这两个男孩，没有一个给过她承诺，也没有一个给过她未来的期许。

某日傍晚，我突然诗意斑斓，吟着晏殊的词《踏莎行》，唏嘘半晌。仿佛瞧见施其美一个人在高原湖畔的垂柳树下深微幽隐，踟蹰独行，独自凄婉伴月明。"带缓罗衣，香残蕙炷。天长不禁迢迢路。垂杨只解惹春风，何曾系得行人住。"风拂素袖凉，月照水影清。这千古的幽怨，绵绵不绝地泼洒在如此一个女子的身上。

树叶如果有遗憾，可能是不能够等待春天的温暖便飘落凡尘。森林如果有悲凉，可能是偌大的胸怀却没有一朵鲜花盛开，没有一只鹧鸟的脆鸣。情感的遗憾和悲凉，只有夜深人寂时风雨交加的心潮，难眠的怅惘。

十年后的一天，我在表姐家惊奇地碰到施其美。她的脸消逝了青春的光泽，眼角无情描摹上浅浅纹理，眼光也失却流眄顾盼的神采。我们的招呼风轻云淡，没有影响到任何人。我内心仍然把她当作一位年轻时代的挚友。但那天人多，表姐家一百多个平方米的居室，每一个角落几乎都被人侵占，语笑喧哗，发言盈庭，显然并不适宜勾起陈年往事。

我示意表姐走进厨房，问表姐怎么认识施其美。表姐一脸狐疑而惊讶："哪个是施其美？你指的那位叫廖秋雪！她是我的同事。"我问她结婚没有。"没有，"表姐肯定地说，"追求她的人络绎不绝，我都给她介绍了两个，她就是没有一个看得上，真不知道她心仪什么样的人！"原来，施其美离开学校，调到表姐所在的那个单位工作。表姐对她此前的经历茫然无知，我便也无须多嘴饶舌。

每个人都有权在心底收藏过往。每个人都经历人生的繁华和落寞。人生苦短，每个人都要守护好属于人生秘密的段落。爱或不爱，都已然流落，唯愿岁月安好。

见到施其美不久，表姐调整了工作单位。据说施其美也辞职去了某座沿海城市。"它到遥远的异地寻找着什么，它把什么抛在故乡？"知道这个消息，莱蒙托夫的诗句突然冒出，再一次在我心中来回撞击，缭绕。

自此，便没有再见到施其美。

写于 2005 年 8 月

我们的高原

　　昨晚从花果山散步回军分区大院，途中接到昌含电话。乍看一个生疏的长沙号码，心中陡生狐疑。也难怪，一年难得通上几次电话，包括几个月前，周亦稳结婚的地点，就从昌含工作单位所在地擦肩而过，那次时间十分充裕，就是没有想起要给他打一个电话，哪怕轻描淡写问候一声。毕竟，我到省城的机会比起他回湘西多得多。这样想，心里竟然滋生几丝愧疚。其实也不是有意而为之，只是这二十几年的交往形成习惯式。昌含不是有事，很少主动提起话筒。回到湘西也经常寂寂无声，并没有和同学朋友多有联络，不是十分无聊，很难得主动打我一个电话。也不像我蕴含那么一点感性色彩，通常捎带几分酒后的蒙眬醉意，突然想念某个人，便会拿起话筒天马行空。或者，倏然想到某一地，只要时间允许，便如渴骥奔泉，拔地而起。所以昌含说看来今天状态不错，还能认真听我讲两句话。讲得我好像从来没把他当一回事，而他说过的话也只是可有可无一阵风，从来在我这里就没有什么分量。昌含说我要回吉首督办一个项目，本来没有我的事，因负责此工程的同事临时出状况，经理考虑到我是湘西人，热门熟路，把项目转而交给我，大约半年时间。我兀自一跺脚，说好，他妈的好。放下电话，看那天空中乱云飞渡，仿佛人生行色匆匆。许多感念油然涌上心头，便有些人生豪迈、英雄迟暮、廉颇尚能饭否的味道。

于是给海原打电话。相对而言，海原拥有充裕的自由。他自嘲得还算到位，可能什么都缺，唯独不缺时间。湘西人讲湘西方言基本原盐不分，正可谓缺油不缺盐。暑雨祁寒二十年，道路收费站说撤就撤，他也随之失业，矿山红火时在山上混迹，金融危机袭击，首先受打击的就是虾兵蟹将，一时间山上如激战过后的战场，哀鸿遍野，摧枯拉朽。海原唉声叹气，感慨生活之多艰，又恨不能将原变成盐，是人总得进盐分，也可逢人便兜售。从此开黑摩的，放小笔高利贷，如此之类边缘不良行为偶现其影踪神出鬼没。有一段时间甚至租赁一处比较隐秘的场所开起麻将馆，每天过着类似隐蔽战线一样的生活。最近几年，他拉扯几个人的队伍，四处承揽零零碎碎的小型基建工程。时下，海原组建自己的办公室，甚至主动给我打了一个电话，让我给他推荐一位专业人才，事业逐步走上正轨。总之，生活即便将就着过，也算是有了一些起色。

像一阵疾速的风，海原即刻把信息传递给西林。西林是广东佛山一家贸易公司的部门经理。虽然在距离上比昌含远许多，但交通便捷的现代，距离的远近真不是问题。远的可能是那一份心。基本上，西林每年还能保持回老家一次。但昌含就保证不了。有好几年昌含似乎销声匿迹一般，渺无踪影。昌含也非薄情寡义之人，他兄弟姐妹多，而且家庭条件不错，家里的事情操心得少。西林和他老婆都是湖南人，对家的牵挂经常交融一起，他婆娘是一位湘西南出生的姑娘，怎么说也和湘西沾得上边，对湘西天生就有一种故里情结，回来的时候便能成双成对。昌含吧，婆娘是一位地道的长沙妹砣，相当于倒插门，整天耳濡目染，能飙一口地道的长沙话，不知哪一天起，就再也讲不出老家话。高中毕业后有几年没见着，反正就那几年变的质味。说别人神抖摆谱，昌含却不是。好在苗语还是那么利索，比我还利索。乡音丢掉的人，可能心也丢了，不知昌含是否想遗失什么。

西林说，尽可能抽时间回来聚一下。西林近两年负责公司服务业务拓展，常年在珠三角与中西部省份之间奔波，反而可以利用出差时间陈仓暗度，迂回取道老家。聚一下就聚一下，再不聚，可能就得等到花甲退休之后。四个年龄，依次递增一岁，西林最大，我最小，看这岁月，把四个青葱少年活灵活现地演绎得老气横秋。昌含面色蜡黄，西林宽门秃顶，海原老态龙钟，我，双鬓银丝。当年相邀走在街市，也是乡间何等意气风发的一道风景。而这道风景，即将移交给下一代。西林的女子高考全校第一，报的是南方顶级名牌大学。海原的女子在师范学院就读。这两位少年至少在正规的教育道路，已经青出于蓝。我最小，儿子年龄也最小，还有两年完成小学学业，也是自信满满的一个小家伙。

毕业的那个夏天，我写了一个小说，叫作《我们去旅行》。人生的风雨航程刚刚开启帷幕，几个同伴携手去旅行，带着迷惘，也带着憧憬。写的是我们自己。二十多年后，我们是否从旅途归来，我们的心是否已经安静泰然。

昌含在吉首项目部安顿下，迫不及待给我交代任务，这个周末小长假怎么消遣。于是我又把压力过犹不及地传导给西林，语气夹枪带棒，携风裹雨。你回或不回，自己掂量掂量。像夏天的一阵冰雹，气势凶猛，砸在地面突突作响。

湘西西南部的吉卫台地与贵州毗连，属云贵高原余脉梢尾，平均海拔超过八百米。因为承载过我们年少时期不少的光阴与欢乐，在小圈子里，我们都心有灵犀地将台地惯称为高原。它是我们心中的一方圣地。

去高原吧。我们曾经魂牵梦萦的高原。我们曾经的旅行，曾经激情奔涌的青春。

青春中的那些身影，每个人生命中那段时间形形色色的角色，如今可否安好。

我通过二表姐追踪廖秋雪的信息。草蛇灰线，二表姐是唯一的线索。对我的不依不饶，二表姐显得很无辜，都十多年了，我又不是私家侦探，如何找到她的去向。表姐甚至直言不讳，说我因为这个事变得蛮横无理。但没有办法，表姐是查找廖秋雪的唯一一根稻草。单位改制后，所有员工作鸟兽散。表姐仔细回忆可能与廖秋雪关系好的老工友，然后想办法取得联系。所有的事情都不无关系，哪怕没有给你找到廖秋雪，我的这些朋友也有这么多年没有联系，实际上你给我创造了一个机会。委屈过后的表姐富于哲学地安慰自己。

在垣城的那段时间，我曾经找过一次廖秋雪。在一条僻静的深巷，廖秋雪寄住在她的一个堂姐家。我还在那里吃了一顿饭。那顿饭吃得自然、安静，我想我还是留下，吃一顿饭吧。那时候昌含和西林都已经结婚，而且远在他乡。那天，我们都没有谈及昌含和西林。那以后，我就再也没有见到廖秋雪。那一片巷子，在我离开垣城后不久，已经被改造成高楼大厦。过巷的风已经老去，如何传递故人的讯息。如一场雪，在阳光里逃离。

只有找到廖秋雪，才能找到时菊，甚至方圆。方圆就是那位被邪恶之手浸染后，又被单位无情辞退的后勤协理。理由如此简单，仅仅要求单位给退学赋闲在家的兄弟安排临时岗位。邪恶之手趁机伸向这个初中没毕业即辍学上班的单纯女孩。那个女孩实际上淡淡地可爱，善良而温婉，是时菊的贵州邻县远房表妹。我们闻听消息时仿佛被千钧雷霆震裂意识。世界的丑恶和美丽，都如此赤裸裸。那个下午，数个年轻的男孩七窍生烟，呆怔得不知所以。除了疯狂地喝钱钱家自酿的烧酒，除了语无伦次地诅咒，除了让尘埃之箭脆生生击穿我们的渺小无力，我们什么也不能做。我们年轻的旅行，曾经被烙伤徒行的双腿和轨迹。

真正聚会时，意外到达十多个人。我们毫不犹豫选择湘黔之交的草海。中秋节前后，月色皎好，无拘无束地照耀我们。数个女孩子，像赴一场断桥的约会，月光给她们保留住年轻时的美。掩映廖秋雪的憔悴和落寞。有着美丽名字的时菊变成典型的村妇，脸色黝黑，举止干练，浑身洋溢纯朴和满足。装束时尚的方圆则在全球闻名遐迩的小商品城拥有自己的公司，眼睛射击的光芒咄咄逼人。廖秋雪仍孑然一身。时菊已经成为外祖母，我们年少时外祖母的形象被无情地颠覆粉碎。方圆和钱钱则陪伴我们男生，豪放地吃肉喝酒。那个淡淡的可爱，谁也不承想成为与时俱进的形象。曾经的迷惘，曾经有过的伤痛，在前进的路上已经被彻底丢掉。

廖秋雪大部分时间沉默不语，年轻时经常轻浮脸颊上的笑意隐匿在岁月留下的背影中。我突然想起来，没见过一个人的笑比她更像某位当红演员，梨涡舒放，优雅时尚。那位演员频繁在银屏出现，难怪有种似曾相识的感觉。也可能这是廖秋雪仿佛一直若即若离的原因。除了时菊，廖秋雪自始至终没有叫唤一声谁的名字。年轻时直呼其名的自信与随性荡然无存。随之维系在我们中间的那一缕亲近感也消失得无影无踪。二十多年后，她沉郁寡欢地陪伴我们。游离不定的眼神始终没有落在谁的身上。像她对生活仍然怀疑的态度，终究难以把握什么才是自己应该追逐的模样。以前的公主变成配角，而滔滔不绝的方圆俨然成为童话故事中的公主。

廖秋雪拉起时菊，去漫步月色中的草海。年轻时形影不离的两个闺密，也是十多年没有见面。廖秋雪曾经想让时菊成为我们中某一位的亲密朋友，但没有如愿。不是因为时菊不优秀，而是这一群男孩的心有些遥远。正是这些不羁的思绪，让廖秋雪步入一潭泥沼欲罢不能。一个年近半百的妇人，仍然保持恓惶游弋的眼神，可见这个社会带给她的模糊不定是如此深刻，或者说残忍。

月笼轻烟雾笼纱。凉风不厌其烦地吹散低海拔浮托上来的烦闷与喧嚣，使人的心境与自然一般安怡舒适。月色中，草海静静地一展无垠，如此雅致、迷离，空阔地远。平均海拔一千三百米的草海，是附近的最高点，数万亩天然与人工草场，茵茵如原，白天，如青葱少年茫无涯际的向往，月色笼罩，又如少年剥开青葱的心思，让人忘情地投入。草海如此令人容易陷入迷幻。二十多年前的脚步仿佛又轻轻叩首。亲爱的朋友，一切，是否依然安好。

时菊突然从草海深处慌慌张张跑出来，急促地呼喊大家。廖秋雪哭哩，她说一句今天是她四十八岁生日，就趴在草地上哭得稀里哗啦，怎么劝都无济于事。是的，那一年的雪莫名其妙地早来，所以叫秋雪，那诗一般的名字和洁白无瑕的性情，唤醒大家年轻时的记忆。几个男生面面相觑，无言以对。昌含和西林神情黯然。年轻时候就知道，廖秋雪比西林要大上两岁。那时是宝姐姐带领贾宝玉在生命的大观园无拘无束地游玩。贾宝玉长大后，选择了其他生活。或者无所谓选择。大多数人只是在时光的巷道，被动地牵绊着往前走。我告诉时菊让廖秋雪去哭，你静静陪伴就行。这层层叠叠的伤痕让她自己去揭开。若廖秋雪的生活有新的开始，也不枉相聚一场。生活，不会将就某一场景，或者在某一处所静止不变。这一场之后又各奔西东。这一场之后又将何去何从。

　　过几天，表姐给我打来电话。语气夹裹一阵难以抑制的枪林弹雨。表弟，你们都被廖秋雪活活欺骗！我心生狐疑，廖秋雪欺骗我们什么，而且值得表姐这般义愤填膺。廖秋雪早两年已经结婚，男的是一个有实力的老板，准确点讲是嫁了一个瘪老头，年岁当父亲都得多余。这不明摆着给人家养老送终去的嘛。一顿劈头盖脸之后，表姐的语气兀自软和下来，好像又转而替廖秋雪不值。老头的几个孩子都和廖秋雪差不多年纪，那几个认定廖秋雪处心积虑奔着家产而去，于是处处挤对她。听说她过得很不好，但又不甘心这些年的付出竹篮打水。"庭院深深，她好像过的就是琼瑶阿姨描写的那种生活，跟着那个老男人，也没有生养，不知道她下半辈子依靠什么。阿雪这么好一个女子，怎么就被凄风苦雨沾惹住，这不是上天瞎眼了么。"表姐在电话那头心有不甘地喋喋不休。

　　昌含因为侄儿要读书，大清早就给我打电话。我故意不和他说小孩读书的事。环顾左右皆言他。我说昨天我到廖秋雪家里。他说怎么样，结婚了吗？问得都不那么真诚，好像我提起了便顺带一问，事不关己。我说代表你和西林去看她。昌含说我敢肯定你代表的是自己。昨天真的到了高原，不过没见着廖秋雪。她说了，等你回垣城，让我带你去高原，她回来见你一面。昌含笑出声，听出我在诳他。"别搞得跟告别演出一样。"你别说，昌含的长沙话真是说得抑扬顿挫字正腔圆，就让我聊这个话题多出一份兴致。实际上，我也并非有意拿这个事情当作饵料调侃，昌含也知道我本意并非如此。只是这始终是我们情谊中绕不过的篇目。

第一天搪塞过昌含，第二天清晨又来电话。说侄儿的事怎么样。我托转我的老部长。老部长本来推托，他自己手头侄儿侄女一大堆上学的事都没办法摆平。我如此这般，把这一段往事和盘托出。我说部长，这个小孩实际上是昌含和廖秋雪的小孩，这是个隐秘，廖秋雪的父母都不知情。一个未婚女子不可能自己带小孩，于是就成为昌含的侄儿。而这个女子至今未婚。老部长大为感动，仿佛自怨自艾又愤愤不平地在电话那端大声控诉，好像谁欠下他的情意。"我们都曾年轻过，从来就没有一个人愿意等我们十天半月，鬼都没有一个！"恻隐之心占据上风，老部长于是立马给我立下豪言壮语，就是自己的侄儿侄女进不了优质学校，也要把这个小孩搞好。我窃笑，老部长向来容易被激动，稍作思忖，便会明白如果这个小孩在现实中存在，不可能才要进入高中。不过就算剧本穿帮，桥段苍白，要自圆其说倒也不难。很多年过后，廖秋雪自己也觉得这辈子算是糊在这一趟浑水里了，于是决然不顾昌含反对，便有了这样一个结果。如此，这一辈子便也没有白来。因为爱仍然承载着希望。

如果西林要看见上面这段话，一定得感恩戴德。二十多年来，他虽然没有昌含思想包袱沉重，但毫无疑问，他即使不是罪魁祸首，也是一丘之貉。如果当年，不用如果，又还有什么话可说呢。是的，如果。昌含先于西林离开湘西并结婚，那这几个人的生活也许又完全是另外一番模样。我一直相信昌含的定力。当然，也许同样出于对西林的了然于胸，几年后毕业，昌含选择了销声匿迹。爱，可能不是馈赠的结果。两个人明枪暗箭，同样可以是弟兄。逃避或赤裸裸的退让，就是放在今天这样一个结果，我想昌含仍然缺乏足够的理由说服自己。

按照表姐提供的信息，西林果真联系上廖秋雪。西林说我是西林。廖秋雪说我是廖秋雪。你家住在何处，可以见一面吗，我现在珠三角某某市一家外贸公司，二十几年就做同一件事。

二十几年就做同一件事。说得多轻巧，说得自己专情不二一样。廖秋雪如何回答这二十几年的经历？

廖秋雪没有回答。大约好几分钟。西林也没有再说话。就是这几分钟，让西林感觉仿佛坠入一片深邃的海，无边无际，沧海横流。

可能是蔚蓝的大海，或者灿星浩繁的宇宙之海。也可能是月色中苍茫的草海。凄迷幽寂，又星星点点。如窗含西岭千秋雪，人间混沌无颜色。

不，那是高原。我们年轻的高原。

写于 2014 年 7 月

怀恋仁农内

一

天空疏朗深邃。阳光却被急速流窜的浸凉意气所消磨，柔波浅浪地拂照。小寒之后，进入到深冬的窟窿，大约今年闰月，冬天仿佛一位闲散浪人，在人间慢条斯理地晃荡。

这是一条可以通向仁农内的小道。仁农内是一座山名，横陈在湘西花垣县的中部，位于龙潭、道二与吉峒坪三个乡镇的交界处，并与县城及边城茶峒的山脊同气连枝，两相遥望。路两侧的水沟干涸透底，大部分沟面被枯衰的芭茅草覆盖。土地上的庄稼早就收割完毕，举目所至，一片枯黄野草和庄稼收割后的残枝败叶。傲然的椿木落叶殆尽，突兀的枝条茫然伸展在半空中。在空旷的田原上，偶有几位老人在放牧。老人的吆喝依稀蒙眬，因为距离遥远，只见牛群依顺老人的引导，朝相同的方向奔窜，不时传来几声低哑浑厚的嘶吼，仿佛与寥廓的天空遥相呼应。

湘西地区苗族百姓对牛群家族充满敬意。每年四月八日就是祭祀牛的日子，这一天是牛的节日，家家户户把牛栏冲洗干净，给牛预备好丰盛的食料，而且要给一年四季勤苦劳顿的耕牛放假休息，要把牛牵到水草丰美的野地，任牛自由散漫一番。由此演变成苗族隆重的节日。人们在这一天载歌载舞，尽情展露技能，广泛交流物资，甚至谈情说爱，逐渐形成苗族最为盛大的社交和文化活动。苗民对牛的敬意，上升为对牛的崇拜。在县政府广场前矗立着一座雕塑，一头身形魁梧的水牯牛雄性非凡地展示酷劲十足的砥砺，身后是数根雕刻象形意识的图腾柱，成为百里苗乡醒目的文化标识。

有一年，我们家的当家水牯牛从仁农内的悬崖跌落，摔断两条腿。回家的山路陡峭逼仄，十拐八弯，水牯牛犹如庞然大物，根本没法挪动。父亲拿出家里翻晒谷物的帆布条支撑起一方简易牛棚。堂侄每天一趟爬到半山腰给牛治疗。堂侄是村里的兽医，年龄比我大数岁，性子沉稳而耐烦。时值假期，也是湘西多雨的季节。我和父亲在牛棚不远处就地取材，搭建一爿躲风避雨的空中茅棚屋，陪伴和守护疗伤的水牯牛。茅屋的四根立柱是四棵活色生香的杉木，只需把杉树下半截横生的枝条砍光削净，茅屋任凭风吹雨打，岿然不动。蛇不过草这时发挥奇效，堂哥从苞谷地挖来几蓬蛇不过草栽在四根立柱的脚跟，把长满密实细刺的长条草茎绕着立柱缠了几个圈。这样，纵然蛇长着三头六臂也无法突破不过草的万道钢刀防线。正应了那句话，道高一尺，魔高一丈。我把上下雨棚的小木梯做成活动支架，休息的时间我便将梯子放下，要上下棚子时便将木梯拉起来架稳当。如此，只要在雨棚的庇护下，时光总是过得安然惬意。那时，一头牛便是半个家当，母亲难免长吁短叹。而父亲极力消解母亲的伤心烦闷，没有让我们过多地感染和笼罩愁绪。

父母白天都要出工，我于是整天在半山腰游荡，在茂密的森林中捡拾干枯的柴火，从草场采割鲜嫩的芭茅草，用茅屋边支架的铁锅一日两餐地给牛煮食。其余时间我便看书，或漫无目的浪迹山中，声嘶力竭地喊山，浑腔野调地放歌，疾风滚动，百鸟欢舞。堂哥和同龄的侄辈们经常到山上与我做伴玩耍，甚至陪伴我在山上宿夜。否则父亲绝不准许我一个人在山中独自过夜。在家族里我那一行辈中，我的年龄属小，所以堂哥并不单指某一位。那段时间治安形势不错，我们那座数十平方公里的大山，并没有听说哪儿发生过恶性治安案件。父亲只是担心我担惊受怕，山大自然野物也多，夜间便会出没响动。每天在夜幕和森林分不开距离之前，父亲都会赶到茅棚接替我，让我打着香味扑鼻的松节火把下山回家。

其实，我心虚的不是野物动作，而是在仁农内最高峰崔嵬巨石的下面，零散着几座年代久远的坟墓，以及老辈人口中不知半解支离破碎的传说。譬如后山腰马鞍形凹槽前方，神奇地隆起一座百余平方米的土丘，酷似一冢规整而巨大的坟茔，传说是某朝的某位副指挥使经此地征战苗地时暴毙，被就地埋葬在仁农内峰顶下的风水宝地，地形开阔，居高临下。这原本也说得通，后山脚下，逶迤一条古道，通过打摆坳把县城与崇山卫城和黔地连接起来，排楼寨居于打摆坳咽喉处，易守难攻。位于此道中的鸭堡寨、扁齐寨，本就是朝廷在苗区所设的汛堡营地，为崇山卫城所辖。

仁农内主峰巨石壁立，四周如斧劈刀削，突兀而起。只有一条小道可以蜿蜒攀爬。峰顶平坦，岩石裸露，只长着稀落的灌木和瘦削的山竹。最为神奇的是风动石。我们习惯叫风动石为"阿格危杆",意思是峰顶危柱。风动石大约数百吨之巨,犹如锥状巨型陀螺,英姿飒爽,立于山巅巨石之前的一方石柱状平台之上,独立成峰,酷似龙首,激昂有形。每遇大风,风动石便会伴着风啸晃动。论奇险远比福建东山岛海边的风动石神奇矫健。我们寨子坐落于山脚,风动石矗立于我家房子的直线正上方。所以半边寨叫别莫塌,"别"的意思是悬崖、危崖。

实际上我一点也不寂寞。那个暑假我在高脚茅屋和树荫下,还有崖壁下浅显的小洞穴,安安静静阅读许多书,还写了一篇上万字的小说。这篇小说看哭了一个女生,到现在它也只拥有那个除我之外唯一的读者。此后一二十年,我与那位女生偶有相遇,她都情不自禁谈到这篇小说。那个女生当下就怂恿我投寄出去,说肯定能发表。我没有勇气,也没有尝试。我给小说写主题词,在吉峒坪街上的小书店专门买了一本谱曲入门的书,这是一本专业书,没有老师教授,宛若天书一般。我只得偃旗息鼓,按照自己感觉舒适的曲调想象并唱熟曲子。学生时代学了很多歌,包括民谣,都像深秋的树叶纷纷扬扬,零乱了意识,更像岁月的书本渐次寥落,泛黄了容颜。而这首我至今唯一的一首歌,却能时刻哼唱出来,温暖着年少的岁月,温暖着自己。

距茅屋不到百米,有一口老井。在我的记忆中,这口井清凉甘醇,终年泠泠凛凛,从来不曾干涸。井口在一处缓坡坎下,周围铺垫一些不规则的石块,雨天方便走路,晴天就成为休憩的坐椅。公路不通时,这里俨然一个驿站。从我们寨子翻越这座山体,下山就是开支铺寨子,再走半小时的土路到达镇上。乡亲们赶圩场买卖,多半会在此歇息,喝口凉水,用毛巾抹抹身子,聊天扯谈一会儿,舒坦后再走。要是热天,男人会催促女人离开,然后脱得溜光麻亮，把衣裤胡乱甩到井边密实的女贞、黄荆及火棘树上，像条鱼一样由浅及深地蹲踞井口下方的圆形澡池，惬意地浸泡一刻半时。那时我想，长大后如果有能力，我就在井边的阶梯上为乡亲们修建一座廊亭，可躲雨歇凉，也可聊天娱乐，与山水相融，为山水添景。我琢磨实际花销不大，漫山遍野的优质木材和石料，大约只需工匠费用而已。

二

相距三十年，我再次走上这条小道。让我惊讶的是很多路段已经面目全非，丝毫没有了路径的痕迹。穿越开支铺寨子的路段全然废黜，有的被菜地庄稼的篱笆隔离，有的被老屋新舍的围墙截断。尤其在开支铺水库的位置上，两座积蓄矿渣的尾砂库高高矗立，已经整改成桑树林地。我努力搜寻水库的模样，每次路过，我都要沿着小树林中粗粝的石阶踟蹰半会儿，蹲在水边搓手洗脸，夏天放学，我会瞅准没人的空隙跃入水库，仿佛一头水牯牛恋水，不尽兴嬉戏一番自然难以割舍。当然，名曰水库，蓄水量却常年不及我家前面的水塘，只是因为面积稍宽曰其水库，因而水却不深，清澈时一眼透底。尤其水库所在原本烂泥深厚，是一厾雨养沼泽地，人在水里搅动不多久，库面便在不知不觉间浑黄一体。往往只得在紧靠闸口的深水区游弋，才能保持水体的干净。

我最后一次完整地走这条小道距今三十年，我那时还是一个懵懂少年。这三十年时间我认真地生活，从一个纯真的青涩少年变得老气横秋，鬓丝银线，看问题做事情习惯性瞻前顾后。社会的变革，使人做事情的方法与风格，越来越世故与实际。那么，一条自已确定不了走向的路径，除了让人摆布，任人踩踏，听天由命，还能怎么的。一条曾经承载数代行人往来的路径，谁还有资格兀自妄论它的是非曲直与兴衰荣辱。

水井以上，这条路完全荒芜，一年间都不会有一个人从中通行。路的存在已然了无痕迹，被密实的荆棘、树林和荒草覆没。就像那些口口相授的历史传说，在某一个历史变革时期，突然间发生断裂而荡然无存，彻底湮灭在岁月的长河中。取代的是从我们寨子中间穿越的渝湘高速公路和数百米之距宽绰的二级公路。那么在半山腰修一座廊亭供谁休憩，这成为一个问题。

井的左侧下方是一口两平方米的圆形澡池，约两米的深度，大多时间里澡池的水只蓄积到一半位置。因为池子是老一辈人用简单的石块，与水井不远处就地取材的红色黏泥混合干打垒，这么多年就没有彻底维护，池子周沿于是出现许多渗水的小隙缝，常年滴答不止。

澡池半米以下连接一口烂泥塘，不过百十平方米，塘里和周边长着散发出浓密香味的葳蕤的菖蒲草。烂泥塘是牛的乐园，但凡牛群要赶到山顶下的大拉稠草场，或从山上回栏，都要绕道烂泥塘，或畅快地喝水，夏天就挤推着打滚，留恋半晌，不动粗野休想让牛群自觉自愿地离去。牛只是体形高大的畜生，意识短浅，兴许一座烂泥塘就是牛最美的乐园。就像我们惯常依恋承载少年时代成长的一草一木，一山一水，长大以后我们称之为家园。

烂泥塘一直延展到悬崖边缘。因为润泽，崖壁上长着绿油油的茸藻和蕨类，耳形、扇形、叶条形，有的根本叫不出名。根状茎密被鳞片的槲蕨在岩石上匍匐生长。最显眼的还是大叶蝴蝶兰，一年四季青郁葱绿，顺延水流的轨迹铺展有序，到了花期，就像缠绕山腰间的一条条鲜艳夺目的花带。悬崖高至两三百米，因草木茂密，并不显得阴森可怖，即便不小心跌落，枝拦藤牵，像一堵结实的防护墙，纵使难免被岩石尖角刮伤或蒺藜划破皮，并不至性命攸关。吉祥的地方总是护人周全，这座四周密布陡崖峭壁的大山，很少听说发生过意外伤人的紧急事态。

三

仁农内是我们雷打不动的乐园。山中的玩法丰富多彩，春夏秋冬有不同内容。砍柴和放牧是我们的例行任务，打野菜，采药材，寻野果是常见的科目，套飞禽走兽一般在秋天农作物成熟季节或大雪封山。每次进山，我们都怀揣目的。有自愿组织的，也有的是大人施压任务，都是山里小孩理手的活，没有谁喊冤叫屈，反而常常因为进行这些活动而兴致勃发。其中许多科目的成果可以直接拿到集市交易，像木材、野菌、药材之类，大家便会乐此不疲，处心积虑，等候假期集中到圩场变卖，假期的零花钱就有出处了，何乐而不为。我至少有两个学期的学费是自己辛劳所获，一次是卖乌桕籽，寨子里的田坎地头栽植很多乌桕树，每年卖乌桕籽是集体的一项主要经济来源。但自家自留地里的乌桕树归个人所有。集体采摘后，枝头梢尾仍残留不少乌桕籽。这便为孩子们的零花钱提供了来路。还有一次是卖木材，仁农内恰好生产十村八寨极度稀缺的木材。于是到山上护林也成为我们义不容辞的责任。

伯父担任很长时间的护林员。因为伯父是村里的赤脚医生，那时药品匮乏，生产队就让他当护林员，这样方便采草药。读到二年级，我还只爬过仁农内靠寨子的这边坡，也就是老井这一侧。靠道二公社的那侧，据说山势更伟岸，树林更密实，需要识路的成人带领才能穿越。我于是纠缠伯父带我去爬仁农内那边坡。伯父挑一个天气晴朗的星期天，很早唤醒我，还带上烤红薯当中餐。我只记得我和伯父在大拉稠森林里穿行，简直就像两只渺小的虫子在蠕动，高大粗壮的马尾松与杉木排山倒海般密匝匝地排列铺展。大多数的树干我都抱不过来，树与树交合的枝丫，严丝合缝，我几乎没法看见天空的容颜，只听到风在头顶上瘆人地呼啸。

临近中午，天空开始乌云激荡。我和伯父坐在由树木桩子支撑的简易瞭望哨，边吃红薯边聊山里的事。伯父指着远处的山坳说，那儿，就那儿，伯父提醒我向他手指的指向观望。"就在那儿，前几年死过一个女人。"伯父看起来轻描淡写，但我立马惊恐万状。我一下子跳将起来："伯，是不是被老虎咬了！""不怕，没那么恐怖，是上吊自杀。"因为大人们经常说山里有大脚印的野物，于是心里比较敏感。不久前父亲就和表哥合手逮捕一只花色的野山羊。那只山羊迷路了，误打误撞跑到我家前面的水塘边喝水，结果成为自投罗网的猎物。

伯父说，那个女人很年轻，刚结婚不久，是吉峒坪人，她趁着暮霭溜进山坳偷伐柴木。吉峒坪那边人口密集，却没有大山林，经常看到那边人成群结队来打柴。只要不进密林封山区域，在林边坡脚割些柴火，队上也是睁一只眼闭一只眼。是人总得生火煮饭，我们有的，就相互帮衬一点，不逼人太急。再者，前村后寨，很多都是熟人。我们每五天要赶场吉峒坪交换物资。所谓与人方便，与己方便。不幸的是，那女人也许是烧灰炭，也许是烧枯枝取暖，一阵风猛然吹来，星火接上枯草地，火势霎时失去把控，燃进密林。失火的地方距离我们寨子和道二公社的排楼寨都大约数公里之遥，这是最近的两个寨子。碰到这个事，有的人会喊救火，也有人会逃之夭夭。密压压的林子，又是黄昏，还是一个外地人，谁也找不到。可是女人太年轻，没有生活经验，火势蔓延，一片冲天火光，她害怕得手足无措，昏晕之中仿佛满山岭都是杀伐的声讨声，逼得她走投无路，就在一棵横长斜撑的柏树枝干，上吊自杀了。可怜那女人的丈夫，在那个山坳哭了很长一段时间。又有说那个女人的母亲疯掉了，经常神情恍惚从寨子经过走进山坳，在山谷整晚整晚哀号。那座山坳有一条小路通向排楼寨，古时还是后山官道的一条分支。出这事后，寨子里的人去县城和道二赶场，很长时间都避免走夜路，尤其妇女和儿童更是避之不及。

山坳的深处有一尊阿弥陀佛石像，就在路边触手可及的地方。石像是天然形成，栩栩如生，活灵活现，加上自然隆起的底座，大约有七八米高，自古就矗立此处。山高坳深，一条粗糙的小路就像一根幽深的管道从密林中穿行。管道的一端连着我们寨子，另一头便是道二公社排楼寨。小路在排楼寨会合于后山官道，往西北穿越打摆坳到达县城，往西南连接贵州通向大西南。阿弥陀佛石像正好在我们寨与排楼寨中间的位置，峡谷最幽深之处，可谓前不着村后不着店。每次到达这里都感觉阴森逼人，有一股凉飕飕的阴寒之气升腾弥漫，便有人提醒说到了阿弥陀佛，不要吵吵嚷嚷。于是队伍瞬间安静下来，静得只听见慌慌乱跳的心跳，和风穿过峡谷掀起的林涛。最为神奇的说法，阿弥陀佛是一处迷魂地，被施了魔法一般，所以行人到此都小心翼翼地穿行，保持神志上的清醒。秀和堂哥几次跟我说，寨子中的某某在此处魂不附体神思恍惚地绕着阿弥陀佛石像转圈，不停地转，活像木偶人，机械呆板。恰巧大堂哥从排楼寨走亲戚回来碰见这一幕，大堂哥将某某唤醒，十分惊奇地问他为什么这样奇怪地走路。某某一脸迷茫，说并没有什么怪呀，顺着路往回走，只是走得慢些而已。以前的传说大家将信将疑，这下有了真真切切两个大人生动活现的实例，大家于是笃信不疑。日子久了，便成为寨子人心里的执念。

这一则是秀和堂哥跟我讲述的，他年龄与我挨得最近。秀和是我童年全天候的玩伴，我俩一起发蒙读书，但凡我请假，他也从来不进学校的大门，陪同我缺课。我后来读到镇小，他却留级下来。在我读高中时，他当兵并最终留在广州工作和生活。每次见面，难免聊到老家的物事，他都要同我重复讲起这件神秘莫测的事情，而且言之凿凿。他跟我讲的，还有他对神巫文化的笃信。他跟我说起他亲历一个巴代雄作法的奇异过程，让他震惊不已。他坚信那绝对不是迷信。

双明是寨子中思想比较活跃的人物，对于神巫之术倒是将信将疑。双明的父亲发哥是几十年间寨子里唯一吃皇粮的知识分子。遗憾的是发哥七十多岁罹患肺癌，病重期间反复陷入昏迷。为便于照顾病人，白天，双明将发哥的床移至厢房明亮的窗口。某日，寨子中的献德舅舅一干数人到双明家探望发哥。双明置办菜肴酒水，留下数人晚餐。大家正喝酒说话，听到发哥嘟嘟哝哝兀自说了一堆话，犹如天语，有几句大家听得真切。"哎呀啊，那某某寨的某某被五花大绑押赴刑场去了哇，那上寨大井边的某某被押其后，边走边号，浑身血污，好遭孽。"发哥唉声叹气，叫声悲凉。发哥说的前面的某某还是个年龄不到三十岁的人，前村后寨，平日里生龙活虎，大家都熟悉得很。尤其话的后段，发哥的语调已经变腔，甚至是哀号了，包含有虚弱而呻吟，因惊吓而颤抖，也有同情而伤臆诸多成分。众人听得真切，停下酒杯与碗筷面面相觑，先是惊愕，继而惊骇。大家耐烦叫唤与询问发哥，刚才所说是什么意思。发哥迷蒙双眼，只是羸弱地摇头，意识一片混沌。事关重大，只是病人昏糊间胡言乱语，双明照拂大家不要吱声，省得人心起碐硬，以为变着法子诅咒人。这个道理都懂，于是各自当作听到一句胡话，都闭口不提。

附近赶圩以五天为一场，所以乡间又常以一场两场为量词计算短期日子。不过一场时间，寨子惊闻某某寨某某突遭变故，发哥昏糊呓语一语成谶。于是此间经过流传，寨中人无不感觉诡异。话传到上寨大井边某某的儿子耳中，于是找到双明故问一二。双明故作一脸茫然，说乱传的话你也信，病重之人的迷糊话而已，况且并没有听到提起你家长辈的名字，你家长辈福如东海，自会长命百岁。双明受到发哥的影响，自小极爱学习积累，待人应景的词汇也是一套接着一套。但在某某晚辈面前，双明心里已经敲锣打鼓，像是挑起一副额外的负担，一段时间禁不住心思格外关注井边某某的安危。两场过去，上寨大井边的某某以八十寿龄毫无预兆地无疾而终。

这则诡异之事有数人佐证，双明最近一次提到时，献德舅舅还在场，两人你一言我一语，共同梳理这件事的脉络经过。难免听的人感觉匪夷所思。

四

到县城读高中后，并非随时都能赶上班车或剩余车费坐车到吉峒坪转近道回家，便会在星期六放学后徒步打摆坳，回家取粮交学校食堂换饭票。若放学稍晚，到达东山坳天色就暗淡了。于是有了几次在夜间独自穿越山坳的经历和经验。每次进坳我就开始想那些传说的人和事，它像一股水倾盆而覆，那些想象中的镜头，便会在夜间的闪烁中，与林涛和风萧伴舞，依次联袂上演，洪水猛兽一般，坠落一片惊悚的情境。每次我都拿出父亲给我的几枚古铜钱，我把它们进行串联，一进坳口便开始摇响，一刻也不敢停当。老辈人说一切魑魅魍魉都惧怕金属响声，带在身上可以防身。即便如此，但凡一有响动，仍然惊起一阵心慌乱跳，皮酥头麻，严重的时候腿脚根本不听使唤。

我们晚上习惯在我家前面的水塘边或社屋做游戏，或听大人讲故事，唱民谣，偶尔还排练武术。轮到后两项我特别不高兴，因为我一直听不懂苗歌，现在也是，而我的祖母和伯父都称得上歌师。为此，我没少挨骂，但就是听不懂，灵魂不开窍，有什么办法。歌手的故事多，无奈，我也只有察言观色，拣歌手心情舒畅时求故事，往往还得陪伴歌手一起劳动，简直惨无人道。然后又把道听途说的故事传说相互传给大伙儿。那天晚上我就把伯父给我讲的那个女人的事情讲给大伙儿，我正经八百把这件事当成一件严肃的大事进行叙述。那个晚上月色幽冥，大伙儿在水塘闸口边铺排的岩板聚拢，我就一板一眼地开始讲述。秀和堂哥负责维护秩序和渲染氛围。没错，这件事是我们可以感觉的距离身边最近的一件大事。引子一出，大伙儿便越发紧凑地聚成一个圈，手也不自觉地三三两两牵扯在一起。整个夜晚死寂般肃穆安静，仿佛纺织娘的叫声也惊缩到销声匿迹。不知哪个鼠胆之辈的莫名惊恐突然间划破夜空，然后一个或两个加入进来，站在寨子前面的水塘边哭得声嘶力竭，呼天抢地，让我自己也觉得毛骨悚然。大约半年时间，一到天黑，小孩们足不出户，再是万般无聊，也都呆头呆脑地坐在煤油灯旁陪伴母亲纺线织布，或木讷地看姐姐们纳鞋底。晚上听到风声，都仿佛隐隐地夹裹从东山坳传来呜呜幽幽的哭声。

东山坳女人掀起的这波惊悸还没过去，不久，寨子又发生一起惊天动地的事件。明成堂哥鬼使神差地把火把接上他家的茅棚。茅棚是座偏房，紧挨大屋，既有茅厕，也安置牛圈猪圈。风高月暗，不多时，冲天火光熏透半边寨。熊熊大火迸发巨大的爆裂声，大人们救火杂乱的呼喊和绝望的哀号，惊恐窜络成粗壮的绞索，在整个寨子的空间铺天盖地游动，使恐怖无处逃遁。我家和明成堂哥的家隔水塘相望，不过两百米的直线距离。我紧张地抱住自然生长在塘边的五倍子树一刻也不曾放松，整个身体仿佛与结实的树干揪紧为一体。这是我童年所经历的最为恐怖的一个夜晚。虽然水塘近在咫尺，怎奈盆子、木桶之类朴素的家什，阻挡不住火魔的肆虐。

第二天清早，我去寻找明成堂哥上学，他不过大我三岁，比我高两年级。他的家原本是全寨除却社屋外最大的一栋房子，现在烧成一片废墟，没有燃尽的焦黑木桩横七竖八，刺鼻的烟味到处弥漫。废墟上没有一个人，我大声呼叫明成堂哥，他父亲正好走到塘边，愠怒地说不要找他，不知他死到哪里去了！我突然预感有不好的事发生，再喊一声我就紧张地哭起来。后来秀和找到我，说他没事，怕挨家伙，半夜三更跑去他姑姑家躲难。半个月后，满娘才把明成堂哥领回家。我们那一带把叔叔叫满满，婶娘叫作满娘。算起来，明成已经在广州打工十多年，今年回来时我们聚了一下，几个堂兄弟为少年时代一起经历的这些事好好地干了几杯地道的苞谷烧。

五

　　说来奇怪，这座山的名字却叫仁农内。仁农内是苗语谐音，仁是山、山峰、高地的意思，农内就是吃人，翻译过来，就是吃人山。字义干净利落，没有丝毫偏颇。随着年龄增长，我越发好奇，为什么这座山的名字如此吊诡，听起来毛骨悚然，还没有瞅见便能让人浑身起鸡皮疙瘩。我几乎探询过所有寨中的长辈，都没有给出一个答案。有一位堂嫂无意中说过一句，这座山护寨，吃四川屙湖南呢。待我问什么来历，堂嫂支吾半晌似有还无不得所以。那是我还小的事，如今那位堂嫂已经离世许多年。我利用职务之便翻阅本地军事地形图，又与国土、林业等部门借阅过几个版本的专业地形图，都明白无误地标注"仁农内"三个字，海拔为几百几十米，没有其他注脚加以说明。当然地形图都是解放后勘测，没有任何历史典故之类的文化内涵。在湘西动辄千米以上的山峰林林总总，仁农内算不上一个大角色，不过在龙潭地区，还是称得上一座标致的山峰。可能源于它的体量，横跨两镇一乡，已经是一个庞然大物，况且它的主峰棱角分明，危崖耸峙，伟岸豪迈。更有巨石，危如累卵，卓尔而立，仿佛跃动的龙首，激昂有致，神形兼备。我们那个半边寨土话叫别莫塇，就是悬崖坚固的意思。音译和口语存在极大差异，我自己悟出寨子别称的意思，整整用了二十年，那一刻我仿佛做了一个梦，刚刚从梦中醒来，剥开罩在头上的一层迷雾。但内字有"人"与"太阳"的两层近音谐义，这是我最近琢磨出的一个念头，我反复比较，更加肯定我们历来都是使用"人"的这个意义。

　　我读中学时大哥有一次跟我讲过一件事。是有意无意间道出，被什么话题勾出引子，朦朦胧胧，他自己也好像在说梦，而且说得是一个年代久远的传说。他说也就十岁模样，他同堂哥，我伯父唯一的儿子，尾随两个大人，曾经钻过一个洞穴。这个洞穴的入口相当隐秘，似乎悬挂在绝壁边缘，而且被草木层层覆盖，只有曲身弓腰才得以钻进。大哥和堂哥正好在半山腰帮伯父挖白芨，那时候他俩跟随伯父当学徒学苗医，就碰到上山的两个大人，便一路尾随。大人准备了几手桐油火把，因为平日里调皮捣蛋出名，所以大人得以允诺大哥和堂哥跟随进洞，并给他俩每人打一支火把照路。只记得跟松鼠一样爬行匍匐半个时辰，洞穴突然间宽宏，巨大的流水声仿佛就在脚下流淌。大人兴奋地叫喊，说找到了阴河。看来他们刻意寻找什么，并且蓄谋已久。越往前走凉气越重，风也开始鼓动，飕飕有声。洞中的一切物像变得虚空悬浮，仿佛前方隐匿无数神秘叵测的窟窿，随时可能掉入无底深渊。火把的光晕摇摆不定，有如张牙舞爪的怪兽象形地闪烁，或者魑魅魍魉行迹无踪地飘忽，令两个小孩的神经紧绷。大人摸索一堆白花花的东西，待确定是人或动物的骨架，有些惊慌失措。"这传说当真不假，确实之前有人进洞探寻过。"大人的声音夹带玄虚压抑，令莫名的阴森恐怖在洞内盘桓不绝。大哥和堂哥战战兢兢，又跟着跌跌撞撞走一截路。强大的火把日渐式微，就在他们商量返回时，遇到一堵严实的岩头墙。石墙斩钉截铁截断路径，流水声透过墙的顶部隙缝传递过来，訇然而响。墙的用料全是大石块，石块被打凿得均匀平整，垒彻得异常整齐规则。无奈火把上过桐油，燃势过猛，所备又因途中增加人员而出现紧张，并无过多时间在洞内探究和琢磨。于是几个人惶惶惴惴，一路奔窜着沿原路出洞。

回家前大哥和堂哥被大人勒令警告，谁也不准谈及钻洞之事，否则将被打断狗腿子,毫无疑问。大哥和堂哥本来就惊魂甫定,感到事情非同小可,于是商定并承诺永远不提此事。大哥和堂哥履行了诺言,但疑问也在大哥的脑中烙下。洞中平整的石墙肯定为人工垒砌,石料是怎么搬运进洞的?走过的那一部分洞穴没有如此优质的石材,最大的可能是另有出入的洞口。为何又要垒砌一堵石墙阻隔通道?又是什么人或物把性命丢落洞里?为何这个洞穴的存在没有人提及?是防洪工程还是军事工事,或隐藏什么不可告人之类的秘密。总之,此洞越想越神乎其神,有太多疑问让故事横生成为必然。两个大人在五十年代困难时期相继离世。我还在蹒跚学步时,堂哥患上尿道结石,一个活蹦乱跳的人被活活憋死。承诺的对象没有了,承诺也就自然解冻。年代久远,大哥对此事的记忆模糊不清,叙述起来像一个梦境,多问几句,完全模棱两可,犹如浅光浮影般捉摸不定。搞得他自己也很懊恼。几十年前的仁农内相当于原始次森林,十岁模样的小孩在遮天蔽日的大山里转悠几个时辰,根本弄不清东西南北,更遑论绝壁险峻之处在仁农内的肌体上到处密布。我在想,"仁农内"三个字总得有来历,只是时间久了,失传了。草蛇灰线,伏影深沉,我企图通过蛛丝马迹拨云见日,又似乎是大海捞针,捕风捉影。

六

突然记起仁农内的后山脚曾经蜗居一个寨子。十几户人家,高低错落,我隐隐约约在寨子的石板路往返不疲地跋涉。这个影像在我的梦境中反复出现几次,喜炮炸开的时候,我与别的小孩慌慌乱四处轰然散开,比喜炮纷纷扬扬的碎屑飞得更远。对了,是父亲带我到寨中的人家做客，还是记忆懵懂的孩提时期，所以实际不高的台阶，我也走得很艰苦。倒是这份艰苦，给我早期的记忆增添一层温暖。父亲曾经背驮我在夜间的山道爬行，到后山的寨子看电影，大伙儿用火把照明，谈论电影的情节。在崎岖蜿蜒的山道间相互呼应，哈呼声此起彼伏，像山风一阵高过一阵，一阵浪过一阵。很多年后，那些电影的剧本我几乎都看过，只是再也没能唤回小时的兴奋和感动。

我还没上学，突然有一天，家里住进七八个后山修渠的技术工人。说要把古苗河上游排吾水库的水引到土地平整却干旱少水的道二，渠道长度不少于二十公里。干渠就从仁农内的后山脚穿越而过。勘探过后，后山寨子有几户人家要给干渠让道，政府在开支铺中心寨给搬迁户整出宅基地，几户人家陆续迁移，剩下的几户就显得孤零寥落。一九八一年，我到龙潭中心小学读四年级，每到星期六我都要穿过仁农内回家。那时后山寨子只剩一户人家成为独家村。我非常怀恋后山寨子，如果它还在，我会和它的小孩们结伴上学，可以和他们结成好朋友，也可以在寨子中稍作休息再爬山回家，并且有后山寨子的存在，我在早晚穿越仁农内后半山时，根本就不用担惊受怕。指不定还可以有一场回肠荡气而晦涩的爱情。是的，这条路我一直走到初中毕业，我那时正是窗外朦胧的年龄。第一次产生这种情愫的对象，你不一定有勇气或机会对她表达，但肯定刻骨铭心，是一生中难以忘却的美丽与眷恋。这一种可能也因后山寨子的消失而消散，真让人莫名忧伤。

开支铺是一个奇特的名字。支铺的苗语意思是勾搭、纠缠、拉扯不出，开是喜欢，赤裸裸而令人难堪。总之，包含那一层说不清道不明的隐涩，或不可言传的暧昧。我们就没少拿这个说事，因为对我们来说，这是捉弄戏谑开支同伴的天然饵料。男生相互促狭打趣倒没什么事，女孩听了会羞涩到面红耳赤，经常不得不独自为伍，踽踽凉凉。也偶尔遇上泼辣的会破口大骂，直至拿开支铺说事的话题噤若寒蝉。这两种情况都发生过。也出现过发狠撑吵的现象，沿这个话题深刻淋漓，辛辣火暴，连大人都感到尖锐刺耳，又只能自嘲，那老古套谁取的这般寨名连小孩都受窝囊气。可惜现在很少有人讲这一层意思。路径已经全程荒芜，荆棘密布，林木幽深，两边寨子少有直接联络，小孩相互陌路，开支铺成为纯粹的开支，意思就完全断片消解。两边大人见面，都会热情洋溢地唠嗑，说起两边现在的往来情况，再嗟叹一阵，感慨世风日变，人与人之间的情意日渐浅薄寡淡。

仁农内山脚下的寨子，也就是四面八寨，多为族居，一个姓氏满堂寨正常不过。四面八寨相互联姻，平日里走得勤，感情就融洽亲密。现在的年轻人十几岁开始出远门打工挣钱，联姻的范围和选择变得广泛，有些女孩嫁到外面，有的男孩娶回外面的女孩，真正五湖四海。四面八寨的联络反而稀疏，就像仁农内荒芜的小径，走动得少了，稔熟的路程也会残损不堪。几句感叹，挽回不了时势与岁月铸造的冷暖。

七

十五岁那年的暑假，我几乎在仁农内半山腰度过。新学期前一个星期，十五岁生日那天，母亲特意碾磨半袋小麦粉，用苏打发酵，加入适度的甜蜜素，下午蒸熟一锅香味扑鼻的小麦粑。母亲把小麦粑送到半山腰时，我正和堂哥给受伤的水牯牛准备晚餐料食。

平心而论，这是我迄今四十余年吃到最有滋味的食物之一。

堂侄每天一趟爬到半山腰给水牯牛疗伤。堂侄说人伤筋动骨还要躺半载，水牯牛硕大无朋的骨架，前腿骨摔得粉碎，恢复也不是一时半会儿的事。就是能走动自如，什么时候再担负起那么多田地的耕作任务，恐怕也是一个未知数。眼看牛日渐消瘦，父亲痛下决心把牛宰杀了，卖给吉峒坪肉食站。父亲割下一大腿金黄色的后腿，和一大堆剔肉排骨，在院子里支架起两三口大铁锅，熊熊柴火烹煮大半天。大哥打了一簸箕漂亮的猪屎柑叶，从涧溪挖一捆野芹菜，又从后山采一提篮略带苦涩味的野花椒，再剥一抱野桂皮。父亲笑了，说桂皮哪要那么多，倒可以用土擂钵擂些老木姜籽粉。于是大哥又擂半竹筒木姜籽。猪屎柑叶蜇鼻的味道去腥臊的功效来得比柚子叶还厉害。这也是寨子至今保留几株猪屎柑的原因。而它的果子却受人嫌弃，长得拙砺不说，产量还少，味极酸且苦涩，要密封在粮仓里十天半月，催熟后才出够香味。准备这些土佐料，整整花一个上午工夫。侄儿从土里拨扯一筐白萝卜洗净，一半剁块，一半切丝，午后，一锅牛肉炒萝卜丝，一锅牛排炖萝卜，一锅牛骨汤，就飘香溢远了。半边寨的侄儿男女都吆喝过来，大家吃得津津有味，汗流浃背，不亦乐乎，相互不断地招呼。我发现二姐一块肉也没夹，尽拣一些韭菜、萝卜叶之类的配菜，然后蹲在偏房的屋角一个人默默地吃着，仿佛一个有点自闭的姑娘，与现场形成极度反差。实际上二姐个性开朗热情。而大伙儿吃得热腾腾兴高采烈，仿佛过节。也许比过节还来得酣畅淋漓。

翌年秋天，我到县城读高中。回家的机会少了，与仁农内亲近亲密的时间也少了。直至现在，一年也难得回一趟老家，甚至有三十年没有再攀登上仁农内崔嵬的峰顶。再从峰顶越过群峰远眺县城隐隐约约的高楼。那个方向曾是少年时的无限憧憬，仿佛代表着走出大山。这些年名山大川到的实在不少，每一处仿佛都有独特的气象，若论内涵又都仿佛不及仁农内。仁农内太过于细致精密，我熟悉它就像自己的身体，每一处都有迹可循，于是每一处又都有情节有故事。我甚至武断地认为，若老家没有一座山，那实在是一件极为遗憾的事情。当然也可以有湖泊，有江河。我还是固执己见地断定，山是一切的源头，包括江湖之源。金庸说有人的地方就有江湖。长年累月行走江湖之间，偶尔，特别地怀恋仁农内，怀恋那个懵懂的少年。

写于 2008 年 7 月

道的追索

资江边的水府庙或者清幽的双清公园是我和李卫光顾频率最高的去处。这两个地方是文艺发烧友与茶道爱好者的聚集场所，整日里曲艺缭绕，茶雾氤氲。加上资江与邵水交汇形成的开阔视野尽收眼底，这便营造了看书聊天的氛围。李卫是那个阶段与我颇为投缘的朋友，相较于专业，他更爱猎涉旁门左道的书籍。他总是钦佩我能啃得下那些大部头外国文学著作。而他不行，一旦拗口拗嘴的人名姓氏密集出现，他只得合上书本掩面蹙眉，仿佛脑神经正经受畸形变异的毛毛虫蠕动爬行的痛楚。

我大约理解一个人对一本书的喜好达到爱不释手的程度，便是李卫与《道德经》形影不离带给我的印象。李卫每一次外出都带上一本《道德经》。实际上，就连集中上大课，他也会怀揣《道德经》并沉浸其中自得其乐，很少正经八百听完一堂专业理论课。不过专业禀赋还算不错，李卫每次考试都顺利过关。几年中，他至少买过数个不同版本的《道德经》，其中一本的页面空白间记满密密麻麻心得注释，就像爬满一版一版歪歪扭扭的蚁蝼。

李卫性情平和淡泊，他不是作秀，故作高雅，也并不把《道德经》当作学问来做，是真的从内心迷恋《道德经》。《道德经》碰到真诚向往之人，乃《道德经》之幸事。李卫经常煞有介事给我讲《道德经》的精髓和学习感受，沉静而辽远。但因为我对《道德经》不怎么上心，思想上没有交集与共鸣，便谈不上深入交流。相比之下，我更喜欢庄子的思想。庄子的学说被后世归之于道，但庄子的思想与老子的哲学又有明显差异。庄子追慕泽雉的理想，信奉无为的方式，对我更有吸引力，不过都谈不上兴趣追求，大可归结为心血来潮，转瞬即抛诸脑后。实际上，也可能我仅仅是喜欢庄子的那些简洁凝练而优美的哲言藻句。譬如："人生天地之间，若白驹过隙，忽然而已。""君子之交淡若水，小人之交甘若醴。""天地有大美而不言，四时有明法而不议，万物有成理而不说。"许多似曾相识的哲理名言，都出自庄子的《南华经》，即《庄子》。

而李卫不一样，《道德经》于他不仅仅是一本书，而是他思想的需要，已经自然深入到他的精神，成为生活的一部分。恐怕连他自己都没有弄明白，就是他心心念念的这一本书，却是一部中国古代思想之集大成者。二十世纪九十年代初，在校园里迷上一种思想，还是一件比较前沿时尚的事，有点高山流水的味道。与大多数的浮躁和势利相比，李卫的心思与《道德经》的确具有一脉款曲通幽的意境。我当时甚至担心有朝一日他会走上佛门道途，那将是一种何等哀凉之事。我现在终于懂得，人生道远路长，能够清净自然，通透练达，放下俗事凡尘，实为一种深刻的参悟。当然，觉悟如此，乃不失为一种人生幸事。

同学聚拢一起，难免抒发理想，憧憬未来。李卫从来不参加高谈阔论，仿佛未来与他无关。李卫从小在资江边长大，熟悉城市的每一条街巷，就像我们熟悉自己身体的每一道沟壑。他最感兴趣的事情，是周末绕过弯弯拐拐的老街旧巷去北城基督教堂参加礼拜，经常给我讲教堂里面的故事，甚至拉着我去观看礼拜，在节日聆听过唱诗班献唱圣歌。老实说我不属于那个氛围，坐在教堂里心猿意马，教义宣讲味同嚼蜡，还不如圣歌天然携带着神秘。我去教堂，主要是陪同李卫消磨礼拜天，最多怀揣一丝半缕的好奇。心底里感觉那些东西来自完全陌生的异域，与思想和生活距离那么遥远。李卫对《圣经》《伊斯兰经》与《道德经》进行过探究比较，但并不成体系，他本无心做学问。毕业后，李卫还时常在电话中跟我聊起《道德经》，有时兴起，也在短信中与他请教一些道教的问题，你来我往，倒也煞有介事。现实生活与《道德经》直接发生胶着与冲撞，李卫时有新的感喟，但没有对象倾吐，有时难免寂寥。我就说吧，阳春白雪，曲高和寡，《道德经》就是寂寥人看的，看得人往往更寂寥。

节日来临，突然兴致勃勃写了几句话发给李卫，连我自己也没弄明白。如是：

　　无为很远，若淡语之间起崎岖；有为很近，若伸手托付浮流水。高远的不一定纯净，近似的不一定迷离；若浮云沾染浮尘，若迷雾之中流滴起。

　　千万条道，纵横绸缪。若浮云起意淡风轻，即是有

为；若流水般穿肠而过，纵是无心，亦是无为。城池喧嚣
伴烟火，凡尘无意起浮沉。

　　西方有许多学者及政治家认为《道德经》是中华民族最高智慧
的结晶，由此，许多人沉湎其中不可自拔，但又不能阐透其间奥
妙，此便是"就在此山中，云深不知处"。英国大哲学家罗素早在
一九一九年来到中国，他认为中国人提倡的礼让、和气、智能、乐
观的人生之道远非西方文化所能及，因此认为西方文化要学习中国
的《道德经》哲学。

　　其实挺羡慕李卫，年轻时代就开始人生幽邃寥远地求索，何尝
不是一种幸福。倘若又是一种不刻意的吸引与沉潜，仿佛冥冥之中
便有的一段厮守依恋，那则是更难能可贵之修为。

　　道家的圣境首推武当。武当问道，是多少循道之人心中的向
往。二〇〇六年秋天，我只身一人去了一趟武当。大约缘浅，我循
道的意愿平淡无奇，也没有特别问道学道的渊源。我是一名军人，
但也是一名自豪的挎包族，武当也只是我此行的目的地之一。实事
求是地说，道教在我心中的形象只是一种文化。李卫的思想并没有
过多地影响我。当然，道家属于诸子百家的一种思想，而道教却是
发端并成形于中国古代土壤的宗教信仰，两者并非完全一回事。喜
欢《道德经》亦非皈依道教。不过李卫之类普通凡人而已，对《道
德经》五迷三道，最多是普通人的喜怒哀乐，心有灵犀罢了，纯粹
的悦情怡性。这么说，其实我也是一个有自己思想主张之人，并没
有过于崇尚诸子百家中的哪一家思想。在内心深处，我宁愿崇尚自
然的风尚，崇尚自由。犹如庄子崇尚自由的逍遥。

　　武当行有三件事牢牢刻记心里。一是到达半山腰的遇真观，我

也和其他游客一般，随俗地占卜一卦。这座道观传说是师祖张三丰潜心修行之地，内心因而陡增敬慕与虔诚。道长对我的形象游离观察一番，气定神闲地说，气色挺好，记得少吃猪肉猪油及动物内脏。这是对我的一个告诫。之前我的饮食很少顾忌，三十好几的人，还比较随性。这是道家正规地给予我生活上的一个忠告，我听进了心里。但从武当下山，我就有意识地减少荤食，光这一点，武当之行就不虚行。

第二件事发生在宝顶。按我的想法，宝顶上坐堂问道释疑的道长师傅，自然也是最高级别的道长。无量天尊。既然来到武当，当然不想放过和道长讨教的机会。便径直走向坐在道堂中间的道长师傅。老道长头戴道士帽，慈眉善目，长髯飘拂，一派仙风道骨神态，正是影视剧中常见的高道者形象。未等我启齿，老道人拂拭手中的木制马尾拂尘，神情安然自若，仿佛每一次拂拭都可驱除心灵的污垢，清净身心。老道人目光迎向我，慈祥而肯定地说，施主是持枪之人。我惊骇万分，传说道士可通天神，莫非真有其事。像经历过奇谈怪诞的事情，我随即警觉察看自己的随身装备与物件，并没有地方出卖我的身份。一个背包，也不是军用品，一身休闲装扮，第一学历是地方院校，鼻梁上架着一副眼镜，并不明显具备一眼看去就是一名军人的铿锵气质。加上背负背包攀至武当峰顶，早已经汗流浃背，气喘吁吁，训练场上的精气神荡然无存。我立马从心里升腾无限敬慕。心想真正遇上道中高人。

真正的背包族讲究享受行进中的快乐。所谓一只背包游走天下。因为时间不允许，我一年中能只身挎包前行的机会，就是掰着指头精打细算的探亲假，经常连可怜的探亲假也落实不到位。尤其这样，才倍加珍惜来之不易的独自游侠时光。在武当宝顶峰上的道观里，我和老道人请教许多人生问题，他还给我留下名号与联系方式。就算不从道学的角度，每一种人生要达到追索的极致，无疑都要经过诸多历练，付出许多努力，担受几许风雨。道家这样高深莫测的学问体系，对我而言，就仿佛一粒轻浮的尘埃面对宇宙惶惶惴惴，战战兢兢，自感渺小卑微。庄子言"犹小石小木之在大山也"。而能坐上道场圣地最高境界用道家哲学指点迷惑把问人生，在我心中即可谓大师。许多人曾经对商业环境下的佛门道场发出质疑，但我认为，我等并非卓著之人，并无理由所求为十全十美的完人圣人，面对学问或来自现实的诸多疑问，只要大师能够答疑解惑，哪怕是自圆其说，便是思想学识与修为高深通透之人。

告别大师，我选择徒步下山。刚好是黄金周过后几天，错过游人高峰，从西线下山的游客稀稀拉拉。在无人的林壑僻静处，我敞开胸腔，毫无顾忌地呐喊。雨后的清新，道场此起彼伏的钟声，满山燃香氤氲，再是凡夫俗子，也会感触到道的气息，或浓或淡而已。

到达传说李时珍潜心写著《本草纲目》之处，心想苗医药跟中医药其实同宗同源，便对着药圣的雕像虔诚地行过礼，静下心在此处作一番观瞻。正在休息，随着我的来处，传来笃笃笃木屐的声音，悠远而清越。人影终于从浓荫遮天的密林石径走出来，是一个清瘦的年轻人，三十岁出头，双肘拄着拐杖，发出木屐一般的声音。他衣衫宽大，随风飘摆，相比于身后波澜厚重的山体与莽莽森林，就显得像半截竹竿一般纤细。他神情专注，心无旁骛，下山的石阶陡峭而不规则，任何疏忽都会伤害到身体。就凭一条单腿只身上下武当山，而且选择徒步而行，让我心生几许敬佩。他从我枯坐的石椅前走过，我没有特意搭理他，避免因我的关注反而让他感觉到伤害。我走走停停，有时停下来看风景，去道观寻师问道，有时停下来小憩，积攒能量，调节体力。瘸腿的年轻人非一般的坚毅，他没有停顿，我走快的时候超越他，留恋景致时他又越过我。大约三分之一的下山路程，我和他就这般胶着。再一次休息时，他赶上我，看他现出疲态，便有些惶恐地问需不需要帮助。之所以惶恐，生怕他误会我的善意。他笑说不用，习惯便成为自然。声音平和明亮，是一个开阔豁达的年轻人，他的眼神坚定而柔和，没有丝毫自卑。先前的那种担忧瞬间即逝，便和他说一程的话，大多是关于他的话题。他也并不避讳，将他个人的人生阅历一览无余和盘托出。

他是原籍河南平顶山的一位年轻人，年龄和我估计的差不多。当然，原籍在何处似乎与他关联不大，山水的属性属于自然，生长在哪存于何方，只是躯壳的游离，并不重要。但他的经历却让我唏嘘。他姓豫，单字远。我在行进中用心给他拍摄了一组照片，坚持索要他的地址和姓名。后来照片并没有如约寄出，部分原因是洗出来的相片效果实在不堪入目。不过我相信，豫远并不会期待照片，他终年徜徉在高山流水之间，心绪与四时之景相融相亲，并不在意镜花水月的东西。

也许出生在河南的缘故，豫远从小向往深山古刹的环境。九岁，豫远离家去少林寺学艺。少林寺只是总体的概念，就好像现今说到河南旅游，大家不约而同想起少林寺，它的概念远远大过嵩山。豫远到的实际上只是嵩山脚下的一所建有寺庙的武校。在寺庙待了好几年，都没有真正跨入佛门。随同年龄的增长，豫远的痛苦与日递增。这是一种关于信仰的痛楚，佛门叫作缘，缘来如风起，缘尽如丝断。师傅对豫远说，一切有为法，尽是因缘合和，缘起时起，缘尽还无，不外如是。师傅说佛门无缘皆随缘吧，不必过于劳心，随缘，随缘。那年豫远十五岁。十五岁的少年，正是青春萌动，思想泛滥，还谈不上人生的具体目标和方向，尤其对于信仰这样重大的人生课题，缺失惯性力的推助，非常容易迷失。嵩山是佛门圣地，嵩山下星罗棋布的武校，在佛与现实的边缘中行走生存。豫远在寺庙的周围挣扎，或者说在佛的边缘挣扎。在一家武校继续修炼，这样又过两年，身体长得壮实，身手变得敏捷，又该是寻找新的归宿的时候。豫远在省城和南方城市尝试过保安行当，在山上待的时间久了，思想便在山野间的岔道盘根错节，行为意识与城市格格不入，像交错的正负电流，相互冲撞排斥。十九岁时豫远又回到嵩山脚下。嵩山还是那座嵩山，对它的向往已变得疏离。他在嵩山脚下思考近一个月，决定离开，并计划用两年时间云游名山大川，遍访名寺古刹，然后决定人生取向。

离开嵩山前，豫远与两位师兄弟当志愿者帮助一户农户修房，脚手架垮塌，他从楼顶摔下，当即不省人事。经过抢救，保住性命，却丢失一条腿。在不断的寻医问药中，豫远接触了道教。并伴随对道教的了解而逐渐坚信只有皈依于道才是他的归宿。有人会问，豫远的家呢，平顶山不是有他的亲人吗？不错，他是有亲人，而且亲人数次接他回平顶山一起生活。但是他回不去了，豫远，他的精神遗失在高山峡谷深山道场，只有在这里，心灵才得到宁静，生活才有光明，追索才有目标。十三年，他一人迈着独腿，餐云卧石，靠化缘云游南北道场，不断地问道，也不断升华。原来规划两年完成的事情，现在用了十余年，生命中最美好的年华，就在不断地跋山涉水中度过。好在不用替豫远感到悲凉，因为磨炼的过程就是问道的过程，是修为的历练，无所谓蹉跎岁月。

"第一次到武当，我身心就像受到强磁场的吸引，强烈地震撼，身体感到非常舒适，思想也不再浮躁。这几年，我已经数十次上武当，全身透底地融入武当，身体状态也感觉良好。"豫远还告诉我，因为他的坚持和进步，山腰一座道观的道长已经答应他随从学习半载。他告诉我那座道观的名字，因为用的是道中词语，玄虚奥妙，我很快忘到九霄云外。

豫远的叙述风恬浪静，波澜无痕，甚至在他经历最艰难的时候，语气的转承启接温和淳绵，没有出现起伏变化。既没有一丝愁云惨雾浮起，也没有怨天尤人的意识流落，平静得像叙述别人，只是观风与月舒。"第一次攀援，我全身心安静下来，精神找到皈依，完全是一种寻寻觅觅中突然奔袭而至的幸福和满足。"豫远说到与武当的缘分，边说边不断地抬头环望武当的崇山峻岭，眼神透明而深情，深邃而纯净，像深深依偎、相互依托的那种凝望。

事实上我不能称呼豫远为年轻人，我只不过年长他几岁，而且从道的角度，肯定不啻虚长几岁的问题。当然说的是思想的沉淀与积累。和豫远的相遇让我感慨万端，一个人的追索可以如此执着，也可以如此纯粹。

认识豫远是我到武当第三件深刻的记忆。武当是可以不断造访行游的圣境，它的浩瀚无边，博大无垠，我等犹如沧海一粟，只能高山仰止。武当的美不仅仅在于，放眼阔望，奇峰耸峙，万山景仰，更在于瑰丽雄浑的道堂，游刃绵延的太极，在于它厚重莫测的思想。凡夫俗子如我等，尚不能妄言道的追索，虽然有幸攀援而至，乃如微风拂海，形不成浩渺。正所谓"夏虫不可以语冰，井蛙不可以语海，凡夫不可以语道"。不过是在此山中留下脚印的一位过客，只用他的目光曾经好奇而恓惶地游离。

我用坚实的瞩目告诉武当还会寻机造访。也许我会叫上一位友人做伴，比如李卫，也许还是我一个人，全看彼时心境。李卫是一个生活中有道的人，生活得很淡然，毕业之后，他的生活经历了一些波折，也走过一些弯路，但能泰然处之，始终没有给自己太多压力。《道德经》仍然是他生活中的法宝。

而豫远则把道当作存在的理由。他生活的经历简单而纯净，在走向道的途中也历尽磨难。道成为他精神的支柱，灵魂的信仰，心中自会充盈透明。

但愿下一次武当行能遇上豫远，但愿他已真正成为道中之人，也好听他娓娓道来。只要他身在武当，找到他就不难，虽然早已忘记他的名字。豫远，是我给他的祝愿。

写于 2006 年 10 月

胭脂沟

　　南方的初秋，已是金子沟的深秋。莽莽苍苍的兴安岭重重叠叠铺展，仿若一曲磅礴壮阔的交响在天地弥漫。最北国的景致，静悄悄却恣意开放在岁月深处。金子沟的色彩和意境像一双无形的手，不经意覆盖和填充生命旅程中某些苍白的角落。与启程地的距离越遥远，这种感觉越发强烈。真应该感谢黑龙江的老战友，让我们有机会踅入兴安岭僻静的深处，抽丝拨茧般领略到一幕又一幕不一样的精彩。

　　金子沟不像南方的沟，我习惯拿它与武陵山的峡谷溪沟比较。我们对武陵山的熟悉就像一位老中医对人体经络的把握。南方的沟谷往往逼仄而跌宕，它也许就是一条地缝，是大地纵横交错的神经。也许是一条条河谷，隆起的高地被水流穿肠破肚，奇峭蜿转，壁立千仞，流水湍急为常态。金子沟却有气势恢宏的背景，阔眼环视，舒缓有致的森林，仿佛天地的衣袂，一直延展到天地相衔，奇妙地演绎什么叫天衣无缝。犹如一场特技大片勾勒的自然场景。深邃的山谷，深藏的风景，铺天盖地的彩色画轴。静默仰望天地之间，此时此地，人是如此渺小而奇妙的存在，飞越的一切细小微粒纯净透明而非尘埃。龌龊的物件无处插足。

同行的程科长年轻几岁，权且充当联络员，急匆匆跑到金子沟底部大声叫唤，说一行人都在车上等得闹意见。见我在水沟边闲情逸致，慢条斯理，程科长略带戏谑地诘问我是不是发现金子了。我也不恼恼，只叫程科长跟着到沟里踩水，绝对清爽，再跟他讲金子沟的由来。这一行人催促我却是毫无由头，原本这半天行程就是浏览金子沟风光，他们却单单看过金镛祠就以为看过全部，于是任由归心似箭的司机摆布与操纵。

要回转身之间，程科长突然惊奇叫嚷，声音因为颤动而变形，说老哥你看，天空特么团成一个圆圈，这兴安岭自然景象太他妈神奇！程科长手指天地相衔的一线发出感慨，仿佛只有爆粗才得以表达此刻受到的震撼。为印证自己的感觉，他甚至仰视苍穹在原地不停转圈。其他人看过金镛祠就着急忙慌地上车，无疑远离金子沟这道主线。

金镛祠堂是在被毁掉的原址上重建的一处纪念地，位于金子沟朝向黑龙江一侧突起的半山腰。一九八七年大火中幸免于难的杉木、桦树和大兴安岭松簇拥金墉祠，金镛祠堂平地增添许多肃穆庄严的气势。李金镛原籍江苏无锡，是一位带有传奇色彩的民族英雄。一八七七年，金子沟一带发现金矿，日本、俄罗斯等外国淘金者蜂拥而至，对金子沟巧取豪夺。一队队源源不断的俄罗斯族人，其中大部分由阿穆尔、西伯利亚人组成，甚至阴谋攫取这片土地占为己有。一八八七年，时任吉林候补知府的李金镛主动请缨，外加李鸿章举荐之力，从吉林调往黑龙江筹建漠河金矿。李金镛带领一队囚徒在恶劣的自然条件下忍受饥寒交迫，与闻风而来的俄罗斯族人和日本人斗智斗勇，终于保全这片瑰丽的国土。从此，李金镛把毕生心血全部献给这片"北极之地"，后人称他为"黄金之路辟路人"，是名副其实的漠河金矿的开拓者。

金子沟也叫老金沟，位于漠河北极村南部数十公里。据说清朝时，这里的金子为慈禧太后换过胭脂，又称胭脂沟。胭脂沟蜿蜒亦达数十公里，是额木尔河的一条支流。但普遍的说法认为，在李金镛调任漠河创办漠河金厂之前，这里窃采黄金的淘金客多达上万人，由此妓女们闻风尾随，她们的洗浴每天都能在沟水上漂浮起一层胭脂。当时胭脂沟号称妓院百余家，俨然成为大清朝末年鼎盛非凡的"红灯区"，甚至有具体记载，中外妓院的数量一度达到不相上下的程度，其中日本妓院二十七家，俄国妓院二十四家，中国妓院六十六家，且随金点绵延，青楼随处可见。如今，在胭脂沟侧面的一座山坳发现规模宏大的妓女墓葬群，共五百多冢妓女坟茔，妓女来自五个不同国家。

我在金子沟深处踟蹰半响。苍黄的秋草，孤零零散落在草滩的秋葵，几座木刻楞房屋，庭院芳草丛生。旅游兴起，熏得乌黑发亮的野生菌串通一气，高高挂在木刻楞院落之外。大多以整只为单位的野生猎物，如獐子、狍子、紫貂、雪兔等，多为大兴安岭特有之物，仿佛诱人的招牌，摆布在院落显眼位置。物品价格便宜，还没叫价，老乡便喊你自己出价，只要想买一般都顺利成交，都只不过野森林之物，老乡并不太计较价格贵贱。

因为谷底宽缓，沟水流线呈网状交错，水草相依，水在林中，林在水中，形成一片片湿地。当然，相较于苍茫无际的森林，金子沟仿佛缠绕在兴安岭的一条彩色腰带。大兴安岭实在太大，八万余平方公里，相当于一个中等面积的省份，全被一座山脉簇密的森林覆盖。金子沟不过是兴安岭起伏的一个点，区域旅游图会标注金塘祠，行政区划图就看不到金子沟的蛛丝马迹。李金镛调任黑龙江筹建漠河金矿整整一百周年，即一九八七年，大兴安岭一场惨烈的大火震惊全世界，也活生生吞噬金子沟整条山谷，给金子沟留下一片焦土。经过二十余年苦心经营，山谷重现郁郁葱葱，不过在金子沟底部残存一片荒滩，荒滩上裸露出一堆堆青褐色乱石堆。这是早年淘金留下的痕迹。金子沟的水清得透彻，凉得透骨，经过半世纪流逝，岁月驮走曾经繁忙的背影。金子沟漂浮的胭脂褪色了，天空的蔚蓝倒影在流动的水中，青幽幽像一部人世奇书的封面，设计简单而深邃，而它无言的叙述里，掩藏一段流淌胭脂色的历史。

我在金子沟和漠河探询过本地农户，其中不乏古稀的老人。也许不应该称之为农户，因为他们都不种地，而大片的森林，又不为个人所有，经济来源除了国家补助，多半为狩猎和采摘野果山珍所获。我问他们对金子沟有什么历史记忆，能不能描述当年淘金的盛况，还能回忆什么与淘金相关的陈年旧事。对诸如此类的问题，大多数人懵懂摇头，或者说一些金子沟旅游的逸闻趣事，与问题南辕北辙，与我的期待背道而驰。我向往什么呢，是金子沟那一段繁华与流亡、抗争与开发、财富与罪恶共存的历史，还是那一段曾经流淌胭脂色的岁月？

一九八七年火灾后，漠河县城进行重建，是一座真正浴火重生的北国小城，在暮晖与月光的重叠影像下，瑰丽而恬然。我与战友在街道漫步，怡然享受森林之城落日熔金，暮云合璧的苍茫时光，心中充盈祥和与安谧。边境小城宁静的氛围，也让我们身为军人的身份感受到一份豪迈与舒坦。小城实在很小，不经意间，就走到城郊。实际上也无所谓城郊，灾后的漠河城虽然规划齐整，建筑却显松散，主要街道也有平房分布，部分政府部门是木刻楞四合院，建得像农家院落，沿袭漠河普遍的建筑传统。这种建筑结构非常有家的感觉，当然，这差不多也是房屋的早期模式，变化的只是内部装饰与陈设。据说每个男人心中都隐藏一个庄园梦，而在庄园里拥有一片起伏的森林，可供假以简单的狩猎，可牧羊放歌，可骑马驰骋，可躬耕田垄。再加以一座漠河这种清新自然的木刻楞四合院，当然，湘西那种依山傍水的吊脚木楼也不错，在湘西山地，吊脚楼房屋的结构更为复杂而立体。如此，何不快哉。

一行人员各自事务缠身，离开金子沟第二天搭乘同一趟班机去省城哈尔滨。我却留恋，就顺应战友的提议，加上程科长，三个人在漠河多待几天。

我们在北国的慢时光里散步，在林海中徜徉，在猎户家中吃肉喝酒。从清晨到傍晚，我们在林中的小道漫无目的地走向远方，走向森林的深处，又踏着月光回到小城。第二天我们租一辆车参观黑龙江附近景区，返程时尚早，我们就商议到森林的人家体验生活。

我们敲开一户木刻楞院落，身板魁梧、嗓门洪亮的大伯利索地把我们迎进院门。战友用黑龙江方言介绍说我和程科长来自湖南，来自毛主席的家乡，想参观一下大伯家木刻楞。大伯受宠若惊一般兴奋，情不自禁地手舞足蹈。毛主席家乡的客人啦，这可是我们家搬到这个院子二十多年，第一次来毛主席家乡的客人。大伯热情洋溢地给我们当向导，引领我们在木刻楞进进出出，详细介绍木刻楞的格局和各部位功能。在食物储藏间几个人仿佛脚底生根，挪不开脚步，数百只野物琳琅满目，高低不齐地挂满几路吊杆。大家兴味盎然地询问各种猎物的名称、习性、价值、烹调方法等，乐此不疲，刨根问底。而地面摊的全是各种各样的野生菌。战友得寸进尺，乘兴说想要在大伯的家中吃晚餐，大伯爽快答应，立即吆喝年轻人修理狍子和雪兔，又选出三两种色相诱人的野菌，从村子买了几瓶伏特加。老人双手握瓶挥动着伏特加，眼里闪着光，神秘兮兮地说这个是俄罗斯那边的熟人私下交易过来，村里没有正规渠道能够买到。那个晚上我和战友、程科长都喝高了。前言不搭后语讲半宿话。当晚，我们就在大伯家留宿。兴许没有这个晚上与大伯一家的际遇，这一段旅程我早该淡忘了。

大伯一家的热忱与质朴，使我们很快直把杭州当汴州。几杯烈酒下肚，人便容易感性，碰到对路的伙伴，岁月积压的语言像汛期决口的小河堤。我说大伯熟悉金子沟吗，就是现在叫的胭脂沟。大伯略微沉思："金子沟啊，我们叫老沟。我对那地儿谈不上熟悉，早些年打猎去过几次边缘地，不过那地名绕着我过了一辈子。我能在这儿安家生活，也是托金子沟所赐。"我心里兀自兴奋，这几天总算没白走。这一路我问询不下十次，不是摇头摆手，就是答非所问。我并没有急不可耐表露出来，四十岁，是一个该沉稳的年龄，况且我面前的对象是一个在大森林国境线边缘阅历过无数沧桑的老人。

二十世纪二十年代，大伯父亲的女人从山东老家随一帮淘金客跑路。山东那地儿不太平，正值战乱，又碰上饥荒年头，女人熬不住，到距离二十公里的矿上卖自家产的水果就再没回来过。那个女人是前村后寨最水秀灵泛的一个，谁也不承想才过门几个月就跑了。想想也不难理解，山东老家也产金子，矿上又离得不远，女人经常上矿山做一些小买卖，和淘金客套上了。淘金客那过的是什么生活，纯粹一群赌徒。女人年龄不大，涉世浅，没有抵挡住诱惑，迷恋上淘金客纸醉金迷的生活。话说回来，若非不得已，谁愿意过食不果腹的日子。淘金客转移战场，一路北上，来到莽莽大森林最深处，那儿是新战场，没有地名，直接叫金子沟。大伯的父亲隐忍不下夺妻之恨，便尾随而至。不过女人已经是淘金客的女人，而且和矿上结识的一个姊妹给三个淘金客当女人。三个淘金客是把弟兄，带领一帮伙计一起结伴淘金，已经转战好几处地方，东西南北，走遍大半个中国。走上那条路的女人很难再回头。大伯的父亲在金子沟找到女人，情形可想而知。女人不愿随他回去，三个男人供养她，日子过得何其鲜润。枉费了那一份情分。三个月的路程，大伯父亲走得面黄肌瘦，站在一群淘金客面前，就像一棵经历火灾后孤零零瘦条细枝的桦树。淘金客准备修理他，像修理一棵树那样截枝斩柯，被女人制止。这样的情形僵持好多天，他倔强而憋屈，无地自容，也无处申诉，只有默默不语，向隅伤怀。

大伯的父亲在一个达斡尔族人的寨子旁修筑一幢小木屋，和达斡尔人学习狩猎度日，还一心等待女人回心转意。他几次拿猎物兴冲冲跑到金子沟看望女人，但就像大兴安岭深处的金子沟不缺猎物，女人已经不稀缺他，每次他捎带的猎物都和他落得一样的下场，被女人态度决绝扫地出门。他逐渐心凉意冷，犹如这北国极寒的冬天冷却的冰窟。他想到回老家，没有盘缠，三个月的路程又让他不寒而栗。达斡尔人喜欢这个朴实敦厚又带着一股韧劲的年轻人，就撮合他和一位本族姑娘结合了。

大约过了数年，大伯的父亲又去过一趟金子沟，这次他不是特意去，也没有提上猎物。他和几位达斡尔族同伴溯黑龙江而下，去下游城市为寨子出售值钱的兽皮，然后换回生活用品。临近金子沟的河段，大伯的父亲感觉到越发情不自禁，心思一阵阵揪紧慌乱，于是让同伴把船划靠岸，邀约达斡尔弟兄一起到金子沟看淘金世界。金子沟的场面铺排得更为盛大，人来人往，有淘金客，有为官家淘金的囚犯，有看押囚徒的官军，但大多是衣不蔽体的苦力劳工。涂脂抹粉的女人也多起来，其中不乏金发碧眼的俄罗斯女郎。就那条小小的水沟，想不凝起一层胭脂都难。

　　大伯的父亲心急火燎地往女人住的那幢小木屋横冲直撞。一日夫妻百日恩，不是因为她，自己也不会来到千里迢迢外的大森林，而且在这里安家落户，养儿育女。那份几年来抑制着的情愫像火苗嗞嗞生长，像冰冻之水沸腾翻滚。小木屋冷火秋烟，屋里散发浓重的霉味，了无生气。很明显，这处住所已经废弃多日。大伯的父亲在矿区繁忙的区域上蹿下跳，左奔右突，寻遍整个工地，都不见女人的身影。他便与身穿官军服的监工问起从山东来的那三个淘金客，有人说走了，两年前到新疆去了。难道女人也随去新疆了吗？"没有，"一位俄罗斯女郎用蹩脚的汉语好心地告诉他。"那她去哪儿了？""死了，那些男人不要她跟着他们去新疆，她就不高兴，两个月的时候就死掉了。"俄罗斯女郎慢条斯理，蔚蓝色的眼神非常空蒙，她汉语说得不流利，但她说得不高兴，她肯定理解。大伯的父亲自然也理解。

　　老舍在《骆驼祥子》中设置这样的情节，马车夫祥子在相依为命的妻子虎妞过世后，他内心还残存一线期待，直到他所喜爱的小福子自杀，熄灭掉心中最后一朵希望的火花，从此一蹶不振，绝望崩溃。原来在现实中出现过类似的情节。好在大伯的父亲有一个美满的家，至少形式上圆满，达斡尔女子温顺善良，又不缺儿少女，狩猎度日虽然艰辛，但也减少那时节关内兵荒马乱和天灾人祸的袭扰。那女人仍嵌在他心底，一直没有割离开，一路追寻，这样的结局，让他于心不甘。他钻进密林深处，狂奔哀号，歇斯底里。他在森林中像裸露的树根，完全失去泥土的控制。像寒风怒号，或滚滚泥流般不可抵御，又像百年后那场大火让人焦头烂额，而眼前的一切摧枯拉朽。几个时辰后，他衣衫褴褛，满面伤痕，蓬头垢面，像一头受伤的雄狍默默从森林深处走出来。莫可名状的哀伤，但生活还得继续，且不可抗拒，所以呈现出深邃的沮丧。同伴帮助他在沟底洗梳一遍，然后一伙人平静地返回达斡尔寨子，就像什么事情也不曾发生。

心中再没有对金子沟的那份念想，从此，大伯的父亲成为一名纯粹的达斡尔人。

金子沟底部那条小小的河流，可能称作一条水沟更适合，不仅每天早晨能漂起一层女人粉色的胭脂，它也是女人用眼泪发酵泡制的一段历史。

写于 2011 年 10 月

镜泊湖洗澡

黑龙江的景致本身具备独特优势，经纬度跨幅大，林海绵延，沃野千里，江河奔涌，用琳琅满目描述黑龙江印象恰如其分。九月，正是龙江大地收获的时节。驰骋在壮阔的牡丹江河谷平原，水稻、向日葵、黄豆、玉米棋格般交叉错落，阡陌交通，像一幅五彩水墨，令人叹为观止。

这一番景象南方见不到，中原也见不到。与之相比，要么山川欠气势，要么绿色欠力道，都是硬伤。西北不缺身姿伟岸的山脉，却缺少沃野千里的河谷平原与之映衬。这说的是大气象。而南方有山有水的地方，又缺乏北国这派恢宏磅礴的气概。被文人墨客着墨最多的江南，虽妩媚柔软，令人心驰神往，譬如那些巧夺天工的园林艺术，可以万般玲珑婉转，却引不起心潮澎湃。除却区域地理特征的限制，也可能身为军人的缘由，我身边的几位战友总认为正是谨小慎微瞻前顾后甚至自给自足的心态，拖累并影响到以江南区域为政治中心的历史崛起为强盛帝国的机缘。南宋是北宋王朝的继续，它着力经营长江流域，使我国南方社会经济呈现出高度繁荣。但在军事上却一直屈服于北方强敌，最终为元所灭。明朝应该跟这一地理区域最有渊源，朱元璋一三六八年称帝，定都南京。一四〇六年，明成祖朱棣夺帝位后下诏迁都北京，气派壮阔的北京城墙由此扩建。金陵作为明朝真正的政治中心，只是初始的数十年时间，尔后长期当作明朝的陪都。同样，西北作为中心的时候，也不是现在这种飞沙走石的天象。

镜泊湖和长白山就像两枚皇冠上的明珠，点缀雄浑激昂的东北大地。从历史文化、地理自然来说，对东北的叙述都够得上雄浑激昂。

镜泊湖可谓东北水的象征与代表。镜泊湖是一座年轻的湖泊，五千年前经历多次火山喷发，熔岩阻断牡丹江古河床，而形成火山熔岩堰塞湖，面积近百平方公里。与许多数平方公里的著名微型湖泊，像长白山之巅摄人魂魄的天池，地处江南浓妆艳抹总相宜的西子湖等，相比之下，镜泊湖已经是一座真正意义上的湖泊。宽阔的湖面烟波浩渺，在群峰之间蜿蜒曲折，伸展有致，恰如东北美女摇曳生姿的迷人身段。

相传很久以前，牡丹江畔居住着一位美丽善良的红罗女，她有一面宝镜，哪里的人们有苦难，她只要用宝镜一照，便能消灾弭祸。这件事传到天庭，引起王母娘娘的忌妒，她派出天神盗走宝镜。红罗女上天索取，与王母娘娘发生争执，宝镜从天上掉下，就变成镜泊湖。红罗女传说的版本很多，内容极其丰富，镜泊湖的周边家喻户晓，为镜泊湖增添许多神奇色彩。传说优美而玄幻，镜泊湖峻奇神秘、瑰丽天然的景观，亦让人折服惊叹。

镜泊湖是一座怡情怡性的湖泊。四周的山峦称不上巍峨，却起伏有致。山上森林俊茂，正值仲秋，红黄青蓝紫，各色树叶色彩斑斓，俨然一座争奇斗艳的大观园。虽然没有生长出成片类似长白山身形与枝冠妖娆俊俏的美人松，也没有大兴安岭铁骨铮铮的白桦林那样动人心魄。不过满山林木挤挤搡搡，亲密无间，相互摩肩接踵，勾肩搭背，肥厚的华冠互相映衬，把山峦包裹得严实而优雅，却是显得别有一番风味。一眼望去，山水树木浑然一体，和谐生动，尤其是默契配合了这一湖的静谧与深邃，幽远与灵泛。

镜泊湖历史上有忽汗海诸多名谓，明朝始称镜泊湖。近代以后真正出名的时间不长，所以在一定程度上保持文化与生态的纯净风貌。二十世纪五十年代，援助哈尔滨工业大学建设的苏联专家教授，一到休息日便携家带口，从哈尔滨驱车到镜泊湖休养生息，在山光水色中垂钓狩猎，沐浴嬉戏，采花摘果，徜徉于密林小径，泛舟于湖上崖边，或安享天伦之乐，或潜心学术研究，镜泊湖逐渐成为高级聚会或学术沙龙的最佳场所。鉴于哈工大此期间在中国大学中的显赫地位，镜泊湖声名鹊起，一时间引得文人墨客趋之若鹜。所以，镜泊湖誉满大江南北，也是近几十年的事。

我们赶到镜泊湖，临近下班时间，景区照顾我们一行远客，特意加开一趟游轮。虽说是九月时节，但这东北最著名的湖泊景区，已经凉意十足，未及时添加衣服的同伴，在游轮上抖瑟着身子欣赏这世外桃源般的湖光山色。天气爽朗，天幕上并无半丝云彩，但夕晖即将隐匿山脊，投射到湖面上，正写照"半江瑟瑟半江红"的印象。

夕晖消隐入山的另一侧，为另一天的华彩养精蓄锐，也只不过循常蹈旧的轨迹而已。雾岚及时从湖畔林间或远处的湖面冉冉升腾，如丝如缕般迷离，并随游轮的行进而渐趋凝重。仿佛这是一个舞台，烟幕从四周同时施放，一齐向湖心聚集，而游轮是偌大的舞台唯一的舞者。返程时，雾岚已经幻化成一张密实的网，包裹住湖面和四周的山峦，恰似一切童话故事中主人公生活的可能场所。此刻，烟笼雾罩的鳄鱼岛、彩虹桥、珍珠门、湖畔欧式木屋别墅，梦幻般影影绰绰。这些正是童话故事中活色生香的情景。生动的情节也许正精彩上演。在雾幕中聆听，隐约就有歌声缥缥缈缈，亦如落英缤纷。次第点亮的灯光，如萤火虫的眼睛，在湖滨密林闪闪烁烁，仿佛童话故事中的歌者，提着灯笼，在急急切切寻觅一位迷失的故人，一份心爱的物件。若歌者是一位妙龄的姑娘，她也许在追踪遗失的爱情，或一场梦中奇异美妙的幻象。

在大东北气派恢宏的景象中，尚有镜泊湖这般俯仰生姿的风情，仿佛披上婚纱的新嫁娘，既憧憬珠联璧合的幸福生活，又不舍离弃父母双亲与生长家园，直引人楚楚怜爱，心池荡漾。

九月的镜泊湖，早晨醒来得特别早。湘西正处于黎明前的黑暗，这里的阳光已将温暖尽情释放。我从下榻的林中木墅步行至湖边，一个人沿湖畔散淡而行。湖边堆垒棱角突出的灰褐色火山石，与普通石质相比，质地轻盈，形状峻峭，甚至仍在不绝如缕地散发一脉硝石的味道。有一段湖岸正在人工筑墙，不知是要拉通环湖游道，还是抬高湖的水平线，我担心这一举措失当破坏掉湖的整体美，和湖水在边角地带伸曲自然的野性，把湖弄得跟一座大型水库一般，沦落为一处平庸的人工景区。北湖岸游客服务中心前的湖湾里，上百艘游轮，大小不一，此时如一群避世隐匿的居士，默然在湖湾静坐如眠，放下疲惫的身段，深深融入旖旎的碧水青山，与岁月般天长地久的气息之中。

这一天的游客大多来自关内，这个时段都还习惯性处于睡眼惺忪的状态。岸线上的人客不超过十人，三两一组，兴奋地在湖的浅滩地带拍照和嬉戏。弯过药师古刹所在的龙泉山头，前方豁然开阔，直接面对湖幽深曲折的走向，下榻的旅店和客服中心被干脆挡在背面。极目所至，并无人影，只有小山上各种鸟儿兴奋地晨鸣，几只胆大包天的松鼠直接从靠近湖岸的树荫里飞跃到并不平滑的沙滩，若出入于无人之境。

此时湖，如它的名字，停泊无限安宁，一展如镜，在晨曦中粼光闪耀。山岭上幽韵叠翠，古松苍藤，林蔓如织，也静止成纹丝不动的林海，惬意接受阳光的亲昵。湖水出人意料地温滑凉爽，不像九月的湖边，急风骤起，还能袭起人体一阵阵激灵乱颤。环视四周，我忽然萌生松鼠的思想，遂毫不犹豫褪去身上所有衣物，如拨离污秽垃圾般急不可耐，衣物被胡乱丢弃在毫无规则的砾石堆上。我这时赤裸如一方光滑的石头，被玩石者发现并抛光，自恋地在湖畔沙滩展示，犹若山鸡舞镜。镜泊湖严禁游客下湖，我就像技艺高超的织造大神现世，咄嗟之间纺织出又一件皇帝的新衣，在一番神机妙算之后，被温山软水牵绊得神超形越。

暖阳初照，纯净的温感，覆盖着一个人的整体。我钻入湖中，正以出世的心做着入世的事情，像一条泥鳅，在黑暗的泥地中机械寻找前行的目标。一次游泳，不可能改变一个人的方向，不可能改变一个人。但想象是有的，我欣赏旅游卫视的一句广告语，心有多远，就走多远。没有想象，世界就没有美的张力，也就没有不可方物的意境。镜泊湖随之失去存在的必要，沦落为一枚枯槁的地理坐标。对，我像一尾鱼，像镜泊湖白石砬子下特产的一尾鳌花鱼，在长久的生活中，逐渐随波逐流，萌生出奇怪的胡须，闪亮的鳞片被岁月的黄蜡色浸渍，还自以为是地涂裹上镜泊湖岸边的一层彩磷。磷在氧气中闪闪烁烁燃烧，以自焚的方式释放生活激情。而鱼的五脏六腑，鱼的思想，一旦沾染市侩气息，谁还能为它的生命漂白？

镜泊湖是一面镜子，它的框檐做得十分雅致。苍翠起伏的群峰，形成众岭卫拱之势，造型夸张地成为镜泊湖心仪的情人，心甘情愿隐姓埋名，成为湖全职的点缀与映衬。但群峰凭借宽宏的胸襟到底成为人生赢家，终究赢取了美人，又得到了江山。镜泊湖又是一方停靠思想的港湾，铅洗疲乏，褪色光华，泊走浮华。当时代进入尊崇自然，自然而然成为最深的哲学，顺应自然成为最佳的生存状态。懵懂少年时，屋前的池塘是小伙伴们的乐园；进入军营，自北而南，我领略了大中国最美的数处海湾；广袤的神州内陆，帆影竞发的太湖，心忧天下的洞庭，烟波浩渺的青海湖，云彩与蝴蝶共蹁跹的苍山洱海，都一一与我亲密接触。

当然，作为一名军人，我还强烈渴望以主人的身份，造访诗仙李白踏歌行吟的贝叶湖，苏武牧羊十九年的贝加尔湖，充满北国风情的唐努乌梁海。唯有了却那样的夙愿，中国才算金瓯无缺，否则，就算中国国力坐上世界第一的位置，也永远称不上乐章华彩。

唐努乌梁海不是一片海，在民国的版图上，还是我们最北的一片领地，面积约一十七万平方公里，四周山峦起伏，川淳岳峙，因状似盆地而谓之海。唐努乌梁海土地肥沃，物产丰饶，人烟稀少。它原属于外蒙古的一部分，但在外蒙古独立之前，于一九四四年被苏联强并。它消亡得无声无息，何不叫人痛心疾首。随着中俄边界线的最后勘定，我们回来半个黑瞎子岛，许多人为此欢呼雀跃好一阵。但唐努乌梁海这个地名，却在国人的记忆中渐行渐远。我从十几岁开始接触这个地名，并不断地从文字上了解它，熟悉它，情不自禁地从思想上期待与唐努乌梁海相近相亲，最后给自己落下一脉锥心的疼痛。

漠河段的黑龙江水青得发黑，蓝得发紫，浩浩汤汤，壮阔激越。船游黑龙江，掀动我们心中阵阵波澜，遥望北方浩瀚无际的莽莽林海，大家发出共同的呐喊："把它搞回来！"北岸边的老头正聚精会神孤钓一江清水，闻听江面上的轮船发出铿锵的吼叫，不禁抬头莫名其妙地张望。

至少在镜泊湖，我洗过最深的一次澡，彻底而凛冽。每一次从浮尘中无奈地走过，会经常禁不住地怀想镜泊湖洗澡的那一抹甘凛与爽朗，忍不住地从思想里一次次跃入镜泊湖中，成为镜泊湖白石砬子下透明无邪的一尾鳌花鱼。

写于 2011 年 9 月

李白与天门山

　　知道天门山以前，我并没听说过这个叫当涂的地方。小时候读李白的《望天门山》，年轻漂亮的梅老师说同学们长大以后记得去天门山，领略伟大祖国的壮丽山河。二十多年过去，当年诗中的意境逐渐淡忘。倒是位于张家界境内的天门山，挟裹其雄奇瑰丽的景色，数年间声誉鹊起，尤其天门山陡峭雄峻的半山腰上的天门洞奇观，因为举办一届世界飞机特技表演，数架飞机凌空穿越半空中的石洞，而使天门山天门洞闻名遐迩，蜚声中外，成为中国著名的旅游品牌。再因与张家界天门山近在咫尺，武陵儿女同气连枝，雄山丽水一脉相承，湘西情分自小便盘踞于心，并不以人为地域分割而情淡义薄。天门山景观堪为华夏极品，近年数次攀临，每一次皆心醉神迷，魂魄颠倒。少年时代头脑中天门山的概念逐步被覆盖实属自然。

多年以后，我还真迎来亲赴当涂天门山的机会。旧时天门山完全在当涂县辖区，历经多次区划调整，现已分属不同县份。不是天门山变大，而是旧日当涂被瓜分得体无完肤。那年我在南京陆军指挥学院学习，参观过南京栖霞长江边上的燕子矶，我便迫不及待赶到安徽马鞍山一睹采石矶风采。燕子矶、采石矶和岳阳的城陵矶构成著名的长江三大矶。其实，我是从内心渴盼去采石矶拜谒李白大诗人。在燕子矶的"酒樽石"处，遥想千年前诗仙李白怀抱巨石为酒樽，斟长江水为佳酿，邀月畅饮，浑然不觉间，醉卧江边矶石之上。这一场景深深扣动我掩藏在军人外表下的另类激越情怀。

于是赶上月朗星稀的夜晚，我邀约几位一同学习的战友，怀抱一脉怀古幽微之情来到酒樽石。数人来自东西南北的不同军营，年岁相仿，性情相似，又正值春秋鼎盛之年，数杯烈酒入腹之后，仿佛亦有豪情满怀，与李白在酒樽石纵酒放歌暗通款曲，遥以心照。几许壮怀激烈，几许伤春悲秋，俯听江水，凝眸星辰，每人手执一壶酒，战友情意杯中流。兴致深浓处，来一曲《把酒问月》，东一句西一语，前词不搭后调，皆以慨乎言之。亦醉亦醒纵情时，亦歌亦舞且吟诗。你未唱罢我登场，颠南倒北亦无妨。音阶高低迥异，曲调错乱无章。

"青天有月来几时？我今停杯一问之"，"今人不见古时月，今月曾经照古人"，"唯愿当歌对酒时，月光长照金樽里。"

谁曾忆起，明月高悬处，鸿蒙天地，幽冥浩空，大诗人李白抱石为樽，在此酌浩浩江水，饮苍黄大地茫茫人生。"举杯向天笑，天回日西照"，"且乐生前一杯酒，何须身后千载名"，"富贵固如此，营营何所求"。如鸟鸣灯台树，风绕菩提枝，禅透无常世事。仿若诗人清奇笑雨低含首，临波踏浪自逍遥。

诗人才下采石，又乘燕翅，既慷而慨，亦醉且狂。一壶老酒，一首短歌，一觞一咏，淋漓酣畅，掬沧浪之水，著千古诗行。余光中在其诗《寻李白》中写李白可谓力透纸背，"怨长安城小而壶中天长"，"酒入豪肠／七分酿成了月光／余下的三分啸成剑气／绣口一吐就半个盛唐"。

矶石如鹤，石酒樽横空卧波，仍待诗人豪情冲天，浅斟浪涛以为醇香。千年已过，万年太远，唯见李白乘坐万古舟楫悠然驶过。一曲歌罢纵声笑，行吟不休声不息。时狂放，风驰电掣；时平静，风息浪止；时悲怆，呼天抢地；时深沉，欲说还休；时黯然，此情绵绵无绝期。魂萦江河流浪，情寓物事春秋。吾类乃斗筲之辈，茫茫人世之沧海一粟，凡风俗尘也罢，超尘拔俗也罢，置身此情此景，唯有千古同慨，站在时空的隧道感念惶惶。若有一天能够修得诗人只滴半点之雅量，天涯浪迹，清风云水，亦是功行无量。

船游采石矶，船工选择一个角度停下游船。船工对我说："石头出水便成矶，你看矶尾那块崖壁，是不是极像一个石人的造型？传说是李白的化身。"仔细凝望，果然酷肖其貌，造型有棱有角，尤其仰起的下颌，可谓神形兼备，像是精心临摹李白画像中昂首吟哦的神态，不由得让人心生遐思，莫不是李白凝眸江天一色，慷慨激昂吟诗赋词！

马鞍山与南京一带，是李白一生的挚爱。李白遭贬后，便溯江而下，在此滞留十数年，在山水间徜徉流连，沉醉于乡间野舍沽酒放歌，寄情抒意，神思天纵，著就许多名垂青史的诗文篇章。马鞍山的古迹名胜，便多与李白相连。

当涂县现为马鞍山的一个下辖县，天门山位于当涂县城西南长江边上，是长江两岸东西梁山的合称。东梁山又名博望山，西梁山又名梁山，两山夹江对峙如门，故合称天门山。山虽不高，但临江巉岩壁立，陡如刀削。"天门"可谓其地势险要，此处素有长江锁钥之称，自古以来为兵家攻守要地。当涂是南京的西南门户，冷兵器时代，位于当涂的这几座山所组成的天然屏障，犹如风樯阵马，为南京抵挡多少枪林弹雨。而一旦失去当涂的庇护，南京便成一座赤裸裸暴露之躯，无防之城。

一九四九年四月渡江战役，西梁山是国民党汤恩伯部司令部所在地，人民解放军激战三日，攻破国民党军队自称"固若金汤"的西梁山阵地，解放大军自此横渡长江。为纪念渡江战役先烈，一九五二年，在西梁山之阳修建人民英雄纪念碑和纪念亭。东梁山山巅和西梁山脚下，架设高耸的过江电缆铁塔，电缆线横空飞越，跨度约一千五百米，宛如一座壮丽的门楣。很奇怪的是，渡江战役纪念馆后来却建在距离长江一百五十公里以外的合肥，虽说合肥是渡江战役总指挥部所在地，但将渡江战役纪念馆修筑在巢湖之滨仍不失荒谬，毫无纪念地现场即视感，也是南辕北辙的一件憾事。

滚滚东流的大江将天门山与风景奇妙的采石矶紧紧牵系在一起，吸引历代官宦名流遨游流连，在此留下流传千古的名篇佳作。东西梁山海拔均不足百米，但突兀于万里平川之上，已尽显庞然大物之躯，与海拔三百七十二米的大青山一道组成隔江对峙之势，这便是"两岸青山相对出"。

天门山显得凝重而雄浑，相对于开阔无际的长江下游平原，充满阳刚勃然之气。就连遍访祖国名山大川的李白，亦对天门山称奇有加。李白在另一篇名为《天门山》的诗中写道，"迥出江上山，双峰自相对"，写尽天门山雄奇的形态。桀骜不驯的长江，在此终于挣脱束缚，穿越天门山与大青山胯下，天门开处，山呼江应，巨浪滔天。

余秋雨先生为采石矶最高处的三台阁写了一篇题记，说此处是万里长江的"结穴处"，这个"结穴"说到了极致，万里长江到此便豁然开朗，纵马平川，放任自流。这复如一个人的人生轨迹，经由年轻的澎湃激昂和跌宕起伏，终于复归沧桑之后的阒寂安然与超脱宁静。这是一座文化的大山，也是一段文化的大江。在中国的文化中，不能没有李白，而当涂天门山，与张家界的天门山一样，在中国的名山大川中，以迥异的景象引人入胜。

没有身处其境，便没法感觉李白所描摹的天门山意境。单看海拔，天门山区区数十米，联想中不过一堆土丘，凭任谁都会狐疑满腹。尤其我等行伍之人，见识过的高山大川不在少数，古往今来，兵营往往就部署在险峻要隘之地。只有身临其境，才领略到少年时咏读《望天门山》梅老师所说的祖国壮丽河山之恢宏气概。时值清明，便在李白流连万般之地，洒落一地黄酒。又遥对湖南的方位，向英年早逝的梅老师深深地鞠一躬，以示祭奠。

李白在马鞍山一带辞世。传说李白死于殉江，当涂群众把他葬于城南的大青山下。又一说李白醉意酣畅中于采石之滨"捉月投江"，尸体竟逆流而上，到达大青山脚下的汉江。明代丘浚在《谪仙楼》一诗中写道："此翁自是太白精，星月相合自随行。当时落水非失脚，直驾长鲸归紫清。"说的就是李白捉月投江，驾鲸成仙。李白因其惊世才华被同时代大文人贺知章称赞为"谪仙人"，即贬

谪到人间的神仙。采石矶和当涂两地的群众对李白十分敬爱，李
白捉月仙逝后，两地争着要把李白葬于自己的乡野，一时竟争执不
下，双方均言之凿凿，固不可彻。老道人认为尸首逆江显谪仙人魂
灵所愿，于是就有当涂县令篡改李白诗"云分衣裳雨分霞"的判
令，于是就有了采石矶下翠云山麓的衣冠冢和大青山下的李白墓。

一腔慷慨激昂报国志，满腹旷世才情诗，掩埋在了大青山脚
下。头枕大青山，观天门，听浪涌，看千载江水风云变幻，览千古
江月起伏沉落，是李白永恒的夙愿。千年之后，枕闻青山林涛呼啸
连绵，俯听长江浪涌漫天彻地，亦似李白在激情歌咏。呼哉，此处
江天好辽阔！

写于 2004 年清明

桃叶渡

一

突然站在桃叶渡口，我为之一震，随即提起莫名的兴奋。这简约的渡口，置身于江南园林之内，假山盆栽充斥其中，亭台楼阁，名花古木，写尽江南的诗情画意与婉约妩媚。

桃叶渡是南京秦淮河畔的一个古渡，位于秦淮河与古青溪水合流处附近，南起贡院街，北至淮清桥。从六朝到明清，桃叶渡所处始终为繁华地段，河舫竞立，灯船箫鼓，自古便是南京脍炙人口的名胜。

桃叶渡之名的由来，要追溯至六朝东晋时代。大书法家王羲之的七子王献之，常在这里迎接名为"桃叶"的小妾渡河。那时秦淮河水面宽阔，遇有风浪，摆渡不慎，经常发生翻船事故。王献之对桃叶万般宠爱，桃叶每次摆渡心里惊慌害怕，因此王献之每每在渡口亲自迎送，并为她写下一首《桃叶歌》："桃叶复桃叶，渡江不用楫。但渡无所苦，我自迎接汝。"王献之少负盛名，风流蕴藉，才华气度乃一时之冠。从那以后，渡口名声大噪，久而久之，渡口也就被称为桃叶渡。也有说后人为纪念王献之，遂把他当年迎接桃叶的渡口命名为桃叶渡。后来，在文学作品中"桃叶渡"经常援用以泛指送行之所，借此抒发离情别意，万般愁怨。与西安的灞桥一样，迎来送往，皆至此桥，折柳相赠。后人以灞桥为典，寓意为伤离恨别销魂之地。离别题材是诗词曲赋中重要的内涵之一，南桃西柳自然深入文人墨客心中。

桃叶渡的人文传奇，开端就奠定了高度。尤其明清时期，十里秦淮舟楫穿梭，两岸喧哗熙攘，烟火璀璨，歌舞绵延，加上历史的跌宕变幻，为桃叶渡的神奇华章铺展开波澜起伏的背景。明末清初，历史名人侯方域与秦淮女子李香君的爱情故事就发生在这里。

侯方域（1618—1655），字朝宗，明朝归德府，今河南商丘人，其父侯恂曾官至明朝崇祯年间户部尚书。侯方域是明末清初著名的散文三大家之一、明末"四公子"之一，复社领袖。"四公子"为四位世家子弟的合称，他们立志担负天下兴亡之重任，是缔结复社的骨干。复社规模宏大，政治倾向性非常强烈，社会影响广泛，是一个渗透朝野，推崇以讲学复古、针砭时弊的组织。侯方域可谓出身尊贵，盖世才华，名倾朝野。

李香君（1624—1653），出生于苏州阊门枫桥的金门绣户。其父原是一位武官，因为是东林党成员，被魏忠贤阉党治罪后家道败落。李香君八岁流落到金陵，被秦淮名妓李贞丽收养调教，改名李香，号香君。李香君身材娇小玲珑，但面容姣俏，艳冠群芳，且才艺出众。尤其擅长戏曲表演，歌喉轻啭，妙语清音，犹如百灵衔露，空山新雨中婉转流韵。李香君乃秦淮八艳之一，小小年龄便声名远播，引得当时诸多文人雅士争睹追慕。

秦淮八艳乃明末清初金陵秦淮河边八位最负盛名的歌伎，包括柳如是、顾横波、马湘兰、陈圆圆、寇白门、卞玉京、李香君、董小宛，她们俱殊色秀容，花明雪艳，可谓色艺冠时。且秦淮八艳性情多耿直，有胆有识，外柔内刚，兼具一副铮铮傲骨，对爱情和友谊忠贞不渝，更与彼时重大历史事件相牵系，以乱世中的侠义节气而为世人所传颂。

明代末年，曾经是明朝改革派的"东林党人"逃难到南京，重新组织"复社"，和专权太监魏忠贤的亲信余党阮大铖斗争。阮大铖虽已被朝廷削职罢官，但并不甘心就此偃旗息鼓，而是与魏忠贤残余党羽在金陵的地盘狐凭鼠伏，静候时机，但有风吹草动，便旁摇阴煽，翻云覆雨。

此时，秦淮秣陵教坊的歌伎李香君刚满十六岁，但已经名满金陵。慕名而来的达官巨贾衮衮诸公，李香君要么置若罔闻，视而不见，要么不屑一顾，嗤之以鼻。世间物事，无巧不成书，无缘便无分。李香君偏偏钟情于青年才俊侯方域。侯方域身为复社中坚，丰神俊逸，风流倜傥，学富五车。李香君与侯方域在秦淮河畔邂逅，才子佳人，一见倾情，君心妾意，坠入爱河。

世事难料。不久后，天下大乱，大明江山风雨飘摇，侯方域投身到反清斗争中。李自成攻破北京城，明崇祯皇帝朱由检自缢殉国，福王朱由崧在一帮旧臣拥护下，在南京建立弘光新皇朝，史称南明王朝。阮大铖被委任为南明的兵部侍郎。再次大权重握，阮大铖得意非凡，立刻着手清除异己。阮大铖与时任凤阳督抚马士英一向多有勾连，而马士英与复社有着根深蒂固的仇怨。欲加之罪，何患无辞。马士英在阮大铖的授意之下，处心积虑加罪于复社领袖侯方域，寻机逮捕他。

侯方域得知消息，知道自己已然池鱼幕燕，黑手随时伸向自己，无奈之下，只得远走高飞。李香君赶到桃叶渡口为侯方域送行，伯劳飞燕，怊惆缠绵。侯方域临上船之际，李香君清唱一曲《琵琶记》，情意悱恻。相知只恨光阴短，骊歌一叠九回肠。前路漫漫兮迷雾筑高墙，帆影茫茫然不知所向。侯方域落寞寡欢，对李香君恋恋不舍又只能仰天窃叹，于是，侯方域将一把精美的诗扇赠予李香君，作为订盟之物。贮满浓情蜜意与离情愁绪的诗扇，成为清代戏剧家孔尚任写著《桃花扇》的道具。戏剧《桃花扇》所有的故事情节借此而展开。

二

侯方域离开金陵后，李香君闭门不出，一心一意等待时机与侯方域重逢。此时，明末清初颇具盛名的画家与诗人杨龙友由马士英举荐，当上南明王朝的礼部主事。杨龙友本与侯方域交好，熟知李香君乃率性而刚烈的一介女子，怎奈杨龙友身为马士英妹夫，被马士英逼得莫可奈何，只得低眉倒运地为马家亲戚田仰来向李香君提亲。

来者不善。马士英一伙先是仗势欺人，对李香君威逼利诱，软硬兼施。李香君毫不畏惧，声色俱厉，严词拒绝，态度凛然。马士英恼羞成怒，气势汹汹，欲对李香君采取粗暴行为。面对淫威，李香君悲愤填膺，宁死不屈，一头猛然飞撞石柱上，瞬间血花四溅。鲜血滴洒在侯方域赠予的香扇上，给爱情谱写了一曲惊天动地的诗篇。

杨龙友非常震惊，万端感慨与莫名感喟涌然而至，遂抓起笔将血迹染成扇面上一枝傲骨桃花。桃花如血，血如桃花，扇面上诗画相映。"溅血点作桃花扇，比着枝头分外鲜。"

《桃花扇》写道：

> 你看疏疏密密，浓浓淡淡，鲜血乱蘸。不是杜鹃抛；是脸上桃花做红雨儿飞落，一点点溅上冰绡。

当年，明末"四公子"在与阉党分子阮大铖、马士英等的政治交锋中名闻天下，竭力挽救摇摇欲坠的大明王朝。让李香君始料未及的是，侯方域最后却背叛他的初衷，背叛他的誓言，参加清顺治六年的科举考试，做了一名清廷官员。李香君深为失望。江山易容，家国何在？面对世事的翻云覆雨，人心叵测，李香君痛心疾首，万箭攒心，当着侯方域的面，愤然撕毁桃叶渡别离相赠的那只桃花扇。顷刻之间，为坚贞爱情血染桃花的诗扇，扇骨折落，画成纸屑，鲜血染就的桃红，在秦淮水中漂浮涸散。李香君仰天呼吁，掩面悲戚，独自黯然人世无常，这到底是"桃花薄命，扇底飘零"。那一管千啼百啭的嗓音，如今凄厉悲怆，血泪齐飞。

正如前次以血守爱那么决绝，李香君削去青丝，随秦淮姐妹卞玉京遁入空门，出家做了尼姑。世事已成他人事，我自清静遁南山。正是，清风自拂墙，云水清风间。

> 十里烟雨重重，灯花逐水流。盛庭华筵依旧，琵琶声色悠悠，香扇桃花绣，新辞一阕为君奏。

戏剧《桃花扇》在大大小小的舞台翻演，使李香君的形象不仅进入文学史，更深入中国百姓大众的记忆。身为歌伎的李香君，却有傲骨之侠气。在乱世中独守对家国对爱情的不二忠贞。

林语堂先生极其欣赏李香君的气节和胆识。他在书斋中悬挂一幅李香君画像，并题了一首诗，曰：

> 香君一个娘子，血染桃花扇子。义气照耀千古，羞杀须眉男子。
>
> 香君一个娘子，性格是个蛮子。悬在斋中壁上，叫我知所观止。
>
> 如今这个天下，谁复是个蛮子？大家朝秦暮楚，成个什么样子？
>
> 当今这个天下，都是贩子骗子。我思古代美人，不至出甚乱子。

这就是林语堂著名的题李香君画像《九子诗》。

三

二〇〇四年，我在南京学习。一个春天丽日的午后，我独自在秦淮河畔漫不经心地徜徉，误打误撞地走到桃叶渡的领域，就这样与千古名渡不期而遇。

桃叶渡是一位曾经书中相识的旧友，并且数度相逢。学生时代，孔尚任的《桃花扇》曾让我们掩书唏嘘，欲罢不能。而金陵作为《红楼梦》的背景，自然也不会少有桃叶渡的踪影。也许是这份突兀而至的邂逅，让我自以为是地认为这一整天的时光都在精心铺陈通向桃叶渡的路径。

我本以为桃叶渡很远。并非实际距离的远近，而是永远属于不可企及的远方，所以我从不期盼找到它。它也许就是孔尚任收藏情怀而勾勒的某一处角落。在人间，也有可能是心中某一僻静或温软之所。

高洁的春梅，艳丽的鸢尾，都在明媚的春日里煽风点火，滋染游客心中悠远的情结。是的，在这样一个古意盎然的春日午后，我徜徉于秦淮河畔，亦感觉到心中滋长着一些若隐若现的典雅。有些故事，有些人物极易感染人，时光流逝，岁月倥偬，桨声灯影亦扑朔迷离，而有些情结，竟然如古诗琴韵的流思，随一江春水盈溢轻漾。在拥挤的人群和现代商业氛围中，谁也抵挡不住那些匆匆游客对秦淮女子执着的追寻。如果仅仅记一篇散文，那断然不需要情结，因此我穿插在其中并不刻意寻觅。刻意的追述，记下的毕竟是喧嚣。

漫步秦淮旧巷，参观过两层高的阁楼式木楼"媚香楼"，那儿曾是李香君与侯方域抚琴弄语，耳鬓厮磨的寄所。媚香楼夹杂在秦淮河畔一式排开的木房瓦舍中，背依秦淮河，三进二院，空间逼仄，并无特别之处，是典型的"青砖小瓦马头墙，回廊挂落花格窗"。木楼扶梯狭窄，踏声清越，往往只听回声，不见身影，仿佛那脚步仍踟蹰在光阴的深处回旋。"歌才发，灯未昏，佳人重抖玉精神。诗题壁，酒沾唇，才郎偏会语温存。"曾经的浓情蜜意与最终的灰飞烟灭，让这处人文景点的内设情景自相矛盾而显得颇为格格不入。追逐到坐落于金陵栖霞山上那座"桃花扇亭"，那带血的扇形被竖立成一座优雅的亭子，花窗桃扇，修篁嘉树，而桃花正隐匿在春浓处悠悠忽忽地开放。只是，"问秦淮旧日窗寮，破纸迎风，坏槛当潮，目断魂消。当年粉黛，何处笙箫？"

而在那一个夜晚，侯方域挥别李香君，一叶扁舟，载别一段千古情缘。风高月黑，桨声划破媚香的软语。浪高急湍，碾碎幽幽的丝竹琴韵。是否春夜，梅香黯然含泪，一江柔弱灯影，一江婉转琴曲，送郎君远去。桃叶渡，一个含泪的渡口，桃叶何处，与何人渡？从此桃叶飘落花凋零。只因爱情不再，滋润不再，美人不再。独留人世的惶惑与愁怨。

从此，凭栏一片空凝伫，桨声灯影意噎咽。期盼的影踪入苍茫，娇媚的神态失韵致。劲风折柳，丝竹断音。狗吠在深巷中传播封建权贵搬权弄势的嚣张。对于一些弱女子，她们的渴求如此有限，她们护不住自己的爱，爱显得如此无助而懦弱。那若金陵城莫愁湖上的浮萍，何处可以停泊无根的惨淡人生。

喧嚣里的宁静，纷扰中的傲然，乱世间的守候。桃叶渡的伫立，没有等到"我自迎接汝"的初衷，但见落英遍地，碎屑缤纷。

当天明，奔过曾倚着的过淮桥，一地地的柳絮，在清越的狗吠声里飘落。昨夜的泪水濡湿谁的荒草，桃叶渡孤独如心的荒凉。还有什么能唤回昨日的温暖，手抚媚香楼的窗台、床架和坐椅，冰凉如逝去岁月的冷酷。这再一次地让我们体验到，是的，一切温暖都各自有度。这亦再一次地引发我们对于岁月的敬畏与危机。所有的生命形态都各带因缘，只不过花开缘启，风过缘消。在生命的历程，谁不是拼命抓住现实中可能的那么一线生机。该歌唱时不要敛息，该微笑时不要羞启。

尽管，许多堂而皇之的美丽都随风远逝，几百年后，夹杂在游人拥挤的秦淮河畔，人们在留恋于夫子庙的香烟缭绕之余，最记忆深刻的莫过于那一群曾经在秦淮河畔抚琴弄语，娇媚百态，节气高远然而命运多舛的女子。茫然追寻她们生命中的情结，荡舟秦淮，感喟红颜薄命。

四

无疑，《桃花扇》是一部文学作品，并非完全遵照史实。人物的塑造与设置，情节的架构与铺展，很明显既有作者的史观，也烙上时代的痕迹。

我踟蹰在桃叶渡，它的面目甚至已经没有历史的踪影。它极可能是一件复制的赝品，虽然外表奢华，却不失典雅。对我们而言，我们并不知晓历史真正的面貌，我们并不知道历史记载还是野史的传说更贴近于真实的本身。类似的故事发生在北宋末年一代名妓李师师的身上。正史中并没有涉及李师师的只言片语，但各种野史笔记轶事中，却有诸多关于李师师与宋徽宗及其大臣，也是宋词大家周邦彦交往的故事记载。而在《水浒传》中，我们也熟知浪子燕青与李师师有退之不却的情节，人物刻画生动形象。宋代小说《李师师外传》描述李师师面对金兵与北宋奸臣张邦昌时，拔下金簪刺喉自杀，没有马上咽气，又折断金簪吞下，终致气绝身亡。李师师何等的气节与侠士风度。

过程取决于人的态度。像我这样站在这里浮想联翩，我在意的是桃叶渡作为一个纯正的渡口，它人文情怀的一脉相承。它作为一个历史的舞台和窗口，演绎了多少悲欢离合与人世百态。桃叶渡的情怀之所以伟大，它以世事沧桑包容了历史，仿佛一位深刻的哲人，正史和野史都在这里滋长蔓延，使一些小人物的身影一样在这里留下浓烈的墨香。

秦淮八艳与复社诸公子来往密切，董小宛后来嫁给另一位"四公子"之一的冒辟疆，而柳如是则与东林领袖钱谦益结为秦晋之好。她们心仪的郎君大多是彼时之才子志士，曾经一腔热血忧心家国，更用痴情铸就浸透血泪的情爱篇章。秦淮八艳不仅有浪漫凄美、可歌可泣的爱情故事，更可贵的是在明末清初改朝换代的动乱之际尽显民族气节，不畏不屈新贵权臣而让人肃然起敬，足以使围绕她们身边的那些趋炎附势抛家弃国的家伙无地自容。

"物是心非事事非，抬眼低眉。抬眼低眉，指上无声泪先垂。"柳永的词恰是此时李香君暗香盈袖的写照。李香君在得知侯方域变节后，心绪槁木死灰，万般落寞。赤绳绾足成空枉，一江愁水覆心头。李香君失魂落魄，万念俱灰，"纵使借到西江水，也难洗我今朝满面羞"。

这是我和许多游客在这里流连的原因，我们感念的是人性的记忆。桃叶渡的沉默也是我们感动的原因，现代喧嚣的轻浮亦是我们追寻的原因。这是桃叶渡传递给我们的。除此，我们每个人都应该好好把握生命中的宁静。人世之渡，静水流深。唯愿人间花期常在，桃花常开。

写于 2004 年 9 月

统万之城

一

二〇〇六年五一长假过后，蜂拥而行的滚滚人流纷纷然归巢，我带领单位一帮弟兄错位出行，进入陕西进行深度文化之旅。说是深度，多半是一行人自诩，仅仅因为时间还算充裕，行程涵盖陕西省域主要的文化和自然景区。陕西省是中国名副其实文化大省，虽然有西岳华山、黄河壶口、秦岭等突兀的自然景观，但面对兵马俑、阿房宫、法门寺、大雁塔、华清池、黄帝陵、延安等如雷贯耳的文化标识，实在是小巫见大巫。它的自然风光与其灿烂文化在中国甚至世界历史舞台的显赫地位相比，处于一种经常被跨越的尴尬现实。南来北往的游客经常无视陕西的自然景区，进入陕西，直接地沉湎于文化饕餮之中。尤其对国际友人来说，这种心理分量的自然反差更加泾渭分明。说是深度，实际上也勉为其难，一帮行伍之人，性格粗犷豪放，平常拘束于严格的纪律规范，大抵习惯按部就班与舞刀弄枪，对于文化，远远谈不上追索。深度至少与专题、探讨、研究有关，浮光掠影式的行程，对于文化景观的吸纳程度，远远低于对自然风光赤裸裸呈现的直接感知。不要以为普通一兵只需墨守成规，磨砺体魄即可。从古而今，战法与谋略都是兵营中的核心。"故上兵伐谋，其次伐交，其次伐兵，其下攻城"，即是这个道理。所以在古今文化中吸纳涵养，拓宽眼界，提高素养，也是达成战场上运筹帷幄的必经之道。

在西安碑林，发现一个让我惊喜交集的秘密。在观至大夏国历史的石碑，惊现关于统万城的叙述。统万城是大夏王朝曾经的故都，位于内蒙古、陕西、甘肃、宁夏的交界处。中学历史课本对于大夏王国以及后来西夏王朝有专章叙述，是着墨较多的少数民族政权。这实在难为吝啬纸页的编辑们。但从另一个角度来说，匈奴民族及匈奴政权的发展史，自然而然包括大夏国，以及西夏王朝与之千丝万缕的联系，大概用数倍的篇幅编纂，也都丝毫不会感觉繁冗。现在想来，历史课本对匈奴游牧民族政权发展史的描述其实过于简省，许多著名的历史事件和历史人物，根本没有提及。

创立大夏王国的赫连勃勃是魏晋南北朝时期匈奴族的末代单于。匈奴民族多复姓，而且课本中相关的历史人物名字大都特别或优美，比如赫连勃勃不仅奇特，而且霸气侧漏，就是在堆积如山的一片名山字海中，你也能一下子把他的名字挑出来。赫连勃勃以及耶律楚材都是我少年时代非常崇尚的人物。

看见我在一块石碑前痴迷流连，大家以为我发现什么新大陆，几位战友好奇地聚拢过来探寻究竟。西安碑林就是一座历史文博物馆，是一座收藏历史文化的宏伟殿堂，只要稍通历史，浅涉艺苑，这里随时有惊喜满足猎奇心。刘建飞最后走过来，他是陕西人，老婆是西安姑娘，他到碑林不是第一次，他看碑林是在选择重点单元看。刘建飞不禁随性地叫嚷："哦，统万城，就是我们家——"他带着一种很不以为然的笑，"哦"的时候还拉起浅浮的波浪，像是向我们对统万城的隆重心理表达淡漠的注释。我有些迷惑，也对刘建飞对统万城的态度有些愠恼，我就说刘建飞"统万城就是你们家"是一个什么样的概念。刘建飞说我们家的村子就建在统万城废墟之上，四省交界之地，我们家看四省都不出院门，在几省边界，统万城城墙遗迹还清晰可辨，小时候我们小伙伴就在那儿残墙余垛玩捉迷藏。

刘建飞大学学的数学专业，毕业时特招入伍，经过陆军学院一年特训，然后分配至武陵山区。同一间办公室数年，他都没有给我说起他家就住在统万城废墟之上。刘建飞说我哪里知道你想了解统万城。若不是这一次契机，这可能会成为永远的秘密。惊喜就这样不期而至。我嘱咐刘建飞下次回统万城一定记得告诉我。我已经迫不及待目睹统万城的真面目。在我看来，刘建飞对统万城的态度实在冷漠，有些轻浮不恭，甚至略带亵渎。来得容易的东西疼不到心底，就像湘西遍地奇山异水、人文风情，外面的人趋之若鹜，并且乐此不疲。我们反倒没几个人舍得花心思，静下来多消受体验其中所隐藏的无穷美妙。

二

统万城是匈奴人留给西夏人，也留给历史的一座草原都城，堪称中国历史上最完整、最雄伟、最坚固的少数民族都城，也是中国历史上有着巨大影响力的匈奴民族仅存的一座古城垣。

史载，统万城始建于公元四一三年，四一八年修建完成。四二五年统万城的创建者赫连勃勃去世，四二八年，北魏攻破统万城，四三一年，赫连氏后裔争权内讧，北魏乘机灭掉夏国。公元九九四年，为防止西夏以统万城为据点的侵扰，宋太宗下令毁城。统万城这座记录匈奴族兴衰的白色城池，就这样遭到彻底捣毁而流入记忆的废墟，消失在茫茫历史之中，沦落为戈壁荒漠的猎物与伴侣。它的存在时间跨度五百八十一年。

统万城的历史可以说在城建史上是一个特例。从一开始筑城，它就作为都城存在。造城之前，它是一片"风吹草低见牛羊"的绝美之所，沃野无际，芳草繁盛，人迹少至。

赫连勃勃于公元五世纪中叶，东晋时期晋安帝义熙五年建国，他认为匈奴人是夏后氏大禹的后裔，定国号为大夏。大夏王国是少数民族政权中，建立起自己强大王朝的政权之一，它曾经的显赫与取得的卓著成就，让那些在消亡与不屈抗争的边缘痛苦挣扎的弱小民族羡慕不已。赫连勃勃之后率兵征战南北，不断扩充疆域，一直打下长安，占据秦岭以北的广袤土地，强极一时。大夏国的疆域"南阻秦岭，东戍蒲津，西收秦陇，北薄于河"，也就是占领陕西的陕北、关中、甘肃东部及内蒙古河套地区，是北方民族最强盛的地方政权。赫连勃勃征战经过无定河，他攀登无定河边上的契无山观察地形，看到山下渺无边际的沃野，无定河蜿蜒而过，风景如画，美不胜收，情不自禁感叹道："美哉斯阜，行广泽而带清流，吾行地多矣，未见若斯之美。"于是决定在这儿建筑他的大夏国都，也就是刘建飞所说的他们家那儿。如今这一片统称白城则村。不管经历怎样的沧海桑田，这里曾著就一段波澜壮阔而起伏跌宕的历史篇章。抚今追昔，令人感慨万端。

《晋书》上有一篇《统万城铭》记述说，"崇台霄峙，秀阙云亭，千榭连隅，万阁接屏"，"温室嵯峨，层城参差，楹凋雕兽，节镂龙螭。莹以宝璞，饰以珍奇"。《北史》也记载统万城："城高十仞，基厚三十步，上广十步，宫城五仞，其坚可以砺刀斧。台榭高大，飞阁相连，皆雕镂图画，被以绮绣，饰以丹青，穷极文采。"

统万城规模宏伟，气派恢宏，城墙数里，敌楼耸立，内有三道城，城内宫殿、鼓楼、钟楼应有尽有。统万城周长约十八里。光是一座皇城所在地大约面积三十七万平方米。在大沙漠的深处，谁也无法复原统万城曾经演绎怎样繁华豪迈的景象。

试想，一个马背上的民族，在自己的发展历史中创造出史无前例的繁荣，习惯居无定所，游牧四方，四季迁徙的民族，亦不可思议地在一片荒草萋萋之上建筑了一座金碧辉煌的城郭。这座城池的建筑艺术，有许多新的创造，在人类的建筑史留下浓墨重彩的一笔。

统万城城基厚二十五米，城高二十三点三三米。史料记载，赫连勃勃对筑城工事相当严苛。筑城的土都经过蒸熟，聪明的工匠用当地的白黏土与粉沙、碳酸钙加水混合夯筑城墙。每筑城一级，便令人用残忍的铁钉锥土法检验硬度，凡锥进一寸，便杀筑工，凡刺不进去，便杀刺者。在夯土上可以磨刀斧，可见其坚硬程度。

当匈奴民族从马背上跳下来，他们的智慧和创造同样体现得淋漓尽致。一座二十多万人口的城池，就在今天的大西北，也是数得着的城市。况一千五百多年前北朝十六国时期，盛况不输秦都的咸阳与东都洛阳。咸阳与洛阳是当时世界上最负盛名的大都会。盛况不输，并不表明统万城没有超越咸阳与洛阳的可能。总之，就是后来破城的北魏太武帝拓跋焘，面对统万城的豪华壮丽，一时竟目瞪口呆，惊诧万分。

只是历史的传记往往背负传记人的价值观与个性特征，并不能完全客观地记述外族的史实，尤其是对于细节的描述，往往失之偏颇。而匈奴民族自己的正史，随着一二二七年成吉思汗灭亡西夏，统万城彻底遁形，那一丝延续千年的血脉相连也在战火中灰飞烟灭。留下支离破碎的片段，源于同时代其他政权或者异域人士的个体著述或记录。当然也不排除西夏被灭之后，许多尚存匈奴血统的居民不断融入中原，不断了解掌握中原文明与文化，然后又以一种更为复杂的心态，或者说以中原人的身份与匈奴人的思想，来追述那段历史，或文字记录，或口头传授。总之，还是不能经受历史的推敲。这是历史的悲凉之处，也是浮世的悲凉之处。

三

大漠长风冷月，戈壁枯树驼铃。统万城之上，荒原连绵，荆棘丛丛，骆驼刺挂满细碎的绿叶。起伏浩荡的毛乌素沙海，经过数十年人工精心植绿，已经笼罩上一层低矮的疏林地。统万城所在的榆林市靖边县红墩界镇，清朝曾经属于内蒙古管辖，幅员近三百平方公里，地广人稀，常住人口只有五千人，分属九个村，统万城所处的村叫白城则。神木煤矿，榆林油田，都近在咫尺，大部分青壮年外出务工，村子仿佛一位沧桑老人无助地称孤道寡，显得万般孤寂。连院墙外游荡的几只鸡、几只狗都显得无精打采，意志堕落。大部分耕地种上土豆。靖边土豆远近闻名，个大圆润，肉质似泥，甜滑可口。五月时节，土豆苗已经长得粗壮结实。这里的春天来得迟，果树的叶子还没长齐，北方几种叫不出名的野花在荒地上散漫地开起来。可以想象，冬天的统万城就只剩下苍黄黄的一种颜色，单调而苍凉。

赫连勃勃为给他的都城起名，豪气冲天地大呼："朕方统一天下，君临万邦，可以统万为名。"如今君临天下的豪气已经荡然无存，残存的几座白色的土垛，就仿佛它无声无息的墓志铭。统万城废墟之上的村子，名叫白城则，也就是白色的城子，一个象形的名字。而在直观的文化记忆或内涵上，此处没有更多的文字或内容能够一目了然地表达匈奴民族的精神与思想，仿佛已经与统万城划清界限。再询问上了年纪的老人，甚至附近方圆的小地名，都已经断绝与统万城的血脉联系。

我和刘建飞在统万城遗址，遗址周围的戈壁滩涂，整整走了两天。刘建飞说他在这里长大，都没有这么走过。有些地方我们反复重叠地走，似乎要把这座沦落为废墟的古都城和它的城墙外围走穿看透。我们不明白为什么统万城一夜之间消失得无影无踪，被毁得如此坚决彻底，像是根本不存在的海市蜃楼一般，突然从人间蒸发，它的盛世繁华，它的二十几万居民，都突然间去了哪里？它比古楼兰消亡得更残酷，也更离奇，连名字都没有留下一个，但它的历史又证据凿凿，固不可彻，不是传说，不是神话。大夏王国是一个创造辉煌历史，甚至建造了帝国大业的王朝政权，比古楼兰小国显赫得多。这一方土地之上，历史悠久的突厥民族、匈奴民族以及后来的党项人，骁勇善战，血脉相连，他们的文化，都突然间去了哪里？留下几十座西夏王陵，凄凉地耸立在贺兰山下。

五月的阳光算不得毒辣，但大漠深处的干燥已经不留情面地奔袭而来，隆隆滚滚，使人毫无阻击之力，让人浑身疲乏。面对这大漠边缘苍茫的自然气象，苍茫的历史，我和刘建飞就像两只没精打采游荡的鸡或狗，走得心潮起伏，愁肠百结，意志消沉。统万城只留下几段残墙土垛还巍然屹立，仿佛昭示那段历史卓尔不群的风骨，其余哪怕残垣断壁都算不上。一段辉煌灿烂的历史被湮灭丢弃，成为大漠深处的闲云野鹤，孤魂浪魄。除却一地破碎的泥土、明净的黄沙，还有我破碎的梦。石碑上的记述都已然无处可觅。

为了保护匈奴政权留下的唯一一座都城遗址和它由盛而衰直至无声无息的文明，一九九六年，统万城被列入国家重点文物保护名录，如今正如火如荼筹划申报世界文化遗产。

四

一方山水养一方人。我和刘建飞徒步一个多小时，从统万城走到无定河一处岸石奇峭的拐弯河道，在河边枯坐半晌。无定河是黄河的一级支流，是黄河流域含沙量最大的河流之一，是陕北榆林地区最大的河流。它的源头是发源于定边县白于山北麓的红柳河，绕经内蒙古南端的巴图湾后始称无定河。不知道为什么称其为无定河，也许因为匈奴这个马背上迁移不定的民族早就认定它属于自己；也许由于常年流量不定，四季水量不均，混浊无常；或因流域内环境气候的破坏与变化，河水流向也随之出现移动。总之，笼罩很多迷雾般的也许。但有一点是肯定的，有了无定河，才带来统万城。统万城曾经宏伟辉煌，无定河与它相比，只是陪衬，而当统万城成为一座湮灭在沙漠中的废墟，无定河仍然不离不弃地陪衬。数年后，我终于查到无定河改名的源头，《明一统志》卷三十六载：

无定河"因溃沙急流，深浅不定，故更今名"。这和我与刘建飞的讨论相去无几。无定河仍然流淌，它的河床被自然的威力切割得深浅不一，宽窄不定。在统万城一带，它的形迹大约仍保有赫连勃勃下马河边，豪情抒发"美哉斯阜"的形态，只是无定河流域水丰草美牛马壮的景象消失殆尽。河两岸长着稀稀落落的古柳，被当地老百姓称作砍头柳，身形奇畸而苍劲，写满岁月的风沙古貌。一丛丛的低矮灌木，绵延点缀波澜壮阔的沙丘。

爬上赫连勃勃观察地形的契无山，山的棱角已经完全被侵蚀风化，变成一座大沙丘。它只是相对于附近的制高点，一座全然被沙丘覆盖而突起的高地，是不是契无山遗址并无定论，村子里的老人都不能确定。赫连勃勃的万顷豪情仍和着塬上一望无际的气概在天地间萦回，和着畅通无阻疾驰的大风与头顶上恣意翻滚的云浪，绵延不绝地行驶与播放。

为什么这方高地唤着契无山，是和契丹人有关吗，或者是它形状似契形，赫连勃勃的随从见山势有棱有角，便因形状名？也许与著述盟约关联，可能还与佛学相关。藏族、蒙古族、匈奴族，都以游牧文化和马背文明著称，三个民族都以佛教作为信仰。契无山的山名含义与佛门有关或在情理之中。契无山与无定河的无字肯定形意相通，但它们的根源却无处追溯。

刘建飞对统万城的感觉曾经愚钝而漠然吗？刘姓是匈奴民族一个主要姓氏，赫连勃勃的汉族名字就叫刘屈孑，和刘建飞同一个姓氏。我并没有和刘建飞过多地讨论这个问题，刘建飞心中自有他的概念。他从小耳濡目染，世代生活在这个一千五百多年前曾经辉煌灿烂的都城废墟之上，本身就具有一种无与伦比的豪迈。刘建飞心中自有他民族历史的认识和走向的感知。

要说匈奴刘氏的历史，得上溯至西汉初年。当时冒顿单于统一匈奴各部，夺回河套地区，建立历史上的第一个草原军事帝国即匈奴单于国，其疆域南起阴山，北抵贝加尔湖，东至辽河，西逾葱岭即今新疆天山。匈奴政权的建立，结束了我国北方游牧部落的分散局面。公元前二〇〇年冬天，匈奴逼近陕北一带，冒顿单于派出四十万精兵，把轻敌冒进的汉高祖刘邦和他的先头部队围困于平城白登七天七夜，完全和主力部队断绝联系。汉高祖采用谋臣陈平的计谋，向冒顿单于的阏氏皇后行贿，才得以脱险。这便是历史上著名的"白登之围"。汉高祖为了休养生息，积蓄力量，采纳臣下的建议，对匈奴采取"和亲"政策，把女儿嫁给冒顿单于，不仅换来暂时的太平，冒顿单于的子孙也随母亲的姓氏改姓为刘。直至赫连勃勃建立大夏国，他才恢复自己的赫连姓氏。

无定河流域自古多民族杂居，农耕文化与游牧文化在此碰撞，激荡交汇。自秦朝以来，无定河畔一直你争我抢，硝烟弥漫，征战不停，杀声震天。在烽火连云、刀兵相见的岁月中，又有多少英雄豪杰在这片领域里，成王败寇，各领风骚，起伏存亡。长城修了一代又一代，但战争从来都不曾消停。百姓流离失所，民生多无奈。无名氏著《杂诗》云："无定河边暮角声，赫连台畔旅人情。函关归路千余里，一夕秋风白发生。"

"敕勒川，阴山下，天似穹庐，笼盖四野。天苍苍，野茫茫，风吹草低见牛羊。"这首磅礴大气的诗歌描绘的就是匈奴时期北中国恢宏的草原气象。那时陕北高原上，"天苍苍，野茫茫，风吹草低见牛羊"，是自然界普遍存在的瑰丽景象。地肥草美森林无边，河水丰沛蜿蜒流淌，毡包点点牛羊悠闲，歌声起伏传染四方，是何等雄奇而沉醉人心的家园颂歌。这是匈奴人对家园的写照，同样，几句简约又豪迈天成的诗语，也深度刻画匈奴人的精气神。

几乎每一个民族都有自己的族歌。我是一位苗族后裔，所以很能感同身受。最能体现苗族精气神的歌要数《迁徙歌》，苗族的历史就是不断迁徙的历史。《迁徙歌》豪迈粗犷、波澜厚重。通过苗歌凛冽的叙述，泣鬼神感天地，听得人惊心动魄，荡气回肠。《迁徙歌》是一首大歌，歌手反复几次给我边唱边讲歌句的片段，我还是感觉太过深奥，于是只记录下它的启幕章节，相当于长篇小说中的序，苗歌中称作"水口"。这是我至今唯一的几句苗歌译文。

> 黑风呼呼覆满地，黑雾凄凄无边际；
> 恶魔掀浪弃家园，披荆斩棘路程远；
> 白水黑水慢悠然，再有浑水绿水翻；
> 不见天光和星月，森林古树魍魉窜；
> 七次迁徙婆娑女，凶险七次染血男；
> 皇皇民族唱大歌，五湖四海皆家园；
> 合鼓流传万古事，迁徙歌唱动地天。

五

夜晚，月亮浑圆，圆得出奇。风沙滚滚，仿佛月中的桂树也在呼喇喇断枝落叶。圆得冷艳甚至哀怨，圆得苍凉甚至悲怆，圆得荒草凄凄，心灰意懒。

刘建飞叫来几位白城则附近村里的歌手，有上年纪的老人，也有和我们年龄相仿的中青年。一屋子人忙活大半天，精心准备一长桌当地的菜肴点心，搬了两件靖边最著名的芦河王酒，煮了一大锅甘美清醇、甜软滑润的糜子稠酒，稠酒沸开时满屋满院溢香扑鼻。我们围着桌子，坐在刘建飞他们家视野开阔的院子里，向着茫茫大沙漠，向着月色中黑魆魆一般存在的古城池，也向着我们内心那些支离破碎的人生梦想，谈历史话民族，用一种当地产的土瓷碗，对月当歌，借酒浇愁。

歌唱了一曲又一曲，酒下了一碗又一碗，直吼得黄土飞沙兰花花颤，敬统万城的酒洒落了一地。直吼得月色冷淡凉意起，大漠疾风袭统万。直吼得孤鹰深夜鸣寂寥，人世深处愁怅然。直吼得声嘶力竭心流浪，大漠深处向何方？直吼得荒漠雷霆亦骤起，星星点点落苍凉。

毛乌素沙漠有沙响现象。它产生的原因不是风。沙响实际上是沙丘侧面崩塌导致的沙砾共振，造成沙层运动所产生的一种声波的蔓延。

我们在沙漠深处驰骋，司机是驾驭技术高超的当地著名车手。他开着经过改装的坚实山地车，载着我们一行，不断地翻越一座座沙丘，一道道沟壑，带给我们冲浪般惊心动魄的感受。在翻腾过一座高丘之后，我们在沙海中稍事休息，环望与感受绵延不绝的大漠风光。我突然被一种掩面而来訇然的响声惊骇，刘建飞说那是毛乌素沙漠的沙响。千军万马般，鸣锣开道，排山倒海，飞骑征伐。又有如统万之城开市景象，熙熙攘攘，车水马龙，盛况空前。这仿佛有血有肉的沙响，萦绕在我们身体的四周，带给我巨大的震撼。

匈奴这个马背上强大的民族消隐于沉沉历史之中，正见证历史的车轮滚滚这一辩证通俗的描述。大夏国之后，西夏政权于一二二七年被成吉思汗的铁骑倾覆，匈奴民族遭受灭顶之灾。有说他们融合中原，有说他们远走中亚、欧洲。当描述历史，人们经常谈到是气候环境的改变与恶化，使他们不得不流落他乡，另寻家园。

千年之后，统万之城如烟，马背驰骋如梦。唐诗云："茫茫沙漠广，渐远赫连城。"

> 敕勒川，阴山下，天似穹庐，笼盖四野。天苍苍，野茫茫，风吹草低见牛羊。

统万城乃历史上大夏国以至后来西夏王朝的心脏。离开统万城时，置身于无边无尽的大漠墨沉的天穹之下，我和着眼前的情景，再一次吟诵这首描述了匈奴民族精气神的民歌，突然如鲠在喉，一滴苗族后裔的眼泪不小心潮湿了统万城废墟明净的黄沙。

我知道，那毛乌素訇訇而来的沙响背后，是一个马背民族留在沙漠深处空前绝后而悲怆的吟唱。

写于 2012 年 7 月

卓然的湖泊

　　卓然的小城位于西南边地。卓然居坐落在小城西郊的模棱湖畔。卓然将自己居住的独立木墅谓名卓然居，自是别有一番情境。造型古拙的边城艺术厅掩映在模棱湖对面的丛林里。

　　模棱湖呈浅弧形狭长伸展，从高处俯瞰，仿佛静卧的少女，姿态绰约。艺术厅与卓然居处于湖的腰椎两侧，距离不过两三百米。模棱湖岸林木翁郁，水柳的枝条优雅地垂向湖面。湖的中间隆起一尾鳄鱼状的渚，不过百十平方米，渚脊背除却几棵挺拔的枫杨，便是一簇簇环绕渚岸生长的水竹。除此，艺术厅与卓然居之间一览无余。

　　艺术厅外形玲珑雅致的曲线，翕应呢喃般的湖水，音律轻淌，浅韵凝霭，似乎在随时随地与卓然居进行一场若即若离的游戏。仿佛恰到好处地诠释模棱湖的含义。就像沐浴在春和景明的时光里，与一位或几位舒心的人，躺在草木扶疏的坡坂尽情吮吸山野气息，不远处的山溪，一条或几条，意识流般幽咽轻喘，任什么样糟糕的心绪，都能感受到这一份自然舒畅的慰藉。

卓然坐在竹桌旁，沉醉于喜怒哀乐的书本人生，或放逐思绪天马行空，或茫无主题地记支离破碎的语言。这俨然成为一段时光的轨迹。记下那些毫无章节的人生段落，过往的影像闪闪烁烁，腾云驾雾，跳跃而又无可追索。在湖的氤氲与充盈音乐的房间，一切在静默中消解稀释。

竹桌即便做工精致，但经年累月，色调灰暗。卓然搬进来之前竹桌就被遗弃在廊檐的角落。当时卓然刚来到这座边地小城，心仪竹桌的造型，便将竹桌提到湖边刷洗一遍，将就用着。经过几年相濡以沫，卓然同竹桌已成患难之交，有一份同是天涯沦落人的戚然。仿佛这些年卓然的每一件心事，它都了然于胸。诚然，竹桌难以抵御岁月磨砺而变得伤痕累累，双肘撑在桌面，立刻发出一阵吱嘎怪叫，像在情非得已地怨声载道。卓然想，人是社会的改造者，人倘不能避免社会的磨蚀，何况一张为人摆布，任人支使的竹桌。

不要以为空间可以阻隔牵念，一切可以阻隔的东西，不是不够突兀，便是趋于平淡。不要以为空间可以塑造成为坚实的礁石，而岁月之波可以借此沉淀。远非如此，卓然却不超然。静水流深，只要刻意存在，一切静默都只是肤浅的物像。抽丝剥茧一般将心痛捣尽，卓然又将密密麻麻的纸页化为灰烬。燃烧的火焰在悲情激荡间瞬息覆灭，不是心念的飞离，宛然锋芒毕露的刀光剑影划破天空的布景，散布的美丽云朵顷刻之间分崩离析。

家乡小城的火车站站台分手，整整七年，卓然与祢不曾打扰过彼此。卓然知道，祢的周围时刻洋溢着鲜花和赞美，这注定祢为此付出的也多。这是卓然最初的无奈和彷徨。卓然希望祄平淡，甚至于娇弱，亦千般遏制过心中莫名的狭隘。而这，仅仅因为那时候纠缠在卓然心头刻骨铭心的爱恋。

那些过程是怎样一种煎熬，只有天空的眼睛可以洞察万物，或者感觉。那时天空仿佛坠落到触手可及的距离，可以翻手为云覆手为雨。也许天空网罗般覆盖一切，即便天空有眼睛仍然感触不到人间的悲欢离合。祄不甘落寞平泛的刻板生活，尾随卓然景仰的一位师兄到南方创业。卓然无力挽留什么，只能对天空徒然地吼叫几声。汽笛鸣响，祄没有回头。那个下午，卓然仿佛被火车的轰鸣捣碎身体所有器官。俨然盛行于封建王朝的五马分尸酷刑回光返照。于是站台往往成为卓然梦魇的所在地，经常有一些控制不了的幕后势力，在站台这方小小的领域张牙舞爪，为所欲为。

几年后，祄顺理成章地拥有曾经向往的那种生活。祄走在经济特区的大街，昂首挺胸，珠光宝气，粉颈桃腮，往往都能勾起一路惊叹。祄每一次与师兄逢场作戏，祄开始都给自己寻找理由。当意识越来越慵懒，需要的理由可以千篇一律，当需要的理由越来越肤浅，可以随性牵强附会，当不再在意是否需要理由的时候，祄便对自己，对红飞翠舞的生活产生厌恶。每当夜幕降临，这种意念越发强烈，漫天飞舞。于是祄开始疯狂地购物或喝酒。

卓然没有痛恨谁，也没有对生活善变的面目产生狐疑。生活就是生活，每个人就是每个人。并无须分辨。卓然只是努力把站台上支离破碎的身心一片一片地收拾起来，企盼在时光的隧道里给自己复原。

七年后的一个午后，大地清新舒朗，阳光煦和地照耀。这是一个狩猎的好天气。卓然和朋友坐车到乡下，在荒山野岭奔波，拎回一摞热带雨林特有的猎物。在密林横七竖八的枯木躯干小憩，闻着槁木腐朽的气息，卓然跳跃般地回忆起，在学校所在的城市郊外，卓然曾给祤唱过《猎人魂》。那天，漫步在稀疏的槐树林，天空飘荡着雨丝，浓烈的蜜香无处不在，无孔不入，而灯盏花正在脚下恣意开放。祤动情地闪烁着泪光，说是祤听到过最有情韵的《猎人魂》。祤从此称呼卓然西南猎人，而卓然亦乐于以猎人自诩。卓然一点也不热衷打猎，枪法相当拙劣，猎人于他名不副实。但卓然欣赏猎人特有的气质，粗犷，热情，永不气馁，特别是热爱自然、融入自然、营运生活的匠心。如今大江南北，狩猎这一行当正逐步远离我们的生活。对于许多心中深藏狩猎情结的男人来说，无疑是一份深深的遗憾和失落。在那个追逐猎人情结的午后，祤意料之外地翩然而至。这样譬喻，多少亵渎祤的一片真情。千里迢迢，一路颠沛流离来到西南边地这座小城，除了要去看看蝴蝶泉，追寻那只传说中灵性闪耀的小鹿，亲历一下身处大理古城回肠荡气的古韵，无疑，卓然是祤此行的主干，卓然正是那嶙峋突兀的景点。古城只不过是祤旁逸斜出的兴致，或者陪衬。

卓然居本是湖泊管理所闲置的一处空房。即便是空房，管理所没有租让的意思。卓然动了心思，三番五次上门商洽索租，管理所应允下来。卓然需要与一座湖泊深度交流，需要有一点暧昧的音乐在黄昏时刻与烟雾氤氲。而这座湖恰到好处地名曰模棱湖。黄昏之后，卓然居笼罩在一片暗影之中。有几声归巢的鸟鸣乘坐音乐的翅膀飞舞。那些才是房舍的家具，才是空间真正的内容。深夜，便只有这栋木墅孤寂地与湖泊两厢厮守，只有卓然守候着整个世界。

祤在门口眯住眼，阳光正透过树叶的缝隙，斑驳地洒在两个人眉梢和发际，于是世界幻如迷津般闪闪烁烁。模棱湖的物景善解人意，一对鸳鸯划过去，又一对鸳鸯划过来。卓然牵着祔的手走进屋。祔那样虔诚的表情像在举行一个神圣的仪式，伟大而庄严，像一棵树对着身边的一棵树致下一生的敬意，甚至许诺，深深地震撼卓然。卓然一刹那在心中默默祈念，愿日子就这么平静地延展，天空不再空泛，迷蒙，而模棱湖莫名的泡漩永远从生活中消失。

在屋内，祔睁开眼睛惊叫一声，那是羔羊柔嫩得令人眩迷的声音。"哇，这就是我的伊甸园，比南山要起伏，长满青青的三叶草。"祔像一位舞台剧演员朗诵着台词。祔曾经说过要卓然带她去看南山的三叶草。祔抚摸竹桌，像是凝视一种久别的感觉。艺术厅的音乐正温情脉脉地传递，极尽柔情蜜意。祔喃喃自语，忘我而迷情："这就是我生命中的三叶草，三叶草。"祔环住卓然的脖颈，抵着他的胸脯，语无伦次地嗫嚅和絮叨。

突然，像生命中某一线神经被牵扯，卓然嗥叫一声。像沙漠深处一只独狼的嗥叫，孤独，哀伤。星月不事温和，风雨不带润泽。生命的湖泊在何处飘摇。卓然奔出屋外。像一只企图逃离沙漠无边黑暗的独狼。

外面阳光粲然，模棱湖粼光泛影。世界有一些晃荡而耀眼。

偶尔的烟花为谁璀璨，闪光之后，碎屑纷纷扬扬坠落卓然的湖泊。

卓然在湖泊边的绿道环岛百转千念地踱圈，澎湃的激情敛息静止，生命之水又按部就班地流动。卓然平静地返回屋内，看见祔佯装安静而悱恻的笑靥，落寞的眼神影影绰绰。

卓然用两天时间陪伴祔，一天在洱海，一天在大理古城和洱海边的蝴蝶泉。卓然能给祔的就是两天时间。洱海已经是一座名副其实的海，不再是卓然的湖泊。而祔却向往风花雪月之地仍然盛放风花雪月。祔以为多情之地或许可以成为一味意外的药方，唤醒那些已经淡忘的岁月与情分。

是的，祔用两年时间让卓然曾经景仰的那个人从生活中走远。卓然不想用衣冠楚楚这个词来与谁画上等号。这对于谁都不公平。但卓然已经拥有自己的湖泊，即使这座湖泊很小，小到一眼便能望穿秋水。小到任意丢弃一粒石子，或者一只鸟的飞掠，便能惊起半湖涟漪，甚至于一声叹息，一句碎语，都能纺起一线流纹。

祔带着蝴蝶梦乘着蝴蝶的翅膀翩跹而来。几天的旅途祔都在酝酿关于风花雪月的内涵。祔梦想追随那只传说中有意无意闯入梦中情境的小鹿。那只小鹿总是那么知情达理恰到好处地穿越温情深邃之所。

苍山的云变幻万千，洱海的碧波风情万种，下关的风摇曳生姿。苍山的美在于形如雕塑，轮廓绮丽。苍山环形洱海，恰如一座天然的大理石屏风。没有一个地方能够如此真切地描摹风花雪月的真实面目。再没有一种精灵比五彩斑斓的蝴蝶更适于表达荡气回肠的爱情。

洱海不是卓然的湖泊，苍山的托起没有诞生金花和阿鹏的爱情。蝴蝶已然没有了疼痛，那只传说中的小鹿，它温暖的茸毛，羽化成蝴蝶身上的粉翠。蝴蝶已相继飞离。

蝴蝶泉被现代的异味充斥，尽管蝴蝶树已化蛹成蝶，枯木乱枝。蝴蝶已相继离去，只有遁形的舞影漫天回旋。留下温室内人工饲养繁殖的蝴蝶，千姿百态，令人眼花缭乱，和蝴蝶馆蝴蝶做成的标本。不知怎么，面对那些布置精美，甚至令人叹为观止的标本，卓然眼前飞舞的是一丛丛飘浮无踪的叹惜。

祔枯坐在蝴蝶泉边，整整一个下午，没有只言片语。游人络绎不绝，总有些兴起的客人随音乐欢舞歌吟。祤粉妆玉琢，没有一个人比得上她时尚，也没有一个人像祤那么沉郁寡欢，黯然销魂。祤明显不属于蝴蝶泉的氛围。风花雪月在于每个字的柔软纯净和甘凛，在于心物相融，人景相应，景物相衬。并非简单的重叠或刻意的追索，也并非自然无关的呈现与罗列。

祤知道，每年的蝴蝶会仍在继续，金花和阿鹏仍如期而至。当歌唱爱情的恋歌在苍山之巅、洱海之畔回萦，美女如云，蝴蝶如梦，整个大理沉浸于如梦如幻般的情境不能自拔。但那已经不是祤的蝴蝶梦。那是祤生命中的站台。而那些歌声是祤嘶鸣着远途的汽笛，是祤迷茫的背景。

风花雪月是大理诗般透明的霓裳，是所有旅者梦中情人的名字。祤已经错过。祤就该在这风花雪月之地铺展自己的站台，任来来往往的旅者带走所有情人的名字与温暖。留下祤弱不禁风的躯体，高原上无以言说的空荡，与山茶园花季过后山茶花游离的冰凉气息。

西南猎人的身影由清晰转入恍惚，甚至迷糊。是的，那是卓然自己的模棱湖。祤在润朗如春之地经历生命中的冰点，没有色彩，只有冷漠的意气凌空飞扬。祤知道，那只梦中的小鹿已经遁入别人的山茶园，成为别人的梦中之物。

洱海再大再美，甚至于风花雪月，都不是卓然心中的湖泊。

写于 2002 年 3 月

鸟儿飞

　　我下很大决心重拾这个标题。整整一年时间，我为这篇文章的丢失耿耿于怀，怅然不已。

　　军区组织年度在职训练考核，其中三个科目涉及使用电脑，于是参考人员的电脑被集中于设置好的考场内。那篇工作间隙刚刚落笔的文章临时储存在电脑里。可能为保证考核成绩的纯正，在不通知的情况下，工作组在夜间突击为每台电脑安装模板，所有与考核无关的内容被全部删掉。那篇没有备份的文章顷刻间烟消云散。政治部的战友们为我丢失一篇文章而痛心疾首大为迷惑，想尽方法都无济于事。不是因为这篇文章有多出彩，而在于写文章时的感觉，如同一脉晕染过时光体温的幽微气息，是如此深刻地执着于我的意识，即便现在仍然隐隐地感受到它传导的情意。

　　我的记述是关于一只羽毛灰白相间，又饰

以彩色边纹的鸟儿。类似苗姑服饰上的花边，艳丽而精致。它身形矫健玲珑，飞翔起来轻快伶俐，充满灵性。它仿佛来自遥远而不可捉摸的异域，携带某种神秘的旨意，每一次到来都带给我震慑。一种源自内心深处莫名的感染。它的飞翔充满思想，也充满爱。它甚至与我具有某种默契，它即使无言地站在那里，都能与我通过某些自然的波段传递信息，交流思想。那种波段存在于血脉般浓烈的热度，仿佛自然界生生不息与春秋嬗变之间脉动的恒律。

那时父亲已经病入膏肓。父亲的病是年轻时落下的慢性支气管炎。带领社员出工，需当队伍的模范样板，我们那个旮旯田地多、人口少，夏练三伏，冬练三九，病根趁机在身体盘踞固守。我们一直采用中西结合为父亲治疗，到后来，父亲手脚有静脉血管出没的位置几乎密布针眼，初次看到父亲的人，都会被他身上重重叠叠的针眼痂印所震惊。父亲的身体逐渐背负不住中药的副作用。年纪大了，身体器官残损，机能萎缩，就像冬月的树叶，枯萎卷曲，在无情的寒风中萧瑟飘零。父亲倒床时，我便隔三岔五在单位和乡下老家之间奔波。

我家距离县城近二十公里。从国道分岔进入村子还有数公里。我家在铅锌矿山区域，进出矿山的重卡多，一般回家能搭上便车。但清晨矿山车辆还窝在山洞，就得步行几公里山道到国道搭乘客运车辆进城。父亲跟我说要少走夜路，夜间无法掌握周围的形势，且时下矿山三教九流混杂，什么角色都有。但我知道，父亲其实每天都等待我回家。这是大多数父亲心里无解的一道方程。

每天，我把百鸟的晨鸣当作激励，甚至陪伴我行程的歌唱。为赶时间，我通常行不从径。沿长满荆棘和荒草的田坎地头，穿越田野和荒芜山冈，还有一片幽邃的密林，路边散布几处阴森悚然的天坑地缝。其中一处长条形天坑外形凶相毕露，长年发出呜呜隆隆的声响，不间断地向外排放浓重的烟雾。伫立天坑旁边数米的距离也能感觉到明显的震颤，仿佛随时都会引发一场山崩地裂，令人惊心恐怖。不久，两眼天坑之间的一丘水田无来由地塌陷出百十平方米的一处涡状漏斗，每次路过，我都敛息静气疾速而过。

通常山村和田野笼罩在晨雾迷离中，我便亲身演绎"莫道君行早，更有早行人"的角色。号称南北宋之交诗俊的著名诗人陈与义写了一首《早行》的诗："露侵驼褐晓寒轻，星斗阑干分外明。寂寞小桥和梦过，稻田深处草虫鸣。"我第一次读到这首诗即认为他写尽一位早行山野之人所处的情境，仿佛一幅立体的早行图。但我更衷情毛主席的《清平乐·会昌》所蕴含的浪漫主义精神："东方欲晓，莫道君行早。踏遍青山人未老，风景这边独好。"百十种鸟雀在田园扑棱棱地飞，我仿佛置身于一个曼妙的剧场，它的布景是原野，是我们那个四周被山体严严实实包裹的数平方公里的小盆地，薄雾流纱，轮廓朦胧。而观众就是我一个。我在晨曦中奔跑，仿佛情不自禁地手舞足蹈，演绎不同情景。我没有把那段时间看作艰辛，我甚至在跌宕起伏的几公里行程中，留下许多属于青春的诗句。偶有重温，那诗句朴实如山野般自由散漫，却能捕捉到饱含露水的鸟鸣与灵犀。

一天，母亲专门让姐姐给我打来电话，说这个星期天陪同排楼舅舅走一趟岩壳寨。排楼寨的舅舅和我们没有血缘关系，是舅妈家里没有兄弟，又说父亲那么好个人，硬要认父亲当兄长走动。排楼寨赶场吉峒坪经过我们寨，每次赶场，舅舅舅妈都要到我们家小坐一会儿。我父亲好客，经常挽留舅舅他们住一个晚上才让回去。住一个晚上也并没有闲着，不是忙活，就仿佛有讲不完的话。母亲和舅妈拉扯的多半是些家长里短，鸡毛蒜皮。而父亲和舅舅喜欢聊起苗族的历史典故，或者民国的陈年旧事。我家里田地多，排楼舅舅家人力充裕，农忙时节舅舅就吆三喝五来帮工，经常忙完我家的农活才回去莳弄自家田地。两家关系亲密，但明显，舅舅家里要吃亏。但舅舅舅妈从来都不以为然，帮工都是主动，往往一季工夫还没开始，就已经把我家里的农活先规划妥当，如此五冬六夏。我非常敬重这一家人，虽然没有血缘关系，但心里面倍觉亲切。凡人交往，图的就是一份舒坦与真切。父亲病重期间，舅舅几乎每天打着松节火把从排楼寨走小路，翻过两座山坳到我们家陪父亲，清晨又踏着露水回去忙农活。光是准备这些松节火把都要费上不少工夫。

那个星期天我就和排楼舅舅去岩壳寨请仙娘。岩壳寨像是一位老道人，携带数座年代久远的深褐色木房端坐在崇山之巅。秋天的季节，天高地阔。我和舅舅在古苗河接上头，沿弯弯曲曲的乡间小道，步行几个小时才走到岩壳寨。仙娘是一位七十多岁的老太婆，眼睛看不见光，不方便走村串寨。我们到时，正孤寂地坐在昏暗的上房火炕边神神叨叨。

　　人世间变幻莫常，狂风呼号相伴相随，邪魔外道流窜挡路，树木弯腰，流水黄浊，人妖颠倒，阳光消蚀，百鬼众怪但有跳将，阳道需要法治，阴道就要神界仙师，各司其职，牢牢把控。

老太婆泰然自若地唱，声音明明暗暗，语气起起伏伏。但这是翻译过来的意思，老太婆唱得很有韵致，只是我没能翻译出这种韵调。她并不知晓客人是什么来路，只管自吟自诵。我报上父亲生辰八字，她轻轻咳嗽两声，像演员试调音响。她让舅舅点燃一手香，插在正上房房柱脚跟的香案香孔里，每孔三支，又叫舅舅往火炕烧香纸。仙娘脚后跟有节律地开始颤动，接着一路唱将下去，像高僧诵经，神态隆重。我没有一句听得懂，在她停顿的间隙，舅舅拣要紧的意思给我解释。有几句话我印象特别深，舅舅给我翻译说，仙娘说你家院落前面，有一口大水塘，塘里蓄满塘水，但靠近坎下浑黄一体。我家院坝石坎下混浊的部位不是水塘的深处，通常是寨子里的水牛炼塘的路径，自然常见混浊。我当时就有点震惊。常听老辈人说，厉害的巴代出入乡间，往往不要问路，报上生辰八字和姓名，即使全然陌生的环境，不论路径如何错综曲绕，巴代都能拨解迷津，只管跟他大步流星。说得有点神乎其神，就像数十年之后出现的卫星精确定位。"巴代是苗族民间大师，可归为艺人，自不消说，想不到仙娘也有这般厉害角色。仙娘请得多，实在罕见。"排楼舅舅佩服得五体投地。

按照仙娘的启示，母亲执意为父亲做一堂法事。乡里做法事是一件大事，亲朋好友都要请到位，而且摆桌收礼。因为不想惊扰众人，又不想违拗老人家心愿，我们商议请来巴代，夜深人静后再为父亲做法事。到场的也就是兄妹几家。巴代是母亲的表亲，功力到位，誉满八方，母亲自然十分满意，其他的便听从大家意见，省去一切繁文缛节。

当晚，我和排楼舅舅拿着仙娘指点的物什，备好煮熟的刀头与酒，去了一趟爷爷的坟墓祭奠。这里的刀头是形状类似刀头的猪肉，是苗族祭祀仪式的必备品。爷爷的坟在一处僻静山坳，林密幽深。黑暗吞噬着荒野。哗啦啦，一阵强风猛烈袭击，把爷爷坟边垒起的岩坎掀掉几颗石子。真是疾驰如风，瞬间即逝。过一会儿，一只小鸟不知什么时候停驻在石坎边的火棘树，对着我们叽叽喳喳叫唤不停。后来母亲又请过仙娘杠水。仙娘说那一阵疾风是你爷爷知道你们到他的坟上，已经暗夜沉沉，小鸟叫是催促你们快些回去，深更半夜，在这荒郊野岭干什么。仙娘的解释有牵强附会之嫌，但事情却有离奇诡异之处。我对大姐说，我从来没有跟谁提起到爷爷坟上时有一阵大风刮过，而这次请仙娘，排楼舅舅毫不知情，也没请他到场。这位仙娘的家离得很远，在贵州的边界上，也是转折托了数人才请得动。我不信神巫，但也从来不把神巫文化等同简单的迷信，它走过几千年历程，绵延不绝，已经成为民族生生息息的文化符号，甚至成为民族的文化宗教信仰，自然有它的曲究之道。十数年之后，我心里盘桓的几个问题越想越离奇，想当面一问岩壳寨的仙娘。排楼舅舅回话说，那仙娘数年前已经得道成仙，驾鹤西天。

苗区至今盛行请仙娘给故去的长辈送饭送钱的祭祀仪式，仙娘即是通达阴阳两界的中间人。仪式一般在晚间进行，把族中的长辈或乡邻中的老者请到仙姑的旁边坐下，他们往往才知晓那些已经去世的故人的生活情况与陈年往事。厉害的仙娘能干脆利落地叫唤离世故人的名字，然后在阴阳间来回传递话语。这些交流又以表达想念、诉苦、希望等情绪为主，传达故人的声音时，仙姑往往唱得撕心裂肺，伤心涕零，描摹故人绘声绘色，引得在场众人感同身受，黯然垂泪，哽咽满堂。熟悉的老人便说，这确是某某在世时唱歌的声韵，或说话的语调。于是众人愈加笃信无疑。每找到主家故去的主要族亲，仙娘就请好他们在某个路口一一等候，接着一项一项轮流展开各种敬献程序。

父亲去世前告诉我们，他去世后绝对不会变成鬼鬼怪怪吓唬大家。父亲说他会变成一只小鸟。苗族民间有去世转魂的说法。离世的人入土后第三天夜间，魂魄会回到原来的家中，会在原来熟悉的场景中弄出一些奇异的声响。于是这一天夜里，一般小孩都不敢独自睡觉，只得偎守大人寸步不离。父亲是在冬天过世，送父亲上山后的第三天晚上，兄弟姐妹与家族人等在火坑边挤挤挨挨围成一大圈。我忽然发现一只小鸟，它静静伫立在房子的檐梁，它长着灰褐色羽毛，十分精致漂亮。但此刻，它悄怆深邃地注视我们，一动不动，甚至眼睛都不曾眨动。时间已是深夜，房门早已经关上，不知小鸟怎么飞进屋内。大家都注意到小鸟的存在，相互提醒不要惊扰到它。小鸟并没有惊慌惧怕，依然如故地伫立。它距离我们如此近，仿佛能听到彼此的呼吸，静默和哀痛成为我们之间无言的交汇。几分钟后，它以一个精准的小弧线，飞到父亲生前睡的床檐。父亲的睡房在火堂后的房间，房门和木窗此时都被卸掉，众人对小鸟在房内的活动悉若观火。它跳摆几下，又停顿一会儿，然后鸣叫两声，从小房间飞到堂屋盘旋一阵，在黑暗中飞离我们的视线。整个过程我们都在敛息静气地凝视，我们的心在追随它的行迹跳动起伏。

三年后的春夏之交，我在亲友的祝福声中走进婚姻殿堂。父亲没能等到我结婚便溘然离世，是我心中的一件憾事。但人生的路充满偶然，许多选择显然不可重来。在婚礼一整天忙碌应酬过后，几位朋友在单位的室内会场为我主持婚礼晚会。那时我已经喝得酩酊大醉，讲话语无伦次，走路摇头晃脑。人群和着乐队的伴奏翩翩起舞。在兴之所至，在晚会的场地上，突然出现一只小鸟。它咙咙咙地鸣叫，显得无与伦比的兴奋。它在场地中央的上方来回飞舞，来回播撒快乐明亮而清脆的声音。仿佛乐队不够带劲，它不断地增添和声。它不断变换飞舞的方式，在场地上方画出各种优美的弧线。

许多人都发现它，因为朋友为我精心制作的结婚影碟中，反复出现过这只鸟儿的身影，听到了它欢愉的歌唱。朋友有意识地追踪这只鸟儿的行迹，来回地跟踪分把钟。之后数位亲友都与我讲起这则令人惊奇的事。晚上亥时光景，一只鸟儿却飞到室内和着喧闹的人群起舞歌唱，这是何等诡谲的事情。我把它想象成父亲的祝福，父亲的欢乐。是的，父亲比谁都有理由在这一天欢乐和歌唱。

又过几年，我调到机关工作。我的住房前有一个小楼台，正好与院子里绿荫匝地的桂树林的伞冠相衔接，枝叶直接撑到楼台上。军分区绿化好，营院管理严格，院子成为鸟雀的乐园，许多鸟儿在这里筑巢繁衍，怡然自得地休养生息。一个灿烂的午后，一只小鸟飞进我的阳台，着色似曾相识，噗玉喷珠，好奇地东瞅瞅，西望望。我想，它一定是找到我的新家了，正欢歌雀跃地打量我的新家。院内的鸟儿多，飞到阳台觅食和休憩是自然的事情，这样联想带有很大的偶然性。触景生情而已。

我们经常讲到灵魂和感应。这大约只是一种臆想。就像梦境经常出现的幻象，它只是恰到好处地迎合我们在某一时某一地的心思。就像那只飞翔在我心中的鸟儿，它也许只是我牵念父亲的一种物像，一种寄托。每个人的生活中都有鸟儿飞过的痕迹，是这份深厚而无私的爱，支撑我们不断成长与前行。作家贾平凹在《秦腔》中有一句话，"生容易，活容易，生活不容易"，简洁凝练，一看就直入内心。每个人都不妨静下心思听听鸟儿的歌唱，看那鸟儿的飞翔，再默默地告诉自己，生活会多有不尽如人意处，人世间随时会袭来百般风雨。即或如此，也一定得好好地生活，无愧于容纳我们这般任性来往的天与地，情与爱。

写于 2010 年春

木匠的爱情

我要说的那个木匠与我素昧平生。因为在我知道世界上有这么一个人曾经存在时，他已经离世十八年。让我感动的不是木匠本尊，而是爱他的那个姑娘。甚至于爱上木匠的那个姑娘我也是缘铿一面，完全度外之人。

这听起来荒诞不经，显得我一个大男人闲情万般。为此事，我开始不止一次省视自己，也许更年期提前十几年也未可知。也许这事儿压根不怪我，是这世界产生了很多莫可名状的异变，使我们面对光怪陆离的世界经常无所适从。我也和许多人一样曾经惶恐不安，仿佛最美的光景仍然属于深度盗梦空间。一转眼，更年期便如洪水猛兽，张着血盆大口，欲吞噬我们这一茬人仍然勉强摇摆的青春的尾巴。

唯其如此，权且借用更年期的思维和语言，说一说木匠的爱情。希望不是轻言肆口，没有亵渎到纯洁的本来。

木匠手脚敏捷，英武帅气，爱上木匠的那个姑娘俊俏仙姿，聪慧贤淑，他们的靠近犹如珠联璧合。我见过木匠的父母，他的父母年逾七旬，身体健朗，精神矍铄，言谈举止中流露一股匠人气质。当然，我这么认为，除了乡人的不吝赞叹与惋惜，还直观地来源于木匠和爱他的那位姑娘的爱情结晶体，他们的儿子，形象俊逸，个性灵泛可爱，丝毫不拖泥带水，性情而无矫情，是那一年我所认识的一百多号孩子中印象最深的一个。

这是一个典型的苗寨。不到二十户人家，高低错落，优雅别致。这是用文学语言的描述。现实生活中，这个寨子非常贫困，约有半数的人家生活于贫困线之下。当木匠的活路主要还是在山间野林砍树造房打家具，木匠的价值并没有释放出来，要想靠手艺发家致富谈何容易，绝大多数不过养家糊口而已。所以寨中的木房外表考究，但里面除却破烂家什，几乎没有值钱的东西，个别的家徒四壁，与房子的外形反差极大。正所谓金玉其外。寨子的风景着实优美，四周被几座造型独特的孤山环绕，极似小时候玩过家家的游戏，几个男孩围成圈保护美丽的公主。几座山植被俊茂，人家呈弧形稀稀拉拉散落在山脚。

那些隐匿在修竹茂林中的人家，像是听话的孩子，每一个的扮相相差不大，房子的梁柱壁板着上青铜色的桐油，既防腐，又显得庄重肃穆。除开不断完善中的新屋，老房子基本上都雕梁画栋，内容和形式各不相同。初来乍到，光凭人眼看到的外形，原以为这是一个富裕寨子，只有富裕的寨子，房子才这般讲究，不是一户或者三五户，几乎户户如此。原因简单，因为这个寨子出产木匠。这个寨子世家族居，姓龙，一户杂姓也没有。男人大都自小学习木匠，妇女扶老携幼。

苗族是一个不断迁徙的民族，古民从中原来到西南蛮荒之地，开疆拓土，搭舍生息。有房就有了家。木匠在湘西苗区非常受敬重，所有的房子家什，都少不了木匠。即便困难时期，木匠都不会缺衣少穿，到哪家做工，皆好酒好肉相待，生怕木匠的活路刀走偏锋，这是非常忌讳的事情。虽然木匠不会这么做，每一件作品都是木匠的生命，但主家的潜意识里偏偏隐藏这样的执念，你说是钻牛角尖也好。就像某位明星，台下幕后也许言行出格，甚至摆谱离德，与公众人物的身份相悖，常言说德不配位。但一入戏都会拿出最佳状态。因为舞台是演员的生命，任何人都不会自砸招牌。木匠一般能说会道，能掐会算，通晓天文地理。房子落成庆典，讲上梁话扔上梁粑，是最为热闹的时候，木匠是最受瞩目的角色。木匠游走四方，见多识广，奇闻轶事，出口成章，仿佛那些鬼怪离奇的故事一篇篇悬挂在眼前似的，都不需要经过思维的过滤，木匠便能一路顺畅地叙述，信徒唱诗诵经一般，抑扬顿挫，行云流水。我们小时候经常结伴到工房，缠住来到寨子做工的木匠讲故事，常常引得我们流连忘情，欲罢不能。至今仍有几个木匠的形象深深烙在少年的印记里。

如此，木匠不愁找不到老婆，木匠不愁没有爱情。木匠的爱情一直就为人所津津乐道也不足为奇。这样，这个小小的龙姓寨子，婆娘的来路几乎五湖四海，有贵州、四川、湖北、广西，加上本省的，刚好五个省份。当木匠的婆娘也是娇娆风情，一年到头，木匠大部分时间云游四方，就在农活忙活时节回乡帮工，或者逢年过节回家团聚。当木匠的婆娘，等待挂念的心情自然色彩斑斓。

小时候姐夫是镇上的放映员，《张铁匠的罗曼史》看了一遍又一遍，很爱那首主题歌："走山路，蹚水路，藤蔓牵衣留不住，一片痴情问秋风，亲人踪影在何处。"这首歌倒像为木匠而写，写尽木匠的生活风情与艰难曲折。当然，彼时铁匠与木匠颠沛流离，四处为工，生活情形类似。

几座山上长着桐木，春夏之交，桐花嫣然姹紫。秋天桐果累枝，妇女们便摘果打油。龙姓寨子便叫桐木湾。桐木湾的中央是一口大井，井的周围有几棵彩叶婆娑的乌桕和耸枝蔓冠的小叶楠。

这一寨子几乎年轻男人都学过木匠，只是手头功夫深浅不一，粗细有别。我要说的那个木匠，他家在离井边最近的田坎上。第一次到这个寨子，被它的风景深深地震撼了一下。几座山各自兀立成体，但又不是喀斯特那种贫瘠的地貌，粗鲁而干涸。这几座山形非常地刚劲峭拔，山上林木葳蕤，泉水长流。这样一个地方孕育出木匠世家并不奇怪。

木匠的父母接待我们。我说老人家，你们就一个孙子，舍得让他去当兵啊，谁来帮衬二老做农活。木匠的母亲也是老木匠婆娘，自然理解木匠的生活境遇。木匠的母亲说同志哥你看，我俩的身体硬实得很，能为国家办事那是极好的事，龙家人都高兴。我们当木匠的，平常还不是到处做工，一年到头没有几天在家，懒木匠才待在家里，得挨鲁班骂。木匠的母亲站起来，边说边甩动胳膊四肢，利索地拍拍胸脯，生怕我们怀疑她的体质有问题。话说得朴实，也很生动。湘西这块地方的男女老少，从小就在尚武的环境中长大，支持晚辈当兵那还不是正常的事。

小孩叫龙亦刚，正说着，蹦蹦跳跳回到家里，嘴里哼唱当下流行的曲调。一米七几的个头，阳光明媚，青春飞扬。龙亦刚是这一寨子从古至今文化最高的人，大专毕业。学的是建筑施工专业，看样子，他是准备将木匠行业发扬光大。谁也看不出他是一个没有父亲的孩子，木匠在广西罹患怪疾丢命的时候，龙亦刚还是三四个月的胚胎，还安安静静待在他母亲的肚子里。

遇上大工程，木匠一般都拉帮搭伙，打单帮驾驭不过。那一年春上，桐木湾的木匠都来到雪峰山深处，为一户大户人家建宅子。说是大户人家，因为这一家之主是县里的一个局长，局长你说大不大。他要建的房子几进几出，楼台吊脚，飞檐翘角，窗台和楼阁镂花雕虫，飞禽走兽，出没无形。桐木湾的七八个木匠从年头做到年尾，整整一个年轮，去的时候雪峰山还残雪未消，冰凌淌水，完工时雪峰山已经冰冻三尺，野寒梅打花骨苞。大工程结束，还有一些细枝末节要完善，如打三进床之类家具，人多反而碍事。就留下木匠和他的叔叔一老一少，老的是师父，少的是徒弟，老的功夫深，少的动作快，是最好的搭配。故事就发生在这儿。

话说局长家的女儿年方十七，正是珠圆玉润的碧玉年华。犹如雪峰山上的冻美人，冰肌玉骨，雪肤花貌，高中毕业后在家安心等待局长退休时顶班。于是天天在家和她母亲一起办厨，服侍木匠一干人等。谁也不知道，十七岁的姑娘情愫萌动，哪里经得起木匠这般能说会道的挑动，况且木匠那副相貌，体态堂堂，常年劳动之人，粗腿阔胸，刚劲敏捷，又自小晕染着木匠的气质。这一派男人气息，情窦初开的姑娘自然无法视若无睹，就是全身安装避雷针，也无法消散这般春雷滚滚。雪峰山是湖南的屋脊，长年青翠欲滴，鸟语花香，自然也能养育娇俏女子。话说回来，凭这大湘西的奇山异水，哪一处犄角旮旯儿都是休养生息的胜地。

就在一个晚上，星子铺满天幕，月亮晃晃荡荡，就像挂在雪峰山顶，出奇地亮堂。"说是陪伴局长家的女子下山看电影，自告奋勇当保镖，回来时他蹑手蹑脚钻进我的被窝，说：'叔，我把局长家姑娘那个，那个了！'他浑身那个激动，几乎压抑着嘶吼一般吐出那几个字，四肢不停地抖嗦，那个浑样，我到现在还能感觉。"叔叔惊吓一跳，这小子熊胆包天，局长家养尊处优的金枝玉叶，岂是一个穷家小木匠可以随意动心思！"我接着几日都心惊胆战地盯住家侄，心怕他行事鲁莽招惹祸端。木匠的活路在五湖四海，缜密行事本该是心心念念的品性。再回过头仔细观察那姑娘，姑娘倒是实诚，几天里默默无语，有事没事就往侄儿身边磨蹭。"老木匠于是盘算时机与局长家的婆娘旁敲侧击说道这个事，看看侄儿有没有联亲的机会。

因为木匠的爱情带着传奇色彩，我就和龙亦刚的小爷，也就是在雪峰山与木匠老少配搭档做工的老木匠多探询几句。小孩当兵是大事，听说部队来政审，寨子里的老人都主动关心。龙亦刚的小爷，自然感觉责无旁贷，需要亲自出马，给部队推荐这个小孩。

这事儿哪有什么机会。龙亦刚的小爷闷声闷气，那神情仿佛还停留在雪峰山的光景。人家姑娘是局长的掌上明珠，正等候顶替父亲的班，一顶班就成国家干部，事情肯定悬乎。一时间局长家天翻地覆，局长大人更是河东狮吼，狂风怒号。局长家四个小孩，姑娘排行第三，其余三个都是男孩，大的两个已经参加工作。几天时间，局长家七大姑八大姨轮番上阵，对姑娘软磨硬泡，实施一番又一番狂轰滥炸。姑娘铁定心思，也不顶撞，也不还口，雪峰山垭口粗壮而浓密的雪峰松似的，一副任尔东西南北风，我自岿然不动的气魄。

姑娘年龄虽小主意大呢，木匠的叔叔说我都佩服她。那时姑娘在雪峰山的树丛深处已经珠胎暗结，对于局长家来说，这等于奇耻大辱。局长在盛怒之下，宣布与这个唯一的姑娘断绝父女关系，让她永远不得再进家门。父亲恨铁不成钢，爱之切则怨之深。姑娘一宿未眠，也没有滴一滴眼泪，那个刚烈，是个男人都做不到。

　　大约半个月，过几天就是年关。那天天刚发蒙，姑娘就走到和叔侄俩约定的山坳口。叔侄俩心里五味杂陈，既欣喜，却也苦涩。而姑娘的神情坚毅无比，头也不回一个，见面时甩着一头柔顺的乌发与叔侄俩对笑。侄儿怜惜地拉住姑娘的手，姑娘冲着老木匠坚定而豪迈地说："叔，您走头，打道回府！"好像打了一场胜仗，语气叮当作响。仿佛路边那条小溪水，毫不犹豫地往下游流淌。那一路并不长，十几里山路就到小镇上，小镇有到达县城的大篷车，再从县城转乘班车回木匠的家乡。但姑娘一定走得很远，一定是她一生中走得最远的一次路。人们常说心路历程，也许就是类似的步履。

　　后来几月，姑娘的母亲和两个哥哥先后赶来桐木湾打听姑娘的境况，毕竟骨肉连心。姑娘的父亲已经退休，班被姑娘的兄弟顶上。他们请姑娘回去，说她父亲追悔莫及，已经原谅她了，让她回去给她找份工作。姑娘是好姑娘，贤淑本分，对龙家有恩，但这件事却做得执着，就是没有回去。她说自己并非负气离家，自己选的路还得自己走。她没有后悔。

　　深刻的爱情总是容易成为绝唱。姑娘来到木匠家安心养胎，那时她生活得滋润，也充满希望。孩子要诞生了，木匠和父亲出了一趟远工，到广西柳州挣钱，那趟远工，木匠染上一种怪病，几天时间暴亡他乡。噩耗传来，姑娘的脑袋仿佛被打得一罐子麻辣酱糊，浑浑噩噩，几天几夜才明白过来。木匠是独子，姑娘虽然伤心欲绝，但也深明大义，她决定为木匠诞下唯一的骨血。

　　孩子不能一生下来就没有父亲。木匠寨子的信息广，几个月后，姑娘就大腹便便嫁给二百公里外的一个大龄单身汉，也是一个风景秀丽而贫困的寨子。那也是一个朴实的汉子，朴实得深刻，同样让人感动。除了龙亦刚，姑娘又接连生下两个小孩，那个男人从来没有外待过龙亦刚，视龙亦刚若己出。龙亦刚照样姓龙，这是当初姑娘嫁过去唯一的条件。

上学以后，龙亦刚开始在母亲和爷爷奶奶两家之间轮流生活。他虽然不幸，生来就没见到亲生父亲，而他并不缺乏父爱呵护。那家人生活得很贫困，龙亦刚同母异父的一双弟妹先后辍学务农，跟随父亲织网打鱼补贴家用，却坚持让龙亦刚读完职院。谁能说这家人不幸福，龙亦刚不幸福呢。最伟大的人格往往隐匿于市井乡野最平凡的人群中。

龙亦刚的奶奶告诉我，她每年过年都要杀一头她自己喂养的湘西黑毛猪，亲手制成腊肉，一半自己吃，一半捎给媳妇。我媳妇喜欢吃我腌制的腊肉，她家里紧靠一条大河，河畔全是竹子，没有柏树和八角树枝条，也没有我们这里的地理气候，腊肉熏不香。她每年带给我们很多鱼干，我自己吃不完，一寨子分着吃。这是相濡以沫的一家，在生活上、在情分上都紧紧联结在一起。虽然距离二百公里，那又何妨，他们的心时刻牵扯在一起。看看我们的身边，往往不能到达的，是那隔着老柏树皮一般坚硬而风雨不浸的心。

可以想象，这个姑娘活得很苦，很艰辛，某一些时候甚至心力交瘁，穷困潦倒。当她舍弃唾手可得的荣华富贵，义无反顾地跟上穷木匠，当她爱的那个木匠转瞬即逝，当她怀着木匠的骨血又随即改嫁，她的一生一而再地铤而走险，招招皆险象环生。不过不要以为这个姑娘值得怜悯，她拥有刻骨铭心的爱，她拥有人生最重要的尊严。也许她没有远大的人生理想，缺乏五颜六色的向往，但她每一刻都清醒而坚毅，她活出自己，活得响当当。她即便柔弱地走在山道上，山风和林涛也会为她鼓掌。

龙亦刚说他刚从母亲家里回来，他帮助父亲发展河汊流水养鱼，养殖进口的鲟鱼。天公作美，这些年大湘西湘北地区总体风调雨顺，应该致富了吧。总的来说，我还是愿意相信老天厚德载物的本性。

定兵的时候龙亦刚没有定上，为此，我到现在还自责。论条件，他是优等生，论政审，这样的家庭应该优先。那年身体政审双合格应征青年多，定兵的时候我又恰好负责外出拉运新兵服装，没有得到在定兵大会充分陈述理由的机会。我相信龙亦刚这样背景的小孩，你给他一个平台，他会本性地把握与运用妥帖。送走当年的新兵不久，我就离开人武部，调到军分区机关政治部工作。也不知道龙亦刚第二年有没有再应征，我几次想着问这个事，事到眼前，总是被繁忙的手头事务耽搁。

也许自然而然最好，我相信龙亦刚会有出息。但在潜意识里，我还是希望龙亦刚成为一位新时代的木匠。时代的发展，木艺工匠越发成为紧俏的事业。木工建筑也是重要的一种文化形式，我希望他成为民族文化遗产的传承人，将苗族传统建筑艺术发扬光大。

那么，现在，他也是应该收获自己爱情的年龄了吧。

写于 2010 年 5 月

婚礼进行曲

　　花红柳绿时节，贺捷生将军从北京回湘西省亲。除了一位平常照拂将军起居的侄亲，这一行将军事前没让任何人知晓，她到湘西后才向家里报平安。老人思念故乡了。但若提前告知其他亲属，又恐怕一堆金言玉锁之下枝节横生，于是暗度陈仓了一回。

　　虽然严格封闭信息，贺将军回乾州城的消息仍然不胫而走。司令员目睹此情此景，不觉感慨万端。这一方老百姓骨子里包蕴的情深义重，让人不得不为之动容。贺将军童年时期曾被寄养在乾州古城的人家，随养父母在乾州生活学习。她在乾州古城里辨识每一条曾经熟悉的街巷，所到之处，都有普通百姓围聚过来嘘寒问暖，若是老人，便会拉住将军的手，喋喋不休诉说一通望眼欲穿的思念之苦。所以一个下午，将军也没能走完那几条短促的古街。晚上，将军在乾州古城的剧院看一台湘西传统剧目，散场出来，剧院大门外的老街仍围聚不少上年纪的老人，等着与将军谋一面。他们有的也并不认识贺将军，但古城老人们的心中，贺将军就是乾州城的女儿，任千山万水，也阻隔不断这份情缘。

将军离开湘西取道桃花源机场回京，数拨群众自行驱车赶赴机场送行。司令员被贺将军对这方土地的深深眷恋与无私奉献，被贺将军与湘西百姓相濡以沫的情怀深深感染。第二天司令员的老首长来湘西，司令员动情地告诉老首长，这两天他受到的震动非常大。他仿佛又深刻摩挲一次艰苦卓绝的中国革命现代史，重温一遍抗日战争与解放战争期间湘西血雨腥风、硝烟弥漫的历史画卷。湘西人民即使身处水深火热之中，毅然舍小家为大家的家国情怀，与普通百姓所表达出来的朴实无华、深明大义，令人感念至深。司令员说，我们有幸在这块土地工作，有责任为这方土地的发展作贡献，一定得尽力为百姓做点事。

那天去桃花源机场的大巴上，在司令员旁边坐着一位名叫杨山荣的老人。杨老数十载致力于写作剧本《贺龙元帅》，先后五易其稿，可谓呕心沥血，四十余万字的剧本二〇〇九年交付印梓。说起湘西百姓的厚重情结，杨老给司令员叙说了一件和平年代亲身经历的事情。

一九七四年暮秋。湘西山区层林尽染，流丹似火。对这一幕情景记忆犹新，是因为数分钟之后，发生了让他终生难忘的情节。杨山荣刚参加革命工作两年，担任公社办公室秘书，正是挥斥方遒激昂文字的年龄。他奉命到黔阳地区行署所在地安江镇购买农业生产资料。安江镇坐落在巍峨的雪峰山主峰苏宝顶脚下，一九七八年行署驻地才从安江迁到怀化。顺利完成采买任务，杨山荣乘坐装载货物的解放牌大卡车返回县里。他一边观赏沿途灿烂美景，一边惬意畅想美好人生，嘴里不时哼起意气风发的曲调，连驾驶员都被他感染。车也像急不可耐沿着四个现代化的目标奔腾，在雪峰山与武陵山犬牙交错的毗邻之地卷起一路波翻浪滚似的灰尘。

二十世纪七十年代初，湘西能行驶货物重卡的公路寥寥无几。雪峰山与武陵山之间的路段峰回路转，坡陡弯急，云雾缭绕，是湖南出名的天险之道。但湘西的司机惯走山路，从来以车行险道为乐，心里不曾畏惧。且不达险境无风光，自古就是深刻的哲理。风光与险境常常相辅相伴，如影随形。

嘭——噗——！一声巨响腾空而起，仿佛一股源自地壳深处的气浪，蓄积的能量掀开大地的顶盖般喷薄而出，震动了藏匿在深坳里的小村庄。

"翻车了，翻车了，快救人啊——"

陡然的呼吁激荡在深谷里。

距离出事现场最近的一户农户，正在张灯结彩，一对年轻人选在秋收农忙之后，就在那一天收获人生的硕果，牵手共结百年之好。一大屋客人，皆身着鲜艳的家织布盛装，妇女披绿戴彩，银饰叮当，男人吆前呼后，为婚宴忙碌。掩藏在树林里的独家院落流光溢彩，语笑喧哗，一派皆大欢喜的景象。

訇然的声响，像明朗的天空骤然传出音卷云的爆裂，掀起婚宴现场一阵惊呼。男女老少，像训练有素的战士，齐齐放下手中的筷子和酒碗，呼前拥后地朝事故地点奔跑。

一辆满载生产资料的大卡车，侧翻到路坎下十几米的水田里，货物滚落一地，一片狼藉。那丘田离寨子近，是一块烂泥地，泥浆深稠，秋收后也不曾干涸。众人跳下田里，发现驾驶室有两个伤员，其中一位是个年轻小伙，大半身陷入泥浆里，只从车窗中露出半边脸，此刻奄奄一息，人事不省。而驾驶员四十岁模样，浑身泥浆地斜倚着后座靠背，同样陷入昏厥状态。

情势危急。壮年男子纷纷跳入田里，几位年轻的妇女甚至顾不上褪去身上的彩装，跟随男人跳入齐臀深的烂泥田。耙田犁地，挑担荷物，原本就巾帼不让须眉。立刻，那艳丽的彩装，甚至一年中才舍得穿上一两回的盛装，甚至为赶上这一场婚庆穿上，才一针一线日夜兼程赶制出来的新装，立即溅上一片片泥浆污渍。

湘西少数民族服饰，尤其是妇女的盛装，都费尽心思绣上花鸟鱼虫各形图案，绣满民族对美好生活的向往，盛满女人对美的情意。女人一生中，难得做出几套，一般都是女人的压箱之物，非常珍贵。那些图纹受到玷污，就是运用茶枯碎精心洗涤，或用糯米汤浸泡后浆洗，也难以恢复原貌。但那一瞬间，这些都显得微不足道，她们甚至遗忘身上穿戴珍贵的饰物和美丽的彩装。

车载重物突然受到撞击，驾驶室扭曲变形，伤员被挤压在驾驶室，嘴角吐着血泡和泥浆水。驾驶室内殷红一片。司机伤势不重，已经从昏迷中苏醒。将近半个小时，几十个人费尽九牛二虎之力，终于将伤者从驾驶室内的泥浆中扒拉出来。顿时，一直在田坎上揪心的老人、妇女和小孩一片欢腾雀跃。

这时婚礼的现场似乎被移植到田坎地边，连新郎都加入到救人的行列。在现场百十个男人当中，新郎的身材并不出众，甚至还稍嫌清瘦，是一位朴实的苗家小伙。大家注意到，伤员被众人托举到岸上，笑得最荡漾的就是新郎官。他也许认为，在他婚礼的当天，做了一件最有意义的事情。

这名伤员就是杨山荣。被救到田埂后，伤势过重，也许耗尽体力和意志，他马上又陷入昏迷。众人马不停蹄，像托起一件国宝，小心翼翼将他抬到农家院落。这座大山中，村落稀疏，离医院十分遥远，真正的天高皇帝远。一九七四年，重要的是根本没办法弄到运输伤员的车辆。重要的是全寨子根本凑不到救治伤员的经费。喝喜酒的礼行，大家抬的是五谷杂粮，每家几斤到数十斤不等，亲朋好友相互帮衬。好在隔壁寨子有远近闻名的圣手苗医。这一切，帮他躲过一场命运的浩劫。

这些情节杨山荣毫无知晓。他清醒后，几位年长的老乡断断续续给他叙述惊心动魄的那一幕。老乡们惯常的官方语言是本民族语，老人几乎不识字，使用汉语蹩脚吃力。就像席间那几颗晃眼的排骨肉，作为主菜被精心摆放在餐桌正中央的一大盘水煮黄豆之上，既让人馋涎欲滴，心生表达欲望，往往又因生硬的质地，让急切咀嚼出尽洋相。司机经过苗医调理一番，确认伤势轻微，由老乡护送到公社打电话报告情况。杨山荣醒来时，已经不见那些粘上污斑的盛装。他想要是有幸把它们拍下来多好，一定要把图片放大，悬挂在家中最显眼的地方，那一定是世上最美的图案，最美的花朵，是室中最贴心的装饰。

他一直睡到第二天晌午，才从昏厥状态苏醒。醒来，他第一眼见到墙上两个红得耀眼的双"喜"字，和布置得大红大紫的房间。还有几位忙进忙出的陌生面孔，皆着民族服装。他稍微动弹一下身体，马上引得一阵锥心刺骨地疼痛，仿佛正经受刮骨疗毒之苦。再看一看床，床架精雕细镂，造型考究，还散发着淡淡的桐油味。收回眼光再看他躺着的床上，盖的被子，垫的床单，泥污和血迹的斑痕星罗棋布，仿佛嫌这大红花朵的颜色不够深邃，便匠心独运地锦绣添花。

立刻，他经历了天荒地老般的震惊，思维完全从恍惚的状态惊醒。面对这些无缘无故素昧平生的老乡，眼泪像两线丰富的泉眼恣意奔涌。

他躺在一对新人的婚房里，躺在新郎新娘还不曾使用过的婚床上！

湘西的老乡，尤其少数民族百姓，每逢喜事讲究彩头。如果两队迎亲的队伍在路途中偶然相撞，一定要使出浑身解数攀上附近的最高处。据说这样，便意味着凛高傲视，会为自己一方的姑娘聚集更多福气，自然婚后就会更加美满如意。我就亲身经历一次这样的场面，当我们的送亲队伍精疲力竭爬上制高点时，大家忘情地敲锣打鼓，像打了一场盛况空前的大胜仗。二十年后，每当寨子送亲时此情景仍然是乐此不疲的谈资。当然现在交通四通八达，送亲都用车辆，也就没有了这一出，而且婚庆过程中，尤其忌讳血污。

在救死扶伤面前，这一切都不再重要。这是何等的胸襟和气节。一个民族的博大，博大在人民的心中。

一定有人心存疑惑，为什么非得把伤员抬入喜庆之家，或者为什么非得放进新房之内。大山之中，地势跌宕，所有寨子，依族而居，依势而建。那个寨子十几户人家，稀稀拉拉，见首不见尾，每挪动一户，伤员必然多一分危险。现时的武陵山区，仍然是连片贫困地区，况七十年代，一个家庭有没有第二张像样的床那还难说。就是有张床，那也是硬邦邦的木板铺。情急之下，把伤员抬入新房。没有犹豫，也没有反对的声音。

那一场婚礼，挽救了一个年轻人的生命。那一场救治，也深深教育了一个人。他发誓一辈子不离开百姓，要舍生忘死地给百姓当好勤务兵。由此，他也培养出勤奋为民的子女。那些孩子朴实如山花，默默地装点大山的四季，在芳菲之间寻视，很难一眼辨识。

杨山荣说他一直寻思去踏访当年给予他第二次生命的那个寨子。又生怕老道逼仄陡峭，历经数十载拓直改线，大抵有了不少偏差，况且年月久远，已然物是人非。司机又是一位临时人员，出车祸回去后立马被公社炒鱿鱼，自此杳无音信。

我从未认识杨山荣，虽然走马观花地看过他写的剧本。若是，我当劝他立马启程。国道改线，岁月流逝，找到那个寨子那些人，应该并非难事。纵然不能做多大的事情，让乡亲们知悉当年婚礼中救治的那个年轻人现在的生活境况，亦会让他们感觉欣慰。这是本分，亦是责任。

想想当年的新郎新娘如今不过六十出头的年纪，去看看他们和那些可爱的乡亲们及他们的后辈，看看那间简陋的新房，是否已被新筑的砖房瓦舍替代。

尤其那些浑金璞玉的妙龄姑娘，当年毫不犹豫跳下烂泥田救人，如今都上了当祖辈的年岁。若能让她们将藏于箱底的盛装翻腾出来，或观赏，细细品味，追寻岁月的痕迹；或收藏，铺展文字，任思绪蹁跹飞扬。当是一笔财富，一种幸福。

写于 2012 年 4 月

惊魂游戏

　　恰值仲秋，从福建到江西，国道沿途铺展的橘橙与柿子林，像宇宙仙人随手撒落满天的星辰。时研原本是小圈子里长年威武不屈的深度吃货，哪里经得住这妖精似的果物的勾引诱惑，于是只得半推半就，纡尊降贵，三番五次让司机停车，先是到路边的临时果摊不分青红皂白，一顿狼吞虎咽，然后大袋小袋扔上装载货物的车厢。对时研而言，碰见美食而无动于衷者，便如遁入空门的和尚不食人间烟火，简直是亵渎人长着的一个胃，是对胃自然的侮辱。也因此，多少年后，时研终于成为饮食公司的老总。

　　时研好像一直从事与食品相关的事业，而且做得津津有味，有声有色。譬如开办酒厂，开餐饮店。还在鹤城和靖州各有一家颇有名望的杨梅园。她不是喜新厌旧，而是办成一样又想办一样，到最后，这几样东西都成她的囊中之物。她于是成为地区小有名气的女强人。

时研最早是著名酒企的业务销售以及宣传策划。她当年以乐器特长考入省艺术学院，因为条件出众，后又改学声乐，专攻令人望而生畏的美声唱法。一个艺术生，从事宣传企划本来就款曲相通，工作犹如探囊取物。她当销售员也是点石成金，成绩让人刮目相看。这次她单枪匹马押运数卡车高档品牌酒入福建晋江，而且中华大地刚刚经历 SARS 病毒的横行肆虐，时研把自己封锁在家足不出户月余，整日惶惶惴惴，身心俱疲。用她的说法是十数年精心呵护的金枝玉叶，顷刻间花容失色。因此，全身透底地渴望得到放纵自由的抚慰与弥补。

时研在家里以强悍的面貌出现，我后来认识她的男人苏先生，论说道，苏先生肯定不是对手。凭时研摧枯拉朽似的扫射，他的话茬就是会曲线救国的一股声波，都摸不着钻地的缝隙。当然男人有男人的长处，好男不和女斗，不说道不表示落下风。是的，时研那让鸣翠鸟都自惭形秽的声音，转换起来，简直就是一挺面对无数凶恶敌人的冒火牌机关枪，随时保持让敌人无地自容的状态。

车在武夷山区颠簸，时研对武夷山的美景一路赞叹不已。武夷山的主体实际上在江西辖区，甚至主峰也落在江西境内，但除却本地人，几乎全国人民都认为武夷山属于福建，当然，最美的部分已经成为世界自然和文化遗产，这是福建的功劳。返程时时研顺道押运一车货，放空道这样亏本的买卖她从来不干。这次返程顺带的是建筑陶瓷材料，司机是两个年轻小伙，年龄甚至比时研还小，二十好几而已，一肥一瘦，特色鲜明。胖子自嘲是环肥燕瘦，环肥黄花闺男一枚。燕瘦则刚生育小孩，正处在生活郁闭期。时研也不老，那年刚入二十八,二十八的成熟女人妩媚动人。学艺术的美丽女人浑身充满诱惑力。也许时研的直率激发两个小伙的激情,也许两个小伙误读了时研的热情洋溢。总之,车在武夷山深处,两个小伙开始行为放肆。

理论上的战斗力,在不讲理的地方反而成为累赘,或者软肋。我们经常自诩为豪的修养或素质,在某些特定的环境中往往不堪一击。尤其是面对赤裸裸的人性之恶。换作平时,时研一定疾言厉色狗血喷头一番,甚至不惜鱼死网破。但在武夷山深处,一个女人形单影只面对两个如狼似虎如饥似渴的壮年小伙,时研直觉得脊背嗖嗖发凉,心脏打起激灵鼓。如何见风使舵化解危机,时研心里闪过一百个念头,但都被自己疾速否定,一百种方式大概都于事无补。人们常说急中可以生智,时研体会到的大约只是七窍生烟。两个小伙的笑十分佻薄,眼神淫光闪烁,言语粗俗露骨,肆无忌惮,甚至开始动手动脚。在武夷山的僻静深处,一场滔天罪恶几乎无可阻挡。

"啊——"时研突然间披头散发,嘶开嗓子尖声锐叫一阵,清脆的声线中一枚枚锃亮锐利的针头喷射而出。两只眼睛鼓得像两眼深邃无底的井,既深不可测又神秘跳跃,继而变得面目狰狞,虬眉杏眼,眼神迷乱而邪恶,活脱魔鬼附身。虬眉杏眼是西北的一个形容词,我的一个陕西籍下属屡次用到这个词,在这时却可以恰到好处地描述时研的形态。

车戛然一声停靠路边。两个小伙神情慌张盯住时研。时研蓬头乱发粗犷地一甩,逐渐收回那两束让人惊恐而又高深莫测的眼光。她神秘兮兮,声音细如蚕丝,眼神游离闪烁,甚至带着狎昵的语调,双手配合舞蹈动作,似乎有些轻浮,然后幽迷地开始说道。本来吧，艺术生来这一套就是本行出演。

"两位大兄弟，你们知道我们要去湘西，我是大湘西正宗的苗族女人。湘西千年历程中隐藏着一种技艺叫放蛊，和赶尸齐名，知道湘西的放蛊和赶尸吗？经常是港台恐怖影视片里的极致环节，神乎其神的。"两个年轻人睁大眼睛莫可名状地点点头。

"赶尸只传不结婚的男人，而放蛊只传女人。我们湘西通常把放蛊称作草鬼婆。其中又分成两类，一类是对人放蛊，一类是对物放蛊。我学会放蛊是一位没有后人的老婆婆临终前教会的，算是她的关门弟子，而且屡试不爽，技艺匪浅。喏喏喏，现在我就进入放蛊的状态。"时研说着用舞蹈的动作指画自己狐媚的眼神和脸。两个司机开始呈现出惊慌失措的神态。

时研接着叽里咣唧一阵，出神入化，像念咒语。其实她是在念一段神奇的苗经。念罢，她幽幽地说：

"蛊可以是很多剧毒苗药的粉末混合物，有形的，也可以是一种诅咒，无形的，意念的，只要执念到位即功力盖世。对物放蛊可以让一锅饭怎么也煮不熟，也可以使一棵蓊郁的参天大树干枯腐朽。对人放蛊只需轻轻一点某某人的某个部位，那个部位就会疼痛无比，到底无形无迹而终，或者溃烂流脓，瞬间形消骨散，魂魄飘逝一阵烟。只有施蛊人才能解蛊。"时研说着，就好像有意地去拂拭环肥司机。环肥神情错乱，脸色突变，哎哟哎哟姐姐姐姐一阵乱叫。惊慌失措地往座位的角落瑟缩成一堆瘫软的肉团。

"有形的呢，譬如我，可能就会把蛊粉藏匿在指甲缝里，如果蛊粉研磨得足够精细，它或许黏附在发丝中，就这样，可能就完成了对茶杯酒盏或其他食物器皿的放蛊。"时研配合默契地做一个拨拉发丝的动作，欲藏还露出地捎带一个邪气略施的浅笑。笑的时候她还略微地往环肥司机身上蹭，吓得环肥嘴唇哆嗦，浑身抖缩。燕瘦则戒备森严地撑住车门把，一副随时破门而出的模样。

"很多人还以为湘西女人不是女人不怕死。告诉你们，假的呢，湘西女人很温柔很胆小的，就像我这样，温润如玉，柔媚万种呢。"时研低声耳语，还不忘递补一个暧昧的眼神，就像望着热恋中的情人。不，像情色场中的女人发现梦寐以求的优质猎物。

时研是地区连续数届政协委员，政协活动她是当仁不让的明星。团拜会她演唱新疆民歌《美酒一杯献给你》。那装束扮相，流畅大方，活脱脱一位回光返照的古楼兰美女。时研的眼睛不用化妆，就是一双裹满风情的"西域眼"，地道纯正。加上经常灵光闪现，幽灵神出鬼没，挤眉弄眼之间，十足的西域风姿。这时时研突然感觉自己真的意识恍惚起来，仿佛自己就是传说中千年不遇的西域美女。时研完全被自己描摹的对象所陶醉，金枝欲孽，甚至欲罢不能。

"只是很多人不知道，她们敢日捣黄龙府，夜穿乱坟岗，只身闯江湖，是因为她们中很多人身怀绝技呢，大哥！"她把日捣黄龙府，夜穿乱坟岗，只身闯江湖几句词用戏曲的语调铿锵怒吼，而重复后一句唱词时突然变腔温婉柔情，说着顺势把兰花指轻轻巧巧搭放在燕瘦司机的肩膀，摩挲弹拨几下，极尽拨云撩雨之意。两个司机正随她语调的抑扬顿挫，而一惊一乍慌心意乱。这会儿时研的手勾搭过来，引得燕瘦一阵痉挛似的抖动，却也不敢挪身，像苗家一只被定住的山鸡，站在隔世的程序里唯唯诺诺，战战兢兢。湘西神秘的定鸡术源于古代苗族祭祀活动的一部分，巫师不借用一件道具，也不使用任何一种药物，一只活蹦乱跳的鸡被巫师的咒语定住，顷刻之间呆若木鸡，任人捉弄摆布。只有施法的巫师亲自念咒语解蛊，振振有词一会儿，再配以法术动作，才能将鸡唤醒。武侠书里经常看到法术定身的情节，犹如孙悟空的定身术一般，其灵感可以看到来自湘西苗族古老的辰州符与定鸡术的身影。时研曾经目睹巫师定鸡，所以笃信不疑。

"日捣黄龙府"是个什么鬼，时研自己也忍俊不禁。只听得突然一声凄厉，"啊——"如同盘古开天，天地间风云大作，女娲临凡。仿佛魔法般拧掉身体的某个开关，时研驱走魔怔一般变回原形。

时研重重呼出一口气，仅仅几秒钟时间，就脱胎换骨般敛息静气。她懵懂而奇怪地问："哎，怎么停车了，我的头发怎么也耷拉下来了？"环肥燕瘦仍惊恐万状地瞪着她。仿佛她是一个恶魔般的女人。

时研对着镜子精致梳理一番，重新焕发镜花水月的容貌。一路上两个司机小心翼翼，语言极尽礼仪，甚至身体都不敢乱动弹。给他们买矿泉水，他们不敢喝，递给他们水果，也不敢咬一口。在吉安市，时研要请他们吃饭，他们极力推却，继而自己另要一张桌子，其中一人像监督犯人似的看着时研有没有靠近厨房，时研一旦站起来，他们便神情慌张。时研为让他们吃一顿安心饭，很知趣地远离他们，既不进厨房，也不往他们桌子靠近。环肥燕瘦指不定有多感恩戴德。

车辆进入湖南地盘，环肥燕瘦的神色开始凝重，也变得孤言寡语。时研清楚他们的担心所在。车到桃花源，时研说："我姐们是桃花源景区的管事，我得乘机在这儿逗留两天。你们按照这个纸条上的地址去让人卸货，然后你们就可以去办自己的事，或者离开湘西。"环肥燕瘦如释重负，神色一扫重重阴霾，唯唯诺诺连声地请时研老总放一万个心思。

车到吉首，时研的助手高先生极力邀请司机品茶喝酒，湘西人的热情真诚毕现无遗，但都被环肥燕瘦极尽委婉地拒绝。离开时，高先生交给司机一纸信笺，说是时总交给他们，路上再看。两名司机心里咯噔一下，拿不准什么事，接过信笺迅速将车驶离。时研站在货场二楼办公室窗口边，心里仍隐隐作痛，但又决定郑重其事地放下，所以五味杂存。

时研写道：我其实并没有在桃花源逗留，接我的小车正好开到桃花源，我们一路在后面尾随，只是让你们放松思想包袱，确保行车安全。我严正地告诫两位一声，货车司机路在四方，吃五湖饭喝四海酒，绝不可做伤天害理之事。

时研也有一种很深的内疚，感觉自己亵渎了湘西的文化记忆，在她的一生中可能会是一个污点。她在信笺阐述放蛊不是那么回事，只是一种传说中的文化而已，并剖析放蛊的符号来源。时研没有理由给两个司机解释什么。但她热爱湘西文化，她不能让湘西文化遭到曲解。

大卡车哐当地奔腾出货场。时研站在窗口边，久久呆立，心思晃晃荡荡。思绪像被巫师的咒语定住，站在隔世的程序里，茫然无助地呆立。

写于 2007 年 10 月

那一场仁结之情

七月十二日

到达石头公园已然暮云合璧，我还是决意入园作一番走马观花。公园入口侧斑驳陆离的天然石壁镌刻"石头记"三个字，字是古体小篆，明晃晃的，仿佛公园的封面。城市是一座遥远的城市，来一趟非易事，事务处理完毕，总感觉仍有仁结之情让我难以释怀。仿佛高考之后，我与石刚的梵净山之旅，似乎还留下一些不可弥补的缺憾。在这样一种驱使之下，情随意动，一辆飞驰的敞篷马车把我拉到城市远郊山脚下的公园大门。

这是一座仿古公园，抑或公园本身园史古老。拙朴典雅的亭台楼阁，依山傍水，格局精美。它大概是西安华清池与扬州瘦西湖的综合体，西北园林与江南园林相映成趣。华清池的湖太小，只能称之为池，不过在关中一马平川地带，却神奇般耸起一座巍峨的骊山作为背景，顿时赋予这座千年皇家园林无限灵气。扬州的烟花三月一直为文人墨客所推崇，古运河两岸，外加一座瘦西湖，便将江南的灵动与雅韵抒发得淋漓尽致。石头公园显然是珠联璧合之物，将华清池与瘦西湖的精妙叠加到一起，面积达到五点六七平方公里，比两者的总和还多。可能是迁思回虑的原因，我对这个数字记忆深刻。

心中怀揣着一只闹钟，我便一路浮光掠影，疾如旋踵。走到湖的东北端，黑黝黝的山体矗立眼前。西安事变在华清池内五间厅等多处建筑留下惊心动魄的弹痕，后山上的兵谏亭是历史事件的重要见证，自然也是我此行的一个主要目标。

很奇怪，原本有些迷幻的意识，此刻对兵谏亭却了如指掌。如果沿山脚逶迤的游步道上山，势必绕行，要抄近道，却只有一条山洪冲刷出来的砂石小径。小道两侧古木参天，危壁峭崖，野草丛生。为赢取时间，我横下心行不从径，沿砂石野道向山顶奋力攀爬。山风呼啸，树影摇曳，阵阵瘆人凉意在阴暗的山林蔓延。一路在藤萝垂吊与野棘密布间匍匐前进，我暗自庆幸身怀的军事技能在这里算是大派用场。大约物我相应地默契，不过半个时辰，我气喘吁吁攀至接近山顶的一方小平台，可谓径情直遂。因为昏阴，我用手摸索探路，突然，我一把抓住一根毛茸茸的东西，那东西使着暗劲，奋力挣扎摇摆，试图抽出我的掌握。我心里惊骇，骤然蹦达到恐怖极点。脑袋拼命而疾速地转动，是不是一条蛇，抑或一只狼？蛇的皮肤平滑光溜，狼的穷凶极恶绝非这个气势。我在思想慌乱间竟没有放松紧攥的双手，狠狠拽住这一条毛茸茸的东西。如果是森林中的野猫、野兔和松鼠之类，那并不可怕，而这些东西都有一条毛茸茸的大尾巴。可能被我箍痛尾巴，那只毛茸茸的东西折回头，用它毛茸茸的脑袋、柔嫩的耳朵和浸凉的鼻尖抵触到我的手臂。我悬浮的心瞬间松弛。这是一只温驯的家伙，于是我放开胆量把它抱起来，小心翼翼攀援到山顶平台。

平台是一块天然草地，铺满葭皮子草。我坐下来，借住迷蒙月光，仔细端视怀抱的这个家伙，像欣赏一件战利品。原来是一只山羊羔，月色中晃动一身雾白的毛色。这时它发出清脆的叫唤，声音纯洁得没有一丝杂质。我站起来，毫不犹豫松开手，山羊羔蹦跶几下，迅速向森林的深处遁行。

遭遇的恐怖似乎让我遗忘追寻兵谏亭。我沿规则的石阶急切下山，行色匆匆。这时我好像穿越到一座江南风格的园林，山顶上建有醒目的白塔。山还是骊山的轮廓，林木幽深，奇峰耸立，山脚下跨越湖泊之上的五亭桥历历在目。而这隐约是瘦西湖的印象。大约行至半山腰，毫无征兆间，两坨东西倏然从密林中跌跌撞撞滚落到路旁，吓得我一个趔趄，瞬间寒毛倒竖，七窍生烟。我惶悚地定住神，全身像刺猬一般戒备森严。好家伙，原来是刚才的山羊羔在一只大山羊的带领下慌不择路，谁知又连滚带爬趔回到我跟前。

奇怪的是，山羊并未逃遁，而是清越地叫唤几声，惊慌失措拦住我，突然弓屈前两蹄，在我面前的台阶利索地跪下，接着不停地点头哈腰。小羊羔神情萌然，跟在母山羊身后亦步亦趋。我心里非常震惊，这两只跪谢的山羊，何以呢？我扶起大山羊，发现它的面部被泪水濡湿。大山羊的奶子十分丰腴，可见它是小山羊的母亲无疑。这是我几十年人生中经受到最大的礼数，它来自自然界一对素昧平生的山羊母子。我摩挲大山羊表皮粗粝的短角，轻巧地晃动，问它："你们生存的环境怎样？"山羊忧戚地说："很糟糕。"就凭这个局促的空间，络绎的游人，嘈杂的环境，白天它们根本不敢抛头露面。"我知道一片大森林，你们愿意跟随我去寻找吗，那儿距离我的家乡不远。"母山羊迫不及待地问："那是什么地方呢？"母山羊的眼神闪烁无限憧憬与兴奋，仿佛那儿真存在着一处实实在在的桃源境地。"梵净山。""哦，梵净山！我听说过，那儿是国际生物与自然保护圈成员单位，一片梵天净土。快告诉我从这里去有多远？""两千多公里，我带上你们，得避开耳目，不能坐飞机，也不能搭火车，只能辗转换乘大货卡。"山羊对大森林的向往激励了我，我得帮助它们逃离这个逼仄烦扰之地，让大森林还它们自由自在的生活。

几经周转，半个月后，我带山羊母子回到我的家乡。山羊高兴异常，整天手舞足蹈，急盼回归大自然的心情跃然脸上。山羊认为是我救赎了它们的生命，对我俯首帖耳，毕恭毕敬。我在屋后的竹林中搭建一个草棚，暂时安顿下山羊母子。我每天上山采摘鲜嫩的槐树和合欢树叶，每天都让它们吃得胀胀嘟嘟。一天，天空流荡彩云，中餐后母山羊晃悠着脑袋对我说："主人，我盘算了几日，七月十二日是个好日子，你就带我们去梵净山吧。"山羊已经把我当成主人，对我十分亲昵。不过山羊总归是山羊，它要回到大自然，回到大森林，而我当初已经承诺带它们去梵净山。每一项事业，或者每一种信仰，都有各自的圣地，人们一生心怀敬慕与向往。梵净山是动物的圣地，动物也有自己理想的国度。

两百公里山道，我们风餐露宿，第三天便到达雄峻伟岸的梵净山脚下。翌日，攀至梵净山最高峰凤凰山的山腰，我和山羊母子在一口古井旁分别。古井旁成片的古杜鹃葳蕤绵延，这时节正开得姹紫嫣红，仿佛为等待我们的到来择期而开。宛若一林道别的花朵。

这一片杜鹃与檀林混杂生长，我用家织布包袱采摘檀树嫩叶，边给山羊喂食，边与山羊母子道别。我说："天下没有不散的宴席，我们的缘分至此告一段落。希望你们好好生活，找到更多伙伴，繁育更多后代。"母山羊的面部被泪液浸染，像那晚在石头公园初识它的情形，但它的眼神清亮而温润，罩在它眼中的阴霾已经一扫而光。

梵净山之旅

　　就像在某市出差时被石头公园牵绊一样，没有石头公园之行，便没有与山羊母子的际遇。那一场伫结之情，仿佛可以让一个人生命的剧本生长出许多温馨而又退之不却的桥段。梵净山仿佛也有某种若隐若现的力量无形中箍制我的意念，或牵引我的意识。就若一股不可推卸的神秘魔力在心中涌动。是的，我与梵净山之间也有某种未尽的事宜匍匐在胸中一般。于是在山羊聚精会神享用人间饕餮的间隙，我独自攀上附近的高台环视与瞭望。

　　那座突兀而起的金顶，在天地之间的空豁孤独挺立，似乎在满目绿意间昂首挺胸地宣言。我后来曾经领略梵净山的云雾，我站在山脊，目睹半边天的云雾呼喇喇蜂拥而来，像千军万马密不透风厮杀而至。但山脊犹如一柄杀伐果断的铡刀，活生生阻隔云雾的前进。一边灿烂千阳，一边浓雾遮掩，蘑菇石与金顶在这混沌与明朗之间，穿云破雾，神秘莫测，尽情展示自然界的百变面目。

　　我对梵净山多有熟悉，曾经数次攀援那高耸入云的云梯。高考之后，我和石刚便摊开地理地图册，按图索骥地踏上梵净山之旅。我和石刚都毕业于县四中初中部，不过那会儿没有任何交集，他比我高一年级，补习后与我一同考入县一中，高二分科同时进入一个班。那次旅行是我们人生中的第一次远涉，没有任何经验。原本计划两天的行程，结果用了一星期。到达江口县城的那个晚上，除了购买第二天清晨去梵净山的车票，我们口袋里的资金已经捉襟见肘。于是一人买了一只本地特产香瓜充饥，权当优雅的晚餐。江口城有一口古井，非常清凛，几棵古树环绕，许多市民在这里纳凉休憩，或品茶聊天，打鼓唱曲，极有古雅情调。当地一家老小数人各司其职，围绕几个圆木桶忙而有序，利用古井的清水艺术表演一般，现做现卖片皮凉粉。我和石刚隐忍不住口舌之馋，掏空剩余的钱每人买了一碗，那甘爽滑嫩的味道，至今回味还口里生津。我们下榻的旅舍非常简陋，是江边两层的一间阁楼，天气闷热，我们便在江边踟蹰吹风，玩石子，谈论一些属于那个阶段那个时代人生理想的话题。月色皎洁，江边树影婆娑，半夜我们才入睡。很奇怪，我们身上已经身无分文，却没有谁提议就此打道回府。可能出于心中天然的一股韧劲，也可能认为已经走了这么远的路程，便不达目的不罢休。同时也是对于一座山的形态没有足够的认识。没有意识到一座山体可以如此磅礴，这一次攀爬成为此生难以忘怀的经历。

石刚开始还与我一同左晃晃右瞧瞧，对路边的景物充满好奇，尤其对几处古建筑废墟进行了一番刨根究底。刚刚抛开书桌前重重叠叠的高考资料，直接面对这大山里的植物万象，心境到底万般鲜润而新奇。攀至三分之一路程，随着体力消耗，兴奋劲头逐渐消失。石刚便提议间或休息，而且频率越来越高。此时我才意识到，他虽然体格高大壮实，却没有我身上的韧性。这跟生长的环境有关，小学我到镇上的中心小学就读，周末回家要翻山越岭，假期每天多与农活相伴。石刚的父亲是我们小学老师，居民户口没有田地，他家里农活少，也不要步行远道，自然受到的磨砺就少。那时候梵净山还养在深闺识人稀，有时一个时辰也碰不上一个游客。我们渴盼途中突然出现一家店卞，我们可以与人商议索要一些吃食。但没有，途中只陆续碰到数处古建筑的遗迹，也多半是一些庙宇或道观的遗址。

到达半山腰，经过长时间受热摩擦，石刚屁股上的疖疮开始不合时宜地痛肿胀痛，每攀登一级石阶就要呻吟一下，借以用力的柱棍折断好几根。遇见下山的行人屈指可数，即便不厌其烦地询问前路如何，行人看着是两个小伙子，都是尽力鼓舞我们攀至山顶。石刚本有些文艺细胞，假期已经在亲戚的玻璃工艺店帮忙料理，而且能独自完成简单的工艺画作，委实让我羡慕，他也有意愿寻找机会深造一番，未来便多此一项谋生手段。在文化课目中，石刚擅长的是英语，英语和画艺都属特色科目。我相形见绌，除了继续学业，几乎还没考虑过接下来如何面对生活，于是深有自愧弗如之感。我内心深处沉潜一股倔强的无助与惶惑。但面对自然界的挑战，石刚身上的文艺气息荡然无存，内敛含蓄也被热乎乎的天气掏出来烤成齑粉。于是三五一步，石刚便有气无力叫嚷休息。

七月时节，高山上的野果不知成熟没有，这样想着也可望梅止渴，又不敢往森林纵深去寻觅果实，于是只得挨着肚子叽里咕噜叫。天气冒火，后半程喉咙开始滋烟滚火般疼痛，连咽口水都变得困难，又无处可寻只滴半水假以润泽。到达山顶旅舍尚余数百步距离，隐约看见旅舍漏出的幽弱灯火。石刚瘫在石阶，任如何鼓动，只是无能为力地摇头晃脑，像小孩摇晃拨浪鼓，仿佛说句话都要透支枯竭所有体力。已经是晚上九点的光景，我只得叮嘱他千万注意蛇蝎毒物的侵袭，而后，我有些肩负重任般悲壮地一个人连摸带爬抵达旅舍人家，请出一位身材魁梧的中年客人把石刚半背半扛地架到旅舍。

虽然是夏天，但梵净山的夜晚却如春寒料峭，冷意侵袭，接连引得身体打冷战。如何度过这山顶上的一个晚上，是我和石刚接下来面临的严峻问题。休息半晌，气力有所恢复，石刚再次带着特有的眼神冲我摇头，但能吞吞吐吐表达完整的意思。"我都不知道如何开口，接下来的事只得你去办。"石刚的眼神表达出显而易见的歉疚。石刚的面皮浅薄一些，拉不下脸面请求陌生人帮助。遇到这样的事，每次一商议，最后的任务都落到我身上。到后来不用再商议，我也能心领神会。鲁迅先生说，面子是中国人精神的纲领。这句话的部分意思套用在石刚身上真是贴切。无奈，我只得瞅准无人的缝隙溜进低矮昏暗的厨房跟老板娘聊天套近乎。老板娘是一位微胖却利爽的中年妇女，我无意中透露我来自某某县，她便叫嚷起来，某某县我有亲戚，而且亲戚中的某某是半座城闻名的人物。我像排球比赛场的核心二传，看见一传过来的好球，随机应变地给副攻传递一个隐形的短平快，一球中的，干净利落，掷地有声。其实一个学生娃，谁闻名不闻名那都是天外的事情。八竿子都打不着调。老板娘把剩下的锅巴饭分成两份，嘴里有些埋怨地嘟哝道，两天没吃饭还爬上梵净山，这是什么年轻人！也没有剩菜，老板娘从一个玻璃瓶刮下两勺酸辣酱，我又往碗里倒两杯开水泡饭，就成为我和石刚的晚餐。这也是两天里我们第一顿含有米粒的餐饮。我和石刚合计用剩下的一只胶卷交换一个晚上住宿，因为有之前的一个铺垫，老板娘略一思忖，也应承下来。应承下来之后，老板娘也许觉得自己小气了些，还同人家客人攀亲道故半晌，便回头补充一句："我也不爱照相，权当你们付给房费。"一个简易大通铺，人挤挨人，大约睡了二十个人，都是些拜佛祈愿的中老年香客。大概日常疏于打理，被子像粉上一层锅灰，屋子里臭气熏天，一股浓重的腥臊盘桓不绝。这也难怪，高山顶上，浆洗褥被的水源却成问题。即便这样，我们还得感天谢地。

第二天微蒙，想着已经身无分文，我和石刚便心急火燎地原路下山。从梵净山返回县里，不过两百公里，我们花了三天时间，过程可谓惊心动魄。所以多年后电视里推出的真人秀节目，我看着都觉得索然寡味，那多半在依循剧本表演一番，拾人牙慧而已。

又见七月十二日

喉咙的疼痛半个月才完全消退，仿佛脱胎一般。此后，我又数次攀爬梵净山，其中两次还当天往返，都没有出现第一次的艰难。后来，外国文学课上，我对杰克·伦敦的小说《热爱生命》的情节旗帜鲜明地提出疑问，一个人长时间忍饥挨饿到生死攸关，根本不像小说极力描述男主角在遇见食物后的反应："那里面刚好有四只刚孵出的小松鸡，出世才一天光景呢，那些活蹦乱跳的小生命却只够吃一口。他一口吃了它们，他把它们活生生地塞进嘴里，像嚼蛋壳似的嚼起来。"这般描述却可以变本加厉地吃食和下咽，近似于狼吞虎咽的情景和细节有些不合常理。这不该是一个身体孱弱，在生死边缘挣扎，甚至意识也不敏捷的人的正常反应。又或者小说的主人公已经超越了饥饿的范畴，完全是求生欲望驱使之下的精神反应？反正梵净山山顶旅舍老板娘施予的那碗锅巴泡开水饭，我没能够下咽，即使轻微地嚅动咽喉洇水，刺激到喉道管壁也是一阵阵封喉般的疼痛。十余年后，我在热带雨林中目睹传说中的一箭封喉树，仍引起我应激般一阵痉挛。我站在叶枚婆娑的树前沉思良久，仿佛正和一位老朋友相对两无言。我当时意识中神奇般地闪现出与石刚的梵净山之旅，与其间遭遇到的封喉般的咽痛。

石刚从交通学校毕业，去南方城市国际旅行社应聘，担任数年的英语国际导游。回来后安安静静在农村学校履行一名人民教师的职责。数次相遇，我们都虔诚地向我们的第一次远行致敬。寻找机会一起再攀爬梵净山，成为我们的共识与愿景。

二〇一三年中秋，大姐无意中跟我提到，你那个叫石刚的同学是不是出事了。大姐以为我知道。数月前石刚骑摩托车搭载他老婆到娘家那边扫墓，迎面与大货卡相撞，当场人仰马翻，人当时就断了气息。石刚平时与同学的联络不多，所以大家都没有讯息。后来与同学一起想到他家里看望一下，又生怕勾起他家人的伤痛。再过数月，又听严碧荷说石刚的女儿出事。严碧荷也是我从小镇一起读书的同学，她说石刚的女儿喜欢绘画，性格安静，石刚猝然去世，对他女儿的精神造成冲击，由此思想抑郁，某个星期六晚上独自走上没有未来的一座桥头。

梵净山正开着满山的杜鹃花，气势蔚然。这七月的光景，鲜花奇异地开放。石刚的影像仿佛在花丛中若隐若现，出没其中。他仿佛发觉我送至梵净山的山羊母子，因而在其间愉快地穿梭游戏，深入浅出，仙衣神色，缥缈无踪。

猛然从睡梦醒来，发觉日子刚好是天造地设般的七月十二日，一种情愫在心头盘桓萦绕，久久不能释怀。当年梵净山之旅后的那个中秋，石刚已经进入交通学校就读英语专业，我买了一袋月饼和零食去看望他，我们在学校附近的一个露天高台赏月聊天，可能还喝了些啤酒饮料。那次之后，我们有十数载未曾谋面，各自奔忙于学习、工作与初立家庭的万般驱使之中。因为数年也难得见上一次面，突然闻听石刚遭遇车祸，那一刻我的情绪恍若出世，半晌才缓过神来。已经是数月前的事了，我自然无缘任何关于他的祭奠仪式。而梦醒这一刻，我如此强烈而突兀地感受到，我真真切切地失去了一位朋友。我如此纠结，九曲回肠，感觉生命如此迷茫而惆怅。生命是如此脆弱无助，消散得悄无声息，毫无征兆。只但愿他去的那个世界里没有灾祸，没有悲戚，也没有父女离殇。

下一次梵净山之旅，我已缺失梵净山之行最深刻的一位同伴。那跪谢的山羊或为情谊牵绊而来。那一场仡结之情，不知要用多少时间来记忆与忘却。二十多年后我如梦方醒，天造地设般的七月十二日，数次无意识出现，亦是当年高考后我们到达梵净山的日子。亲爱的朋友，下一次梵净山之旅，我当备上薄酒，若是杜鹃花开，再避开工作人员的耳目采撷一束花朵，祭奠我们已远逝的青春，祭奠你已如杜鹃花香在空气中消弭的生命。梵天佛地，愿你与你的女儿，还有那对梦中跪谢的山羊，能借此地之空灵与深邃，追寻到尘世以外的安然无扰。

写于 2014 年 2 月

午后的呼唤

　　星期六回乡下看望母亲，在老家住一晚。晚上安静得只剩下热烈的蛙鼓蝉鸣，我躺在床上反而感觉出奇清寂。父亲在世时跟我说过的话在暗夜明晃晃凸现出来，像已经废弃的村小那只挂在廊檐外的老钟在摇摆。父亲叮嘱我以后不管到哪里，都要把母亲带在身边。父亲仿佛老早就知道他会早于母亲过世。也仿佛预知我会离开县城去更远的地方。病重期间，父亲又跟我念叨这件事。我于是轻描淡写说，退休之前我回乡里来也不现实，结婚后就把你们二老接到城里，过一过城里的生活。每次一提起，父亲都像小孩一样执拗，拒城市于千里之外。这倒不是因为城里是洪水猛兽，而是他离不开乡下的老房子，和那些即便碾成齑粉他也分辨得出哪一撮来自哪一块地的土坷垃。每一块田地与责任山的边边角角，父亲都带我们走过，不厌其烦地一遍又一遍，仿佛要用脚步丈量每一寸土地。父亲说都是乡里乡亲，既不能多占了一分，又要记得自己的界线。每个人的一生都会有许多抛之不却的情结，这大概就是父亲的情结所在。一九九九年的冬天父亲去世。那时我还没结婚，来去也算自由，便在正课之余请假回乡下看望母亲。

五月初，正是武陵山的春夏之交，阳光像娉婷的花季少女，等不及褪去春天的最后一件长袖，便火辣辣热烈而奔放。吃过早饭，母亲提起背篓上山打柴，我于是和母亲告别。母亲除了莳弄田地，大多数时间都上山打柴，好像茂盛的山林不经过她亲手拔弄，树木就不会长得称心如意。那天正好赶场龙潭，我便坐上去龙潭的载客车，从龙潭再转车下县城。那辆车是组装的大四轮，客人都在赶集市，车厢不留余地塞满人与货物。走的路是一条矿山路，随处坑坑洼洼，陷阱密布。四轮车像一艘快要分崩离析的破船，在波涛汹涌的大海上颠簸，掀起的灰尘，就像舰船风驰电掣之下激溅的浪花，气势磅礴。车在阳光下暴晒，热烘烘的气息无处回旋。一车人黏黏糊糊的身体，极像一堆生揉硬搓的面团郁闭在车厢内发酵。我坐在靠窗位置，那扇窗却不能打开，我用力握住车门把，但车避坑入阱，我头部防不胜防地撞击几下车篷，脑袋瓜嗡嗡冒烟，眼睛繁星闪烁。惹得挤在车内的几个女孩一阵阵尖声浪笑，笑得肆无忌惮，却也并无任何恶意。

龙潭是个大圩场，车到镇头，便灰头土脸下车。慌乱中刚买两天的手机不辞而别。仿佛认定我不是一个能够形影相随的伙伴，连一部手机的离弃也这么决绝。那时手机还算稀罕之物，花掉我两个月工资。我心里异常失落，一个人在马路场随人流来回地走，郁闷与昏晕簇拥，就像一条被海潮掀风鼓浪甩上沙滩的鱼，突然间意识苍白，茫然不知所措。

午后阳光比往常来得猛烈，似乎还夹裹几许淫邪抑或玩世不恭的劲道。太阳的根仿佛依附在小镇后陡然隆起的青龙坡，它的触须演化成一张口无遮拦的金属之网，放荡不羁的射线像极速脱轨的洪流，奔着小镇上的车水马龙张牙舞爪。青龙坡曾经是少年时代的乐园，偶有闲暇便与伙伴们攀援而至。少年乐此不疲的境地，此刻无来由地叛逆，堕落到与淫邪之光狼狈为奸，甚至据险要形势助纣为虐，好像与镇子上的每一个人都不共戴天。总之，环境与思想像惯于流放的囚徒，梦想的故地都已不在状态，一切已改弦更张。

我在这个小镇度过少年时期，我对它的熟悉与感情，恰如父亲和他的一亩三分地。太阳赤裸裸炙烤大地，流火一般的气息激烈地串街走巷，熏得脑袋昏糊而混沌。突然发觉小镇变得遥远迷离，熟悉的感觉随风飘荡。并不是丢失一部手机的问题，一部手机没有让我沮丧的能量。隐隐觉察到一种对生活的倦怠与百无聊赖在冲撞撕扯。这一波情绪来得很深，深不可探，而且诡异。仿佛一只刚从蛋壳中啄开缝隙的幼鸟，世界像亚当夏娃的初始般畸形怪异地呈现，像雨雾雷电的编织与幻化，像似曾相识的前世今生，浮世气息。一切都变得似是而非，无可捉摸。你是谁，为什么来到这里，这是哪里的世界，发生了什么事，此刻成为实实在在被疑惑的可能。

"阿佬，阿佬——"像电影中经常出现的影像，人群往来交错，摩肩接踵，各不相关地奔忙。笑声，叫声，吆喝声，车辆密集的鸣鸣声，各种声音纵横交织，各种气浪沆瀣一气，沸反盈天，都在编织一只让人无法逃窜的蒸笼。"阿佬，阿佬——"这个声音隐隐约约，还是被各种声浪湮灭。就像台风掀起的海潮，海浪紧凑地一波覆盖一波。声音随即拔高半格，伴随几许急促，几许仓皇。像海潮触礁轰然而起的激浪，在嘈杂的声浪中眇眇忽忽地突兀。但也像突然窜络的龙卷风序曲，还来不及升腾，来不及形成气象，便偃旗息鼓，倏然掉落，一地鸡毛。

"阿佬——，阿佬——"我仍然毫无智性地走着，目光游离，神情凝滞。真是一个毫无智性，真的，它并不全是麻木，也并没陷入机械。仿佛思维发生障碍，黏滞于近乎茫然而随波逐流的一种状态。

"阿佬——，阿佬——"这个似乎在追逐的声音渐渐明晰。像一尾鱼的脊背浮出水面，尽管划线谈不上力道，终究朝向目的地缓慢游弋。是一线结实的女声，女中音，淳厚而温润。像我从小就热爱的关牧村、德德玛，以及后来听到的降央卓玛。我之所以用结实来表述，是因为这一声呼叫没有一丝含糊与松懈，它的过程坚定不移。这个过程也就以秒计算，至多不过两分钟。当这个声音在我耳廓边明白无误再次传达，我惊愕了一下，定了定神，仿佛从一个深远的梦境抽出身，局促慌乱地"噢，噢"着应了两声。

"阿佬，阿佬。"找到目标，声音不再急迫，却满含亲切和磁性。站在我面前的是一位大姐，中等身材，很熟悉的形象。"阿佬。"大姐非常简洁，也没多说一句其他话。仿佛谈话还没有正式开始就打上句号。像奔跑中的一辆马车无来由地戛然而止。之间是有一个间隙的，我等待她说一件事哪怕一句话。她正对我微笑了一下，反倒像等待我说一句话。大姐本来不是话多的人，平时就不善于找话茬儿，没事就没话了。我这时就如那条被海潮甩上沙滩的鱼，又顺着退潮蹦回到大海的怀抱。看见水中的景致，我又开始顺畅地呼吸，并开始飞舞身体的其他部位。我像从鱼的游动获取了启示，感觉到自己也需要说一句话，也就一句话，即使没有什么实际内容。我说大姐你也赶场。大姐说在守店子，说阿佬那你赶场，便匆匆折回店。我看过去，离开大姐的店已经有五六十米的距离，很多人簇拥在她的店摊前挑三拣四。

大姐的男人姓龙，是当地小有名气的医生，父亲病重期间，姐夫和我经常到镇上请龙医生为父亲看病。父亲支气管炎的老病拖得时间长，我们和龙医生两口子也就非常熟悉，不论春雨秋阳，五冬六夏，龙医生两口子随叫随到。大姐一般尾随龙医生，担负的身份是护士。那时路况糟糕，用车不便，往往还得步行两个小时的山路，往返一趟，也就相当于用去一整天时间。这是父亲去世后，我第一次碰到大姐。

"阿佬"是湘西某些特定区域表达对少小班辈，或同一班辈中年龄比自己小的男子亲昵的称谓，相当于小兄弟。沈从文《边城》两个男主角，大佬和二佬，即是这层含义。但小兄弟一叫出口，就像铺展一张白纸，意思一览无遗，了无意味。"阿佬"的内涵却丰富许多，夹杂怜爱、亲近、疼惜诸般含义。是一个把人拉近身边，温暖人心的称谓。大姐分明是特意地给我一声问候，一声抚慰，她是发自内心。大约也想告诉我一声："我是大姐，听我说，你们尽到了努力，一切只能顺意。"但她又不想勾起我的伤痛，当然，大姐也显然不是会通过言语过多表达情意的人。那时父亲已经去世快半年，于是她追逐着叫了我一声"阿佬"。我转过身，眼泪立即浸漫整个眼眶，也突然间洗清那个感觉生命模糊混沌的午后。仿佛尘埃飞旋的大地刚刚经受一场雨露的浸润与洗礼。

大姐离开店那五六十米的距离，让我十几年来，甚至还要用我更多的时间来思忖，原来人心可以贴得如此近，它的过程也可以很简单，只需"阿佬"两个字。

如今，时间过去十余年，我早已结婚生子，带着母亲又从县城
到州府。工作繁忙，回去小镇的时间少了。龙医生家里的那位大姐
姓什么我都忘记了，甚至她的长相都已经在时光中模糊不清。唯有
那一声"阿佬"的叫唤，时常响起，时常温暖我的生命旅途。

写于 2008 年 5 月

眼镜丢了

　　那天晚上把眼镜弄丢了。晚餐时间我参加
了省、州两级驻吉城扶贫工作队联谊活动，而
后赶赴古苗寨看望一位返乡过年途经吉首的老
将军。腊猪脚火锅，配几盘地道的农家土菜，
喝几盅苗家自酿苞谷烧。月色微茫时分我和老
首长告别。我真切地记得分别时的情景，记得
走路的神态。我甚至回忆起，回家以后还吃了
半碗边城白家的米豆腐，往碗里泼拉几勺红绸
绸的辣椒酱，心不在焉地拉半截绿皮甘蔗。

　　为什么说心不在焉，因为第二天醒来，我
发现右手食指指节处，被甘蔗皮规则地削切弧
线形一道口子，但皮子还粘着肉，洗手时不经
意刮擦就扯起一阵火辣生痛。此后我给朋友介
绍，最为独特的下酒菜应该为我独创，试试用
生甘蔗节蘸辣椒酱下酒。当然辣椒酱得辣得有
态度。当然还得只有这么一道菜。而甘蔗汁得

嚼干吮尽。在林业行当中，生物的个体、种群或群落生存的环境叫生境，生甘蔗节蘸辣椒酱下酒独特的味道在于，辣度和唯一性。我正经八百介绍给几位，竟没有一人给我反馈个中滋味。或许食材过于独特，听闻之便感觉荒诞不经，便无人如法炮制。

眼镜丢了。家里请来照顾母亲的保姆大姐性子耐烦而细致，清早打扫房间时帮助我把房屋旮旯清理一通，眼镜渺无踪影。

由于新营院在建，我仍寄住军分区公寓楼。公寓楼外便是绿荫匝地的树林，桂树、银木、白蜡木等树种混杂交错。篮球场和羽毛球场被包裹在浓密的树荫里。曲径迂回的小道穿越树林，通向各栋公寓楼与训练场。我一个人到球场转悠，负责运动场卫生的刘师傅甚至放下手中的活，跟我一起搜索眼镜的踪迹。

中午课间休息我在球场截住刘建飞和他老婆，问及我昨晚有没有到他们家，会不会无意中丢下眼镜。因为之前有过类似先例，刘建飞家靠近楼梯口，印象中曾经在他家聚餐时被数人联合下套，醉得茫然无知。刘建飞和他婆娘异口同声说没到他们家。像撇开嫌疑，把话堵得无隙无缝。并补充那是大前天晚上到过，但没掉眼镜。大前天晚上因为到联系单位搞春节慰问，就与基层的同志多喝两杯，回来时又记得给刘建飞交代一件什么事，因而就敲开他家门，结果几句话拉扯就在他家的沙发呼呼大睡。又打电话给经营苗寨客栈的女老板，女老板正在长沙，声音热情高亢，好像随时都在迎宾候客。

在少数民族地区工作，懂得民族语言，是天然优势。但性情也是与民族群众打交道行之有效的方式。在可能的情况下，与普通群众拉拉家常，交流感情，甚至深入老乡家里喝上两杯，万难的事情都进行大半。尤其像我，本为民族干部，到农村老乡家里，一般经不住温言软语，往往会反客为主，就像回到自己家里。如此，偶尔盛情难却也是在所难免。

眼镜乃随身携带之物，就是睡觉前也会将之放置于明确的位置，决然不会无声无息地消失。但因我的视力离开眼镜虽不能看得真切，尚可行之如常。于是莫名其妙弄丢眼镜也并非第一次。我并不甘心，反复察看军分区球场边的两路行道树。行道树树种为湘西本地盛产的山杜鹃与小白蜡。白蜡是一种名贵天然药物原料，白蜡树是白蜡虫的最适寄主。白蜡树又分为大白蜡和小白蜡。大白蜡可以长到几十米高，枝叶扶疏，青岑碧绿，树叶卵圆形，丢在火堆里，噼啪噼啪响得欢，就像小时候玩的那种砸炮。苗语直接叫大白蜡树为"都跑到"，译意为喜炮树。小白蜡树树干通直，在园艺里用作隔离树，自从来到机关，无一例外受到人为裁剪，为迎合普众的审美口味，不论青红皂白，就长得横竖一般，但凡某处调皮违规，或旁逸斜出，不是被砍手指，就是被剁脚筋，手段可谓惨绝人寰。不知道是美，还是庸俗，但却是毋庸置疑的残忍。

想起砸炮，心情立马舒朗许多。那副眼镜使用好多年，镜面已经呈现数道亮晃晃印迹，也有意最近换掉。树脂镜片的服役期一般数年而已，过了期限脂质自然剥脱。倒是砸炮多年未曾提起，甚至想如果还有这种砸炮，我还会给儿子买吗。对几岁的小孩来说，玩这种砸炮得需要一点胆量。现在的花炮品种琳琅满目，色彩斑斓，需要动手砸的花炮就显得寒碜落伍，而且也存在安全问题。其实市场上还有一种甩炮，与砸炮暗通款曲，不同在于甩与砸之间，结局便大相径庭。砸炮虽然需要一点勇气，甚至会带来些许惊恐，但随之而至的是同等价值的快意。

假期我送儿子回老家和堂哥的孙子住半个月，让儿子接触农事农活，感知乡间气息。开学时儿子恋恋不舍，拿出许多乡野物体临摹画，童稚流露无限。可是我忘记告诉堂哥到后园砍一捆大白蜡枝条，让孩子们放在火坑里燃烧，感受家乡像火炮噼啪炸响的树叶多么热情精彩。大白蜡树叶片之所以炸响，是因为叶枚厚实，蓄积丰富的水分，受热后涵养的气体膨胀炸开，往往还可揭开一层薄膜般浅浅的网纱。在林业行当中，白蜡树是有名的隔离树种，在森林中可以当防火墙来使用，成为一名光荣的森林卫士，原理即在于此。

白蜡树在湘西随处可见，并不觉得珍贵。大白蜡树在房前屋后经常三五株自由散漫地长，常年的用途就是充当晾晒衣物的搭杆，而小白蜡树则是篱笆墙不可或缺的组成部分。白蜡树环境适应性强，耐盐碱，抗涝，抗有害气体和病虫害。大白蜡树的叶枚气味纯正，撕开它的嫩叶，一年四季散发浅淡的嫩味，不绝如缕的疏香。常年像奴仆一样在房前屋后坚守，白蜡树难免遭受主人的折磨，就连那些家畜也经常狗仗人势地在它身上撒泼，它也总毫无怨言地痛并快乐地生长。口碑是一个人身份最好的标签，人为地区分贵贱无异于自寻烦恼。一棵树能做到，人如果不能做到，便只能自惭形秽。

乡亲们选择蜡叶树当房前屋后的绿化树，可能自有他们的道理，白蜡树除却生命力坚强，树形与华冠之美，能寄养白蜡虫收取白蜡外，它的树皮树叶也是常用的中药材。最重要的是白蜡树在苗语里还有吉祥的寓意，蕴含开枝散叶、喜庆发达的意义。它实际上就是普通的一类杂木，在树的海洋里寂寂无名。这也是很多年都没有想起它的原因。说它寓意美丽也好，说它忍辱负重也好，说它体态娇美也好，没有它，乡亲们照样可以选择其他树种。乡间的孩子们肯定不会联想那么多，除却那一抹浓郁的绿冠，也就是它可以带来炸响的无比快乐。

下午，眼镜店给我配好眼镜，样式优雅，镶嵌时尚的隐形边纹。加上有过一番寻找，心里也并不纠结。当天回垣城参加一个宴会，席间全是老同学、老战友。有一位老武装说起丢眼镜，全然不顾我的阻止，并且武断制止全席人思想开小差，眉飞色舞地讲起丢眼镜的事情，无非趁机糗弄我一番。此人名叫石登登。虽然比我年长，可能我平时有点威严，他很少敢直呼我的名字。

也无所谓，这件事他当着我的面至少提起五遍。在武装部时我们都很年轻，共事的时间长，正课之余，几个人偶尔凑在一起溜出营区喝小酒。年轻气盛，豪情意气。席散之后，一路豪言壮语，回到武装部院子往往意犹未尽。于是草地便成为我们一伙撒欢的温床。清醒的时候我们会比较安静地躺在草地，交流思想或者畅想未来，也会无言无语浪漫地遥望寥廓的星辰。年轻就是资本，消化功能强劲，席间的酒水三下五除二化成废液等待排泄，草地边缘的铁树自然而然成为受益者。一是铁树是我们亲手栽植，有意浇灌它，二来铁树本身也很争气，三五年下来便雄枝蔓条，成为我们遮挡小解的天然修饰。

那段时间野战部队的干部很少插足人武系统这块领域，我们这一拨早到的人员得以相对安稳。不似现在，铁打的营盘流水的兵，往往来不及领略一个单位的四季变异，便叮叮咚咚滚落到下一个营盘当候补流水。

待的时间长，便能经常一起感知日出日落，便能生长故事，便能滋长情分，便能一起看着院子里的铁树如何从栽植时癞痢头似的变成葱茏大树，甚至一起见证铁树开花打朵，摇曳生姿。铁树栽在实地上，以几棵为一堆的方式为常，看着几棵戏谑似的在小脑袋上长出毛茸茸牛角形的大蒲扇，委实怪异可笑。我离开时，那几棵之间几乎没有了缝隙，壮硕的身躯相互砥砺，叶刺相互契入，犹如针芥之合，形成你中有我、我中有你的紧密姿态。

很长一段时间，我是院子里唯一的一副眼镜。石登登们便知道，一旦草地发现眼镜，径直物归原主。而我一丢眼镜必在草丛里，必在酒后似醉非醉之间，眼镜被好心的草地深深收藏。镜架的软丝数次将简易除草机绞坏，每一次负责修剪草地的老园丁都要咕嘟半晌，好像我心怀异端，存心与他过不去。

石登登说某某同志调离后那年，铁树突然罹患颓废症，叶片发黄，叶刺一针针掉落，就像一群丑陋的癫痫头。"我离得近，隔三岔五到人武部院子拜望老朋友，看着那一堆癫痫头就锥心。过了两年，铁树好像才从忧伤中焕发出新叶芽。"石登登本是糙人，意思是缺少那三五天必至一次的酒后液体的浇灌，使得铁树萎靡不振，郁郁寡欢，直至面黄肌瘦，好像生无可恋，失却对生存的意志。但那几位朋友，特别是女生，却是听出人与树的故事，感动得作模作样，稀里哗啦。

石登登头大脖粗，身体壮硕，大约为了应景，确实在酒桌上下过几分功夫，标志性的行为便是几杯小酒喝下肚，就会附庸风雅地背诗。摇头晃脑，神情泯然。待问诗的出处来历，只剩一脸茫然。他这一套大概是吠形吠声地向几个有点文风雅趣的老兵学习，副部长龙继华是我的老科长，即是一个典型代表，喝酒之后就站在院子里诵诗，像一位少年出神地遥望浩瀚的宇宙，嘴里念念有词，完全进入忘我境界。石登登于是东施效颦，乐此不疲。当然，累积的多了，藻言诌句便也三五成堆脱口而出，文气流气搅和一身。

铁树的事情说道几次，不免引得我开始留意，甚至偶尔思忖铁树掉叶与人体排泄是否有必然联系。实际上很简单。因为院子里的铁树并非盆栽，而是直接栽植在土壤疏松的草地里，尿液排泄后，铁树只能吸收到其中的部分，浓度并不大，而稀释后的尿液能为铁树提供氮肥，促进叶片浓绿肥厚。加上原来的那拨人马陆续调离人武部，其间有两年院子疏于管理，杂草丛生，没人给树及时施肥。铁树适应了人的习性，与人达成某种默契，成为一条食物链上的伙伴。故人撤离，铁树的生境突遭改变，一时竟黯然失神，以至掉叶伤怀。

许久以后的某一日，我做了一个梦。梦见丢失眼镜的前后细致经过。几位倾心的朋友相邀到我老家消磨时光。对的，美好的光阴最好的状态就是消磨。我家前面的山塘虽只有数亩的样子，但四周森林密布，高山环拥，却是难得的幽邃静谧之所。我带着朋友攀爬屋后突兀高耸的大山，相对高差数百米，山路陡峭崎岖，却又并非让人望而却步的那种摩天入云。在行走的险峻处或密林中，眼镜便在不经意间被藤蔓或枝柯牵绊而去。好在及时来到一片疏林地，阳光温暖地照拂，附近的茶林正在开花，清幽的蜜香无孔不入。我们欢畅地讨论属于男人的话题，有社会生活，也有政治时局，天南海北，天文地理，有的深奥富含哲理，也有的肤浅通俗，有的甚至痞气流离。我们躺在草地，慵倦而随性，身心像被一阵自然的风所抚慰，惬意而自由。待我发觉眼镜丢失，大家便四处寻找，不断有人给我送来找到的眼镜，我仔细辨识，无奈都并非我丢失的那一副。我不禁感喟，原来这个僻静之所也是行人常来常往之地。也有很多人对生活的向往类似或趋同。醒来后，我于是想，这不就是我们想要追寻的生活状态吗。寻寻觅觅，蓦然回首，原来曾经，或者可以轻而易举地拥有。

　　实际上生活就是这么简单。人的一生在时光隧道里不是往后回头，就是埋头朝前走。不管是眼镜丢了，还是少年的白蜡树，伤心的铁树，或者梦里似曾相识或期待的某一类生活场景，人的一生有时候就是那么几样东西、几件事能够成为你的伴侣，成为你的念想。就是这么简单。

写于 2012 年 2 月

寻找大表哥

　　舅舅有三儿一女，最小的那位是女孩，也就是表妹。舅舅的三个儿子中，老三与我年龄相仿，大表哥、二表哥要比我大数岁。读到初中，舅舅家的小儿子和我编到一个班。舅舅的小儿子体质羸弱，说话轻言细语，温吞慢调，显得比表妹还文弱。他体质弱是因为小时候调皮捣蛋，趁大人没在家，与小伙伴比赛蹿房越脊，从房屋的梁柱摔到地下，当场休克，人虽然抢救过来，但胸腔积液一直没能彻底治愈。大约身体随季节变化时好时坏，读书也是打打停停，原本他读书发蒙早，但到初一我就赶上他。一次语文月考舅舅的儿子超过我，考了全班第一，我俩的考卷被同时张贴到年级学习栏。舅舅知道后特别自豪，在不同的场合陶然自得地提了几次，说班上的前两名被老表俩牢牢把持。直到如今，我还记忆犹深。

舅舅的小儿子擅长英语，这一科超过我几乎是家常便饭。英语老师身材娇俏玲珑，舅舅的三儿子口语流利，尤其受女老师喜爱，在课堂上经常被点名领读。由于病情加重，到第二个学期，舅舅家老三就不能正常到学校上课。英语老师非常遗憾，几次要随我去舅舅家里探望，但每次临行都因别的事耽搁。不过舅舅家离学校很远，在一座叫雪场坡的山顶平台上，那儿是全镇的制高点，也就住着十几户人家，都是舅舅的族亲。从学校到舅舅家往返怎么也得大半天，全是崎岖山道，就是成行，凭英语老师娇小的身体，肯定落得几天腰酸腿痛。英语老师没有去看成老三，吩咐我把他的作业本带回去。这次老师的批改很细致，末了还附写一段话鼓励他战胜病魔。老师都是喜爱对自己科目有特殊素质的学生，她心里还热切地期盼他早日重返学校。不过这事现在回想挺让人心酸，这成为英语老师与她这名得意门生的最后联络。

我读大一第一学期，舅舅的小儿子因病过世。假期我去看望舅舅，舅舅还在念叨，说老表俩考试全班前两名，全公社无人能相比。实际上我们学校是县里第四中学，学生来自数个乡镇。舅舅是老实人，纵然有满腹文才可以随口拈来，但不是真刀实枪需要嘴上功夫的时候，舅舅往往又显得木讷而默然。舅舅喃喃自语，那么多人，怎是两老表考的前两名，舅舅眼中闪烁泪光，然后又沉浸于默然之中。仿佛一行从天而降的雨点，倏然间落入天坑地缝。从此以后，舅舅再也没有提及这件事。

二表哥，在舅舅膝下四个子女中，有着类似舅舅的木讷。自然，性格也显得另类。小时候，二表哥非常腼腆。过年，我和姐姐到舅舅家拜年，因为没有预见我们会突然到来，二表哥像老鼠瞥见猫，一溜烟躲进房里。他应该比较羞涩见到二姐，因为二姐长他两岁，经常取笑他怕羞，于是他变本加厉地害羞，每次都尽可能躲避开姐姐。但过年时非常寒冷，舅舅家所处地势又高，冬天风刮得嗖嗖叫，我们一到舅舅家就围拢火坑，舅妈烧起大炉的柴火让我们取暖，寨子的大人们轮流摆龙门阵，要么对歌，基本上一大半天就没有挪身。这可难坏二表哥，大家越叫他出来烤火，他心里的毛毛虫搅动得越厉害，于是越怕出来。没办法，只有从房内翻墙溜之乎也。舅舅家的木房还没装修天楼地板，再加上房内安置有当粮仓用的方木桶，从木桶爬上屋梁翻到外面并非高难动作。他往往要在后屋的表舅家吃过两顿饭，才慢慢回来和我们共餐，不过也是闪烁其身地舀了一碗干饭，连菜都来不及夹就往外跑。但是，如果我们有野外活动，他几乎都会参加，特别艰难险重的任务都是他默默承担，但他从来都不是核心人员。核心人员是大表哥，大表哥怎么说，二表哥就怎么跟着，或者怎么做。

二表哥没有读完高中就辍学务农，因为舅舅家里同时盘不起大表哥和二表哥两个高中生。二表哥没有一丝埋怨，论成绩，他当然得让哥哥，他考入的是三中，而大哥读的是一中。一中是县里的绝对重点。没过几年，他娶了媳妇，生育一儿一女，两口子勤俭持家，舅舅家的境况眼见走向富裕。每每讲起这个，我母亲就为舅舅感到欣慰。再后来，寨子附近的山头开发锌矿，二表哥两口子在矿山打工，每月都有进项，自家田地出产的粮食又吃不完，舅舅家的日子很快欣欣向荣。舅舅也从逝去小儿子的悲痛中逐步走出来，身体硬朗许多，脸上经常现出宽心的笑容。

二〇〇四年大年前几天，二表哥随同寨子的同伴一道下县城采买年货。在城郊二姐家的修车厂外，二表哥坐的四轮车停车下客，二表哥一眼瞥见二姐正在马路的对面吃力地抬着汽车零部件。二表哥想也不想就跳下车。一辆重型货车疾驰而来，悲剧瞬间发生。货车将二表哥拖走十多米远，还未进医院，二表哥就陷入重度昏迷。在县医院抢救二十多天，没能挽救二表哥的生命。傍晚，在阴森的停尸房，舅舅悲戚地说："你俩一辈子老表缘分到此结束啊！"舅舅说的是苗语，这一句苗语说得雷霆万钧，听得我胆战心惊。二表哥被埋在一座偏僻的山坡，房族人等不让舅舅参加。大家说，屋里还有两个孙，舅舅去了墓地，会带着阴气回来，影响到孙子的成长。于是舅舅就没有去。舅舅哽咽说："打落了就打落了，他都不要我这个老头子，我还管他搞什么！剩下来，我一心一意照拂两个孙。他们一个两个狠心离开我，看我老头自己盘孙子！"

表妹是舅舅家唯一的女孩。二表哥住院时表妹赶回来，二表哥去世后，她又在家里陪老人度过一段时间。在舅舅家的老表们当中，表妹原本与我比较疏远，一来她年龄小我好几岁，二来我一直在外读书，在成长的记忆中，关乎她的印象很少。偶尔来我家里，也表现得乖巧，她比较黏糊姐姐，多半时间随姐姐的多，男孩子的游戏基本上没见她的身影。加上我家前面是水，后面是山，男孩子不是在山里钻，那多半会在水边闹，都是些粗犷的玩法。山里修竹茂林，打鸟、扯草药这样的活动一般女孩子不会参加，只有在不进深山，在山脚附近采八月瓜、摘野葡萄、打山樱桃的时候，才会带表妹去。山里野果丰富，每个季节有不同品种。不过，这样的印迹也是凤毛麟角。因为表妹不稀罕这些，她家那边的山更大，我们这边没有的好几样野果，她那边也会有。

多年以后见表妹，我已经参加工作数年。一天，她突然打电话要到我处所来玩。见面后，表妹的变化让我大为惊讶。她已经出落得亭亭玉立，打扮非常时尚，用妖娆妩媚形容，一点也不为过。她在中山打工，认识了小林，就和小林结婚了。小林是中山本地人，家里开一家品牌鞋模具店，雇用数十个工人，也算是私营企业主了。表妹的分工就是管理店子，跑销售，凭着表妹的聪明才智，这些活儿自然不在话下。我见过小林，二表哥去世时，他赶到湘西吊唁，很帅的一个小伙子，性格朴实安静，与我印象中的广东老板形象有些距离。舅舅说表妹家里一切顺当，就是家里老人着急抱晚辈。母亲和姨妈知道后，姨妈就说让表妹过年回来一趟，找个仙娘杠一道水，打扮打扮，保证马上灵验。还列举某某某的例子。姨妈举的这些例子，都是姨妈家那边的熟人，只有母亲和她认识。也不知道表妹有没有听从姨妈的建议。但再见到表妹时，表妹的确带上咿呀学语的婴儿，这是事实。

表妹接舅舅、舅妈去中山住大半年，两个老人水土不服，不过回来后，心情明显疏朗几分。表妹主动提出担负二表哥的一个小孩到中山读书，舅舅又割舍不下。舅舅在中山，除了想念孙子，还悄悄到东莞寻找大表哥。大表哥最后一次出去打工，曾经从东莞给家里寄信报平安，表妹也和大表哥有过书信联络。不过当表妹去寻找他的时候，已经人去了无踪。要在东莞的街头碰一个人，恍如大海捞针。舅舅只得沮丧地返回中山。没有谁知道大表哥去了哪里，也没有谁了解他的境遇。

十八年前，大表哥出去的时候，曾经说过不混个人模人样就不会回来。大家以为他随口说说，没有谁太过在意。混不混出模样跟回不回家没有必然联系。在外面混不下去，退一步说，海阔天空，家园在那儿等着。家园，是有谁可以随意抛弃的吗？大表哥性格温和，而且还比较具有人文情怀，这样的人不可能把自己前后隔离开来。不是这样的一个人，也没有这样做的理由，仿佛一只鸟，从我们的天空飞过以后，它的鸣声和踪迹，都变成记忆中的弧线。

离开东莞，大表哥在珠三角几个城市辗转，都没有碰到好机会。他是属于比较早的打工者，而且出外打工的意志执着而坚定。他跟我说过，他笃定要出远门才有奔头，才会消停。他的心绪始终没能沉静下来，他的心在遥远的远方。我知道，那不是诗歌，只是改变命运的向往。

我和大表哥最亲近，缘于大表哥读书上进。他直接从村小考入县一中，是我少年时代的榜样。大表哥的语言类科目是优势，普通话出类拔萃，经常参加演讲或朗诵比赛。舅舅家的孩子个性都比较温和，这遗传了舅舅、舅妈的性格，大表哥讲话从来不带脏字，温文尔雅，举止得体，颇有一番儒风文气。舅舅家的三个男孩，从一到三，身高依次递减，大表哥在一米七五以上，这在当时湘西农村，算得上木秀于林。再加上大表哥相貌有形，自然有女孩子青睐。不过大表哥心思不在这上面，他一心一意想着奔出大山，他不想待在雪场坡顶与雪玩一辈子捉迷藏，这本身没错。不过人家女孩子要的是实实在在的一个人一个家，可不要摸不到的一个未来。其实那女孩家里条件殷实，并不看重他是否拥有怎样的身份。我想，要是大表哥当时应允，说不定现在的生活就是另外一番模样。

但是，这也只能是一种想象。大表哥连续参加五年高考，每次都以微弱分值落榜。而这，每次又成为一道错误的引子，让他欲罢不能。就在这数字的沉降起伏中，大表哥消耗掉几年光阴。不过总体而言，每一种生活都有它无形的轨迹，大表哥选择的，也是他的生活程序。实际上，大表哥也有过一次改变生活形态的机会。那年征兵，他去应征，身体检查非常顺利，问题出在家访环节。政审人员和接兵干部问他，是不是当兵的决心非常坚决。这个明显给他送分的问题，大表哥回答得很勉强："去也行吧。"结果就没有去成。
我后来常年参与征兵工作，类似的问题问得不厌其烦，最怕的就是
新兵刚到连队吃不消训练的艰苦，偷偷跑回家，对连队管理和征兵
人员都是挑战。不过大表哥肯定想的是继续参加高考，在他心中有
一种唯有读书高的情结。过后我曾经问起他考兵的事，他也没有
表现出过多的悔意。一般没有进过军营的人，恐怕很难说对军营的
感觉。

　　大表哥在最后一次出去打工前，和我讨论过一个问题。宁愿当
凤尾，还是宁愿当鸡头。好像我俩的意见恰好相左。对这个问题的
讨论有点深入，所以我记得清晰。我俩没有谁想说服谁，只是表明
各自理念，然后对这个理念进行剖析。只是一种纯粹的观念而已，
并不会对以后的人生或追求起到推波助澜的作用。真把宏观理念替
代现实情节，那就真犯了魔怔。大表哥不是这样的人，当然，我也
不是。

　　离开东莞，大表哥到海南待过一段时间。那正是海南特区大开
发红红火火的时候，红火得近乎疯狂。不过大表哥阴差阳错来到一
家咖啡农场，在那里，大表哥染下严重的疟疾。大表哥有文化，人
也长得帅气，就受到农场主女儿的照顾。农场主比较势利，嫌弃大
表哥一个人来去赤条条，农场主女儿却铁心跟定大表哥。农场主面
对女儿的软硬兼施毫无办法，最严重的一次，女儿甚至表现出一副
生无可恋的样子，把农场主夫妇吓得魂飞魄散。女儿最后给夫妇俩
下通牒，如果不准予两人走到一起，两人就私奔。姑娘对大表哥
说，又不是旧社会，跑到哪里还不能讨一口饭吃。大表哥受感动，
就答应农场主提出的严苛条件，即断绝和老家的一切往来。反正生
米煮成熟饭，以后腿脚还不是长在自己身上。现代新社会，又不是

人间炼狱，谁还控制得了谁。大表哥曾经这样想过。

想归想，形势的发展，出乎大表哥意料。大表哥有能力，而且又忠厚正直，农场主逐渐改变对大表哥的印象，由反感到信任，后来毅然把农场交给大表哥打理。大表哥是属于心底没有隙缝的一个人，对农场主的许诺一直信守到底。真的是一摊淤泥，也得靠时光来浆干，况且这溢积泥水的洼地，是自己刨出来的。换一种思绪，大表哥把带着微苦味的洼地，培育成一片国外引进的良种咖啡林。

后来，有乡人告诉舅舅，在上海街头看见大表哥。大表哥发达了，派头得不得了，西装革履，身边还跟着随从，前呼后拥。

又有乡人告诉舅舅，大表哥一直在某地城乡接合部，他可能遇到黑厂，被限制人身自由，在厂里与同样被限制人身自由的女工结了婚。不过，除却自由受限制，生活倒也过得将就。

许多年前，某次汛期涨水，我老家涧溪的一帘瀑布一夜之间突然变得壮观，大表哥一时兴起，和着轰鸣的瀑啸激情飞扬地朗诵裴多菲的《自由与爱情》："生命诚可贵，爱情价更高；若为自由故，两者皆可抛。"那一刻给我的印象极深，大表哥的思想应该是超脱飞逸的。如果说自由都没有了，他会被禁锢得了吗？

舅舅跟我说，肯像传言的那样倒也好，只怕人早就没有了。为此，舅舅做了一场平安傩法事。还傩愿是苗乡的传统，乞求平安又是其中重要的一类。好在师傅是舅舅的表亲，没有花多少钱。舅妈只要赶场都会在仙娘或者算命先生的摊子前坐半晌，免不了杠上一香，或化一碗水，或抽一支签，以各种形式占卜大表哥是否吃苦受难，是否安然无恙。人是在人间，不过要请符，请了符就能保平安。这附近场边的仙道神巫之人，几乎都与舅妈成为熟人。平安符请了不少，直到舅妈去世，也没见到大表哥回来，哪怕捎个只言片语的信息也好。

舅舅家没有什么时候像现在这么需要大表哥。表妹在珠三角想尽办法寻找大表哥下落，但十余载过去，没有丝毫音讯。表妹分析过，大表哥开始来广东，曾经参与传销活动。那时传销正由地下浮出来，声势近乎疯狂，许多人走火入魔，失去理智。不知道大表哥能否走出那一波浩劫。

就是一朵流云，也会在家乡的上空停一停，甚至洒下几滴雨。就是一阵风，也会拂一拂屋后的草木，传达平安的讯息。还是一个人哪，舅舅说，算一算，也是四十出头的人了，他的心像一股水流，落入天坑地缝，无声无息。

如果有传说中的感应，希望这篇文章能传达给大表哥讯息，并祝愿他一路平安，甚至企盼他正在回家的路上。

写于 2006 年 3 月

西藏之静

　　西藏是地球村最高的寨子，往往高处不胜寒乃至孤芳自怜。连安静也来得如此之深。天籁之音是种种凝聚天地、日月精华的声音，既是天上传来的空灵之音，也是不食人烟的风物。仿佛此曲只应天上有，人间难得几回闻。西藏离天最近，近水楼台，自然产生异域之音。天籁从寂寥中破壳而蔓延不息，连安静也让人产生战栗。溯源而上，在西藏某一个隐秘的角落，仿佛轻而易举便可以触摸到安静血淋淋的根。

　　一直以为，西藏是难以企及的地方，比出一趟国艰难数十倍。现在走出国门并不难，而西藏，让人泛起念头的时候便不寒而栗。佛的深奥，高的凛冽，氧的淡漠，一派不惹凡尘的气息。西藏犹然被佛束之高阁，遗世独立，默不作声。

一直以为，全国三十几个省市区，我最后一个到达的，除却时下军人难以成行的港澳台，必定会是西藏。她在潜意识里遥远得有些模糊，大有高山仰止之感，让我不敢轻易规划行程。基本条件具备之后，不敢启动行程，属于可望而不可即的那个领域。这一定是梦的故乡，仿佛那些曾经十分伟岸却终于无法攀登而至的理想。

理想是一切生活的源头，包括浪漫。太过容易实现，那宁可称作任务或目的。像老家那些未到成熟季节的李梨桃老品种，在童年一季又一季的焦灼中，等待淀粉酶的侵蚀。那些老品种曾经遍布湘西的原野村庄，但在本地人眼中，它们似乎不那么高贵。随着舶来品的侵袭，老品种家族在内外勾结下，不幸被攻城拔寨，并自甘沉沦，终致踪影难觅，或销声匿迹，多少人回味起这一幕仍痛心疾首。余光中说，乡愁是一枚小小的邮票，我在这头，故乡在那头。保有纯正本性的老品种，酸甜紧密，混合浸润，想起便令人口中生津。它就像感知生活本质的一枚邮票，成为多少漂流在外的湘西人思乡的蛊惑，乡愁的源流。

说起老品种并非心血来潮。想起的不是繁花似锦，果实累枝，而是它驻足的方向，遥远的乡韵，静默的愁绪，是一脉收藏于心底的仡结之情。正是西藏所蕴含的高度和远方。

西藏，未曾微笑，已经用两亿年的恒心悄然种植那些属于安之若素的果实。连花都笑得平静默然，它们的开放不是拥春争宠，而是表达屹立着的风骨与执念。比如雪莲花，生于高山雪线上的岩缝、石壁和冰砾石滩，芳姿绰约，花中仙韵，却不慕市井车马，繁华枝头，而是盘踞于地球之巅，吸纳雪山乳汁，静坐为禅，卓尔不群地陪伴盛夏之中身披白色袈裟的皑皑雪峰，它的开放高山流水般圣洁孤寂，令人心痛而温凉。

如此一个地方，多少年来心底默默勾勒着它的形象，总是突兀地让我想写。那样一个冲动，在千波万涌正反情绪的撞击之下，又让我安静地躺了一年。蛰藏这样的想法，是那么自然而然，顺理成章。那一年的光阴，都在敛息静气地遥想，有关于西藏，一句话也不曾说过。因为真正的美，美到无声无息，天荒地老，美到惊世骇俗，所有语言都卑躬屈膝，无地自容。我想，那才之所以被称为西藏。闻听其名，一切想法，丢盔弃甲，新锐的风驭起沧海桑田的沉静。

去西藏的那一天，来得比想象的快。四十岁，不知道是不是到了应该感受孤独的恬静时刻。是那种高耸入云而超脱的静谧，是那种一个人穿行于莽莽林海，陆离的光斑所表达的幽寂，抑或汪洋底部深默的禅悟。

二〇一一年秋天，我从沈阳转航重庆直取西藏。这一次行程属于临时动议，几乎没有任何筹划，甚至于来不及进行任何心理上的铺设。很多事情，如果计划得过于缜密，反而失却令人心颤的期盼。就像生活的本身，如果每天都沿既定的模板行为，按部就班，平波无澜，没有故事的人生，那一定体会不到西藏超凡脱俗的惊艳。

瞥见西藏的第一眼，即让我感觉到惊天动地的震慑。皑皑雪山便是西藏的门楣，卓著而高亢，灵泛而深邃。雪山穿过云层，石破天惊，风谲云诡，傲视浩荡云海与苍穹之下芸芸众生。所谓直插云霄，往往形容一种尖锐的状态突兀摩天，对于西藏的雪山而言，只是简单的白描。雪峰一丛丛锐利地刺透云层，气逾霄汉，像勇者无言的宣誓，或者来自域外身披白色袈裟的圣灵，奉守天地之间的旨意，在此列阵千万年，镇守此域浩瀚无边的宁静。但此处不胜寒，面对天庭，雪山显示出深刻的孤单。此种心境，像背负数亿年魔咒的无名仙灵，梦想自由溶化一回，放纵彩色一次而不得已。雪山实际上羡慕绿色的喧嚣，甚至于大雨倾覆，向往凡事种种。

纳木错仿佛西藏高原的眼睛，雪峰倒映，经幡猎猎。此等静美来自湖底，源自佛心，也诞于旅者各自的反省。去西藏者，有两个地方必去，一是布达拉宫，一是纳木错。但我与纳木错擦身而过。实际上我已经闻听到湖优雅的鼻息，佛空蒙的对语，梵音缭绕，沁人心脾，一切是如此深刻的沉静。秋天的第一场冰凌于凌晨毫无预兆地袭击纳木错，景区即时关闭，迫使我们在距湖数里之地不得不偃旗息鼓。我朝纳木错的方位凝伫，也许，它静美的程度，需要我们用下一次行程来接受。不是冰凌来得让我们措手不及，而是我们的心。

布达拉宫是藏传佛教最高圣殿。来此朝圣的旅人大抵小心翼翼，放下疲乏交瘁的身心，虔诚地超度一回。对大多数信众来说，能亲临一回布达拉宫，就是享受一回生命的奢华。对纳木错的接受需要过程，但对于布达拉宫，大多数旅者从小便耳熟能详，它既是佛的圣殿，又是西藏的门面和标志。布达拉宫反而有些喧闹，旺季入宫的游客络绎不绝，沸反盈天，气势盖过如丝如缕的经诵梵音，到了不得不限制入宫人数的地步。此刻安静的是人的本身，是向佛的心，人本善性的自然流露，与烛亮人心的摇曳佛光。

布达拉宫红宫内环绕正殿共有八大祭堂，供奉五世达赖和七到十三世达赖喇嘛灵塔，其间唯独缺失六世达赖仓央嘉措的灵塔，但殿内设有六世达赖喇嘛的宝座。就是这位六世达赖，在西藏历史上生平迷离，又极具才华，也是最受争议的一届达赖喇嘛，因其被废黜，传说在押解北京的途中，在青海湖畔升天圆寂。藏传佛教高僧对其评价为："六世达赖以世间法让俗人看到了出世法中广大的精神世界，他的诗歌和歌曲净化了一代又一代人的心灵。他用最真诚的慈悲让俗人感受到了佛法并不是高不可及，他的特立独行让我们领受到了真正的教义！"

在人们的想象中，仓央嘉措是一位向往世俗生活、离经叛道的情僧，他的爱情故事与情诗广泛流传，几成近年大江南北最受狂热追捧的诗人。

我走出大殿，从布达拉宫的高台俯瞰拉萨城，城池娴静，高空流云激荡。那一刻，仓央嘉措的《那一世》行云流雾般在我心里喷涌而出：

> 那一夜，我听一宿的梵唱，不为参悟，只为寻你的一丝气息／那一月，我转过所有经轮，不为超度，只为触摸你的指纹／那一年，我磕长头拥抱尘埃，不为朝佛，只为贴着你的温暖／那一世，我翻遍十万大山，不为修来世，只为路中能与你相遇／那一瞬，我飞升成仙，不为长生，只为保佑你平安喜乐

响和景从，我仿佛看到三百年前那位诗者，一位不安寂静佛堂里的诗人，身在佛门深墙宫院，还要故作淡语，却时时背地泪血齐滴，伤痛翻涌。我仿佛看见仓央嘉措站在佛与俗之间、天与地之间、诗与世之间、情与爱之间无奈的流盼。时而黯淡无色，时而流光溢彩，这是高原天空的颜色，也是仓央嘉措的目光。是光阴的经轮，也是仓央嘉措的经轮。是的，外表安静，内心却掀起狂澜。

我第一次听到降央卓玛唱《那一世》，从内心深处受到强烈震动。我认为那是高山顶上诗与歌的结合与碰撞。是的，那一天，我

跑去遥远的自然保护区，眺望雄奇巍峨的峻岭与莽莽苍苍的原始森林，一个人听一个下午的《那一世》。并非佛系的吸引，只是人性的通达与共鸣。

位于布达拉宫下八角街附近的大昭寺，是藏传佛教重要的传教寺庙，它前面的广场总是密密麻麻匍匐着俯身投地的虔诚信众。信徒稔熟地转动佛珠，口中念念有词，仿佛来自内心最安静的角落。专致的神情，传动的经筒，在拨动信徒们最高的诉求和幸福。

回程前的清晨，我一个人打的跑到罗布林卡。林卡即藏语园林的意思。罗布林卡位于拉萨的西郊，是历代达赖喇嘛的夏季行宫，也是一座典型藏式风格园林，是西藏园林、建筑与佛教文化的集中展示，整体布置精美奢华。我是那个早晨第一个入园的客人，偌大的一座园林，除了几位僧人外见不到人影，直觉得凉意嗖嗖逼人。这是属于禅意的安静。静得让人心颤，甚至魂不守舍。我对园林艺术没有深的研究，但看得出这座园林的艺术价值，不会低于我到过的任何一座园林。包括江南那些玲珑秀雅、巧夺天工、流水潺潺的园林瑰宝。经过二百多年经营扩建，罗布林卡占地面积达到三十六万平方米，园内有植物百数种，不仅有拉萨地区常见花木，而且有取自喜马拉雅山南北麓的奇花异草，许多科目的植物，不是来到此处还真无缘一睹芳容。园内也有从国内外移植或引进的名贵花卉，堪称琳琅满目的高原植物园。白色的宫殿式建筑星罗棋布，房屋端庄而富丽堂皇，掩映在罗布林卡葱茏林木间。整个园林丘泽相间，亭台点缀，幽曲动人。浓烈的燃香在园内缭绕不绝，无时无刻不传播着佛音梵语。罗布林卡文化艺术的无与伦比，以及它与四周环境朴素自然地相融与格调，令人赏心悦目，拍手称绝。但此刻，它仿佛一位来自异域雅致而高贵的丽人，甚至还蒙着轻盈的纱巾，就仿佛那层浅浅拂动的佛之燃香，流淌一脉出世的安谧。

雅鲁藏布江一路奔腾咆哮，从高空俯视，它宛若一条洁白的哈达，纠缠苍茫的西藏高原，仿佛被风吹褶，从西藏的心脏地带涌出，婉约飘逸，牵引着雪峰瑰丽的身躯。但我明显听到雅鲁藏布江孤独求败的呐喊。地球之上，谁有它的激情浩荡，雄浑高亢？它既是佛的使者，将梵音浸润于胸，沿途释疑。它又是静默的暴发，佛的沉静，使它积累了满腹经纶。面对那些沾染现代世俗气息的大小河流，它痛心疾首又莫可奈何。于是咆哮如雷，撕心裂肺。拯救历来是拯救者孤独的盛宴。名叫雅鲁藏布江的高僧，是地球孤独的行者。

拉萨上空的云翳，像一位高端的肢体艺术家，不断变换形态。就连二十世纪奔驰而来的那列火车，在卓格神峰、措那湖与羚羊深邃而冷峻的瞩目下，有如一只意识混沌的千足虫，惊恐万状地奔逸哀号。而佛，就在前方指引。

措那湖站是青藏铁路的一个无人站。这在中国铁路史上恐怕也是绝无仅有的。相传措那湖是金刚鲁姆女神的瑶池，是当地藏族群众心目中的圣湖，每到藏历龙年成千上万的信徒前来朝拜。措那湖逶迤在念青唐古拉山和昆仑山脚，是目前世界上海拔最高的淡水湖泊，三百平方公里的面积。唐古拉山脉以南的河水溪流等水源，最终都汇入到措那湖再归入怒江。

卓格神峰雪冠上蒸腾的雾霭，碧绸般的措那湖烟岚氤氲，雄山奇水交相辉映，何等雄奇绚丽。但在这雄伟壮阔的情景之下，世界是如此朴素与安然，如此辽远与阒寂。而在这天地之间，仿佛一脉又一脉的佛音传诵，起起伏伏，远远近近，明明灭灭，静心下来，可以听到朗朗有声，波澜有致。

传说香巴拉王国坐落在青藏高原北方雪山深处的隐秘之地，这里浩瀚无垠，乱石铺天盖地，撼人心魄。更有千数计的湖泊仙女般散落于嶙峋乱石间，碧蓝如玉，晶莹剔透，如同天堂之水摄取了天地灵气。香巴拉王国蕴含令人难以置信的安然纯净，因而被誉为最后的香巴拉。

藏经记载，整个香巴拉王国四周被双层雪山环拥。民居依山就势、错落有致地融入四周的自然环境，体现了天人合一的理念。城市为人们居住的地方，城市中央又耸立着内环的雪山，紧紧包裹香巴拉王宫。这里的居民犹如羽化成仙，每个人身上蕴含超凡的智慧，每一位的行为举止又仿佛霞姿月韵，和光同尘。香巴拉王国弊绝风清，摒弃了人世间的偏执、痴迷和贪欲，真正一个清风明月之所。

一七七五年，第六世班禅大师罗桑华丹益希根据《大藏经》中的经典，写了一部通俗的《香巴拉王国指南》，引得后世无数人趋之若鹜，探究所以。

没有谁寻找到香巴拉王国。有的人失望叹息，感叹那是虚无缥缈的存在。而有的人按图索骥，在似有还无中积极构建理想的家园。更多的人在寻觅中得到满足，在锲而不舍的探索中实现顿悟，在西藏高地某一处隐秘之境，终于蜕尽人生疲乏的枷锁。

但凡安静没有上界，西藏之中仍然幽隐无可追索的桃源。它的美不是繁花锦簇，而是花开花落之间与雪山起伏有致的交融。每一个存在并非相互拥有，甚至侵占，而是存在于静看世事沧桑天荒地老之间，与你千万年纯净的流盼与守候。

有一句话这么说：一个真正的哲人，宁可舍弃做事，也要追求内心所需。西藏的安静，正在于西藏保持着它的内心。

写于 2013 年 1 月

哭泣的铃声

苍穹，暮云。鹰翔，风短。

像一挂枯槁却尖锐的符号，串联于死寂之上。

无边的海，礁石乱垒，若黑暗之躯枝节横陈。谁于窟窿中央，悬浮，孤立。生命的幽微啸动无助的门铃。

就在那时刻，你缓缓而来，一个身影与一个身影，接踵而至。仿佛从我们生命中呼啸远去的重重关山。又牵引谁的意念，自远古踏荒而来。只有无边的风像啸动的门铃，穿行于晃动无以捕捉的踪迹，掀起一袭空荡无边的纱衣，随即罩住一切存在生命的物体。在黑暗中如一曲沉沦的歌唱窜动与紧箍。

就在这时节，黑暗仿若我的眼睛，幽迷地洞开一线缝隙。洞开若无，我在混沌之间，漫不经心地邂逅你的半部人生。顾城说，黑夜给了我黑色的眼睛，我却用它寻找光明。于是，我处心积虑设定一场似有还无的机缘，似有还无之间，是你潦草而抽象的背景。

世界仿佛立于山脊的另一个侧面，一个身影与另一个身影，在密林间穿行，幽灵一般。我看见你的时候，你没有看见我。我们背道而驰，像横亘在汪洋大海之中。遥远或空蒙。而且，你仿佛正在营运或沉浸于一种生命的状态，神志近乎忘情。而生命，任谁都替代不了谁。无法重叠，也无法剥离于单纯之上。我凝望你，仿佛一林树木站在湖的身边，风掀起湖的呢喃，树默无声息地茕茕孑立，一片亭亭空凝伫。谁先于谁到达，或者等待，树更古老，还是湖更古老，曾经十分重要。只是没人想到，我们终究是背道而驰，如何回到同一个半圆。只是此刻，我们都已经放下所有纠结，不再想深入地探究。仿佛经历过一场天崩地裂，沧海桑田，涅槃重生。我们如何跋涉到此时此地，完全陌生，又似某一个世纪突兀的某一个场景。如此孤独地悬浮于世。短风嘶号，鹰翔寂寥。穹隆与墨云正翻滚无底的苍凉。

黑暗于执着之下似乎在褪色，心念在踌躇之间幽曲迷意。我们不说哲言，不谈高深理论。我们都明白，最朴实的流露，即是最高的真理，最真的情意。我吸收你的养分，而你照耀我的身姿。像一汪湖，一棵树。像苍穹与暮云，谁离开，便没有存在，没有悲哀，没有荣光。更别说那些虚拟与朦胧的未来。那些无可捉摸的疏离间或臆境。

寻寻觅觅中，瞥见你咫尺之间却跳宕不定的身影，一个身影与一个身影之间，借助蒙太奇手法描绘失控的形态。像一场史无前例的江湖世态，淋漓尽致，悸动汹涌。像一阵毫无征兆的急风骤雨，迷蒙不定的时刻洇湿我们的生命线。那一段光阴，仿若滋长的空洞，比戈壁更苍茫，至今仍空荡无助。我需要半生时光思索。在你不经意的时刻，退出那个空间，像一座湖，不知谁来了又离开它。我伫立于漫无边际的静默，而许多树乘机生长，它们湮灭我的身影。

似一棵树，独自在风中吟哦，企盼以春的鲜嫩，唤醒冬天的秃枝。似生命的历程，从荒芜岁月，步入繁华节令。我躲藏在季节更替的身后，企图避开这一季炎热的酷暑，直接采摘众人翘首以盼的那一场如火如荼。

而冬的寒冷紧迫枝头，纷纷扬扬如叶枚飞舞。面对西伯利亚袭来的寒流，一个又一个凄迷的身影，战栗如鸟鸣，像孤独的战士陷入波涛恣意的汪洋之中。环视那片熟悉又陌生的天地，秋的绚烂早已褪尽，红的璀璨已莫名遁隐。终其，不知如何是我们的面对，不知如何又是我们的踪迹。

曲意雕琢的颂辞，或者矫情的记叙，在人世与我们的周围泛滥成灾。善与爱经常被赋予拯救者的责任，让来源于本性的自然章节首尾倒置。能扭曲的东西绝不是事物的本性，疏香悬挂于不为人知的角落，总有一些似有若无的力量，陪伴我们漫不经心的弥漫。

静默是对这个世界洁白无瑕的阐述与告白。仍期待我们触手可及的那些美，长久地保持一份姿态。如果一个人坚硬到忘记自然属性，如果一颗心冷漠到已了无人间烟火，如同没有生活气息的护甲，如何装饰，都不能给我们的身心蓄积到人世间的温情和热度。如同我们这个夏天遗忘下雨的天空，大地上尘埃飞逸。许多生灵形容枯槁，似浮世间魂魄出窍的行尸走肉，穿梭的气流成为带毒的粉刺，它没有目标地来回突袭，自己随时随地成为自己设计的陷阱。

是谁的声音娓娓碎碎，道不尽世间穿行不止的脆弱与无情。坚守是一种质地，即使以摇摆的方式也仍然可以摇晃地站立。一阵世俗的风沙，从生活的小道风驰电掣，让我们的重重心事飞沙走石，在物我相应的情景里颠沛流离。让我们的卑微无家可归，无地自容。

你专注地唱一首歌，反复重叠，深潜其中。仿佛情醉神迷，又情非得已。不是哼，字清词明如颗粒落盘，雨点滴答。如生命中的情节疼痛而鲜明。像一场酒逢知己的雨，明白谁将离去，与谁对饮。

音域沧桑嘶哑，又豁达淳厚。具有远山的凝重和沉静，蕴藉远山的思绪与清寂。仿佛远山掩藏我们需要的精神通道与秘密路径。二十年之后我才偶然知道这是你曾经的苦难。那是你真实的故事，没有刻意裁剪。

当我以树的身影，重新树立于湖的侧畔，湖已归于安宁，心潮深默如镜。一个身影与一个身影如同兄弟远行，如同远行而归。没有谁避讳生活对我们的百般愚弄，彼此的思绪云淡风轻，彼此的眼眸浮光掠影。我们围聚湖畔的天然石椅，围拢一些美好的季节与年轮，一些美好的心意。有一些异地的感触需要留存，有一些过往的记忆需要卸载。轻扬的手势在湖边划动一束束优雅的阴影，伸展与收缩忘情而有形。凝眸的眼神流光溢彩，此刻是一池闪烁而清澈的艳潋。谁扬起头，谁又无限憧憬地勾勒隐隐约约的朦胧诗结构，仿佛前路正因光芒浸漫而开始朗朗有声。生命的诗情不是流芳千古，扬名立万，是意念的追索，心灵的驱使。

我于是举起酒壶，像摇晃一面旗帜，对那些趋之若鹜的情谊以酒当歌。于是在这个湖畔，在这方心灵的家园，风沙浅舞，清辉随影。湖中的水草，浪荡而放肆，像一群莽汉蒙眬的醉眼，无法厘清苍茫大地模糊的意识。森林中的鸟鸣，衔起一堆靡靡之音，怎么注释都不像生活抒情的乐章。哭是心之远方的濡语，哭过的心灵如一枚翡翠，如一汪湖，洒落在莽莽林原。我们醉得一塌糊涂，在湖边的戈壁沙地，像一群哀鸣过的狼，一个身影又一个身影，鱼贯而行，如过江之鲫，黑暗吞噬我们无助的躯体。

一种幽灵趁黑暗的阴影潜入我们的生活。鸟鸣哆哆嗦嗦，失去白日的清丽。树一棵棵被依次伐倒，那些高耸入云而高傲自负的冷杉，被带毒的箭矢射穿年轮，岁月堆积的语言如一壶陈年烧酒，顷刻间香消玉殒。

所有雪峰下的冷杉都被戕伐，是一种怎样的情景。地球訇然发生大规模震颤，危崖峭拔纷纷坠落凡尘，人类的思想无一幸免地塌陷进去。唯有哭泣的眼泪，淌成身边这汪潟湖。唯有你，一个身影又一个身影，不绝如缕地照耀我的身姿。忠贞不渝地伏行，直至岁月的风貌与我们鬓丝禅榻，天荒地老。直到我们成为历史记忆中的文字与颂辞。

醒来时，我们听到一种天籁之音。孤独而遥远，深邃而寂寥。一阵兴奋勃然而起，那是，沙漠中的驼铃！无从辨识，它从何方来，又到何方去。它动听而孤独，在这沙海之中，除了偶尔凄厉的鹰鸣，还有谁为它伴音。就连这凄厉之音，也是一种奢求，也会激起驼铃昂扬的和鸣。面对沙漠，面对天穹，面对亘古的苍茫，我们听到驼铃，不知它从何方来，亦不知它往何处去。如一支鞭影划过的痕迹，在天空保持一线已经消隐的弧度与气息。如沙漠中被谁遗落的一枚心的姿势，恬寂地淌过绵润光阴。仿佛在为谁传导无形的指引，只要你的心不曾遗失，终究会听到驼铃的经颂。

就如哭过的兄弟，就如我们自己，就如我们的心。任何时刻，你也可能就是我背负的背影，响答尾随于可能的任何一个场景，或者姿势。

　　存在就是骄傲的道理。我们有必要把自己想象成一峰负重前行的骆驼，并且一路驮上孤独的铃声。

　　这正是我们踏上沙漠的季节。白草黄云，岁月流沙。一个身影又一个身影，就像提线木偶在阴暗的幕布后相伴相随，在人世困顿里崎岖而行。

　　就把哭当成我们最初的铃声。

写于 1996 年 10 月

古苗河之梦

以最清纯的胴体，在苗域，把梦揭开。

躲藏几十个世纪，过时的风雨，战鼓雷鸣，犹在耳边呼啸。

数千年的噩梦以魑魅魍魉的面目舞蹈。中原的太阳狰狞的脸，一刹那间，射破古中国北方宁静的胸膛。河流们竞相决堤，淹没无数子民鲜血横流的肢体。

无数子民在朝耕暮收的土地边缘，在中原的太阳破灭的边缘，在意识堕落混沌的边缘，在曾经的中原边缘，跪下一行行血与泪的诗歌，跪下一首首撕心裂肺的民谣。血腥与污浊，成为古家园最后的拼图。无论运用什么色彩搭配，都无法涂亮阴天霾海中的太阳。

那些身为战神的先驱，长髯飘飘如古诗文韵，被中原凛冽的风刺痛。苍黄面目被北方的风沙注释。桀骜不驯的坐骑，在黄河岸边的夜幕迷失。南向奔袭的猎猎旌旗，使清澈的河水面对苍天涌起漫天黄浊。

先祖的驱离使古中国的源头尘沙飞肆，黄浪滚滚。任凭几十个世纪的风雨飘摇仍无法抑制那一片瘴气飞砾。北方的繁荣从此成为梦中的碎陶。披荆斩棘，蹚过腥风血雨的黑水白河，鹰击毛挚，塑造史诗般恢宏的开疆之拓。从此歌者有唱不尽的迁徙，商贾有走不完的茶道，兵马有永不停歇的征程。

被江南喂养，被武陵收藏，梦想的图腾树立于莽莽荡荡之穹苍。林啸与瀑鸣联袂起舞，一阕磅礴大歌绵绵吟哦。

格调铿锵而低沉，气息激越却哀婉。当你们追溯至梦的地方，我们的心就会苏醒，河流就会苏醒。有神的指引会追随而至，群峰激越，万水欢腾。

精疲力竭之后，战神们禅居崇山深处，浑浑噩噩的夜幕劈开一道长啸。战栗的鸟鸣，与落叶萧萧，沉沉入梦。

武陵山头的日落日出，催生荆棘与野花竞相疯长。漫山遍野缔结的叹息之果，陪伴古歌疲惫不堪的餐云卧石。竹枝词残言断语随风逝，迁徙歌落花流水自沉消。

几十世纪沉沉暮霭气息弱，一梦入眠千古岁月失色调。饿殍遍野，流血漂橹，仿佛一支支魂不附体的队伍，在我们的路边成群列队，用以铺陈我们的道路又何其单薄肤浅，苍白瘦弱。无法叙述形销骨立的枯槁岁月，无法辩白排山倒海的恶浪浊流，无法伸展暗无天日的四面楚歌。

二十一世纪的钟声震荡古苗河厚重的梦境。宛若一场天翻地覆的盘古开天，涅槃的呐喊石破天惊。古苗河以雏鹰的形体原始的面目醒来，以明媚的天空峨峨汤汤的苗谣醒来，以暗香浮动的烧酒婀娜多姿的风情——醒来。

古苗之河，多少人的梦之河。你的醒来使我全部的感觉重新找到皈依。我是你一位平凡的后裔，我一直认为我的生命缺乏一种不可言喻的精气神。你的醒来，使我幡然醒悟，原来在旷古之前，我的某一部分意识就已追随你的那一声长啸入梦。我突然间热血偾张，如渴骥奔泉，浑身充盈创造的欲望。我们昂然面对每一波暑雨祁寒，每一场剑影刀光。古苗河以禅的方式告诉我们，瞧，一切黑暗的面纱都已被抽离，武陵上空的朝晖如彩旗挥舞，激情飞逸。起伏的崇山和紫霞之波随淳厚的气息飘飘欲仙，蠢蠢欲为。

你原始的面目如此清奇，揭去梦的面纱，你是梦边缘的彩虹。蹚过悲剧之波，你在岁月的前沿演化成无可拟喻的风骨。

山之脉，水之波，跌宕北方的雄浑。洞之奇，林之秀，跳跃江南的灵雅。嵯峨怪石，幽深峡谷，是万年之梦锻打的个性。飞瀑流泉，奇花异草，是千年悠居禅化的诗情。

古苗河，我攀临你，若攀援于迁徙歌的隧道中穿行。有古朴的苗谣和粗犷的山歌飘临，有深厚的精神将我浸染于你远古般的心灵。

古老的气息无须彰显于形，伏墨千里也可收于方寸胸襟。高声喧哗并不代表高深的道理，娓娓道来亦可参透千古意义。江南峻岭滋长生命的原料，江南崇山绽放原始的花朵。那时我们的河流有了名字，它先于我们到达，源于我们的思想，也源于我们旷古的融入，它义无反顾地成为故土一样亲切的河流。

江南的雨水冲淡北方的咸涩，古苗河的碧波洗亮我们曾经阴晦暗淡的哲理。古苗河的翻涌揉暖记忆，我们抡起古老之锄，我们种植苗谣，播种山歌，营运民族之河。

神话和传说，像树木覆盖每一座山坡。我们是坚韧的鸟群，用艰辛在每一座坡上啄食。用梦想的激情砍伐远古的檀木，用纯净的向往打凿民族之渡的船只。古苗河借用我们古朴的歌喉，而我们骑乘古苗河之波，将故事的根描述得源远流长。

我们从根部走来，古苗河浸染我们的四季，我们的双手和额角，泅漫古苗河脉动的温润。原始的杉木和古松，野性的土壤和季风，远古的我们包裹远古的头巾，在沧桑与古苗河的腹部蜗行。

苗谣源于河水的成分，干裂的层次构建悲情的呼吁。我们驾驶青涩的古船，没有航标，我们在阳光的缝隙偷摘神秘奶果。爱情和荒草一起繁衍，古歌与兽鸣一起飘摇，我们的花腔与岁月沧海横流。

我们切割兽皮制成鼓膜，尽情敲击生活的悲欢离合。敲痛野兽的心脏，我们在野兽的惊慌失措中莺歌燕舞，在潮起潮落中描摹兔起鹘落。

青鸟的鸣声在暗夜起起伏伏，像一场稠密的夜雨被古风吹奏。筒车旋转之后，秋千架搭起来了，我们的花带，织得像古苗河的浪花。接龙舞跳过之后，刀梯架竖起来了，我们的号角，鸣痛天空的眼睛。

石三保的义旗，革屯抗日的烽火，崇山星罗棋布的古战场。我们从苗拳苗医的精深里出发，我们从历史的裂缝出发，我们从古苗河的吟诵里出发，在抗日战场，在朝鲜半岛，我们战斗的激情像疾风骤雨的古苗河奔腾翻滚。

满目皆景，震撼我漂泊无定的踪迹。触目皆诗，激荡我日渐冷淡的青春。群鸟喧喧，流水咽咽，企图唤起远古的祖辈迁徙的回音。我幽居于古苗河深处，如夜憩虫冥然兀坐，亦情亦诗，任三跌瀑狂啸而下，随情感滑入流落远方的古歌。

我若攀援至神话中的神秘之地。古苗河，梦已经醒来，而我又掉入你千年的梦中。我循着你昨日的鼻息，追溯至梦的边缘。一千个问题像一千阕歌，我透过风问询千年间渐去渐远的记忆，唯有满谷满岭的奇景，回答我离奇的疑问。

古苗河，梦已经醒来，梦中的心在古老话里攀援而至。以安然淡定面对一切，熟悉，或陌生，明晰，或混沌，前世，或现实。醒来，就会听到一个民族充满自信的歌声。苗鼓敲响，接龙舞起，你正是二十一世纪的山水新娘，以奇异的图景呈现在世人面前。

阳光，在我们头顶念念有词。风声，在我们耳边朗朗上口。野花，在我们眼中簌簌绽放。

只有永恒的古苗河，像祖辈遗留给我们的一只渡船，日夜不停地叙述自下而上的哲学。我们乘之来，并在深邃的峡谷放歌，又一个世纪的风逐渐深入我们的生活。

写于 2000 年 5 月

惑巴与娅琅①的对话

——苗族赶秋传说

惑巴：我是一名猎手，我是一只鹰。我从北方
　　　的猎场一直向西南追击，我奋力追击一
　　　只鹰，我追击我自己的影子。我追击我
　　　的民族，我的民族从北方向南迁徙，我
　　　从民族的肩上支起弓，我用结实的肩膀
　　　支起弓。千峰万壑，莽莽森林。河谷纵
　　　横，波涛滚滚。我逾越武陵的奇山异
　　　水，流落淳厚的风土民情。我经常遗忘
　　　自己是谁，我不停歇地走，踏着谎江山
　　　的影子，迈开古歌谣的节律。在西南方
　　　茫茫苍苍的原野，白天，我是流浪的苗

---

① 惑巴与娅琅，苗族赶秋传说中的男女主人公，惑巴智
　勇双全，疾恶如仇，娅琅聪慧贤淑、美丽善良。阿玛
　和阿迷、阿纳，分别是父亲和母亲、兄长的称谓。纳勾
　和黛帕，弟兄和女孩，或男人、女人。谎江山，湘黔渝
　苗区流传民间的机智人物，是苗族智慧和勇敢的化身。

谣，而夜晚，我是一只野性的鹰。我从漆黑的暗夜中飞来，
从狭窄的古洞中飞来，穿越古歌的心脏，从先辈的古言哲思
穿行。我像一枚浑身是胆的箭矢，飞越古巷道，飞越古森
林，我在迁徙歌的血雨腥风中左突右奔，颠沛流离，翻越一
季季昏天黑地，一场场恶浪浊流。

娅琅：我是黛帕娅琅，我是蝴蝶兰的女儿。外婆唱过蝴蝶妈妈的神
话，蝴蝶妈妈是苗族的先祖。但那大抵只是一个神话，充满
神秘魔幻，在现实生活的九霄云外。而我只是洞边溪畔的一
枝蝴蝶兰，在四季的风情中萌芽，开花，并等待有情人驻足
观赏，或者在我盛放的时刻捎带回家。我的裙裾像蝴蝶兰盈
香舞摆，一场春雨过后，层叠的心事嫩蕊凝珠。我为情境中
的阿郎酿造美酒，一日酿一杯。我为梦中的阿郎唱情歌，一
晚唱一曲。我和吊脚楼下的溪流一同歌唱，山林中的小鸟和
我一同歌唱。白日，我在闺楼绣花打朵，夜晚，松节油摇曳
生姿，仿佛巍巍崇山之中谁在悠悠忽忽牵引心底的情思。我
是武陵深处的女子，有没有一阵风可以携香带语，我的阿
哥，他要把我接回哪条河畔，哪座山中。

惑巴：我沿苗河流域走九天九夜，我走过九十九座苗寨九十九条
溪。九千九百九十九磴跳岩是我心中唱不完的歌句。每个寨
子九名妙龄苗姑与我轮流对歌，唱输我得骑着我的马儿当上
门郎，我得在寨子里挑选一位女子作为我的新娘。我猎奇无
数，奔跑的麂子和鹿，翱翔的大雁与隼，平常是我亲密的弟
兄，当饥荒袭击，它们便以猎物的名义散发给贫苦穷人。我
的出猎像风一样传播，每个寨子都以迎接贵客的方式接待
我。唱罢迁徙歌，打起猴儿鼓，喝着大碗酒，我要追寻的伴

侣还是未唱出的歌，我要歌唱的词语沉吟在哪方角落？最醇香的苞谷烧谁来酝酿，最动听的苗谣等候飞翔。惑巴的心中为何犹豫彷徨，波澜无痕的心为谁伫立在苗河中央。

娅琅：苗姑是弥漫酒香的织锦，一季又一季，妖娆的花瓣依次绽放。阿玛酿造清醇的苞谷烧，阿迷纺织精致的苗布条，苗姑是阿玛和阿迷共同唱出的苗谣。黛帕成为一首音韵动听的苗歌了，长成一朵丰娆娇媚的蝴蝶兰，谁到你的小河边驻足为你歌唱，谁来你的花园追寻蜂吟蝶舞。阿玛和阿迷把黛帕留在阁楼，娅琅用苗歌的花腔穿针引线。娅琅把林中的鸟鸣绣进花带，把春阳中的桃花虫绣进花边。娅琅把浓郁的野菊香绣成香袋，把爱情绣成图案，娅琅是一朵淡紫色花绒的蝴蝶兰，阿郎是一只怪须丛生的桃花虫。阿郎在哪里，娅琅，荡漾的少女情怀，拜托鸟儿向谁传递？许多谜语搅拌娅琅五彩斑斓的情绪。阿迷呀，一只岩鹰俯冲下来，霎时叼走物件又飞上高空。像一枚箭矢射中谁的心意，那是娅琅晾晒在吊脚楼栏杆的绣花鞋！

惑巴：快看古苗河峡谷的上空，什么情况发生，一只岩鹰在枫林上空腾云驾雾，耀武扬威。谁家的山鸡被岩鹰叼起，惊起一路呼吁，仿佛古苗河的三叠瀑都加大了嘶鸣。惑巴举箭鹰落，一只绣花鞋掉落苗河畔的兰芷丛中。像所有的词语都盛开花瓣，像所有的诗情都匍匐氤氲。我的兰芷瞬间开放，灿烂铺天盖地，异香裹满峡谷。我的惑巴兄弟，你苦苦追寻的幸福，是一群远古的鸟鸣，我们的家园开始守望。季节丛中，萦萦情愫像春风得意而行，谁望见惑巴勃动心底深处的情歌。谁丢了一只绣花鞋，是谁，让惑巴风平浪静的心湖泛动涟漪。像春的古枫林，传说孕育了蝴蝶妈妈的古枫林，一切植物都在潜滋暗生。苗谣浸润我们纯净而冷漠的心，惑巴像一只桃花虫，在古苗河潺潺流韵里，以远古的姿态开始游弋。苗河呵，请做鞋的苗姑是一位少女，细密的针脚纳进一颗细致的心，精美的图案融入精美的心灵，明丽的色彩绣满恋情和期冀。让我成为夸张的桃花虫，在蝴蝶兰的羽翼下营造春水盈盈的相思。

娅琅：深夜的月光泄进我的心底，谁的思想牵绊我的意境。一场甘霖温润大地的心扉，一阵馨风灌满幸福的情意。花园里芭蕉叶簌簌作响，蝴蝶兰的野香密布深夜的思绪。我真想织布，我真想歌唱。嗒嗒作响的织机，纳入我轻柔的心事，没有一件事如此充盈着希望。阿迷呵，你这纱线这样平滑，就如我少女的心扉，在如丝如缕为谁纺织未来的衣锦和爱情。我纺织一丛开放的蝴蝶兰，簇拥的花朵弥漫疏香的波纹，五彩的花蕊，恰如洒满少女情怀的粉翠。蝴蝶轻歌曼舞，蜻蜓瞠目结舌，想不起这是一个什么样的神话世界，自己在不经意间闯入这个不该迷入的境地。阿迷呀，我把自己的脸织得通红通红，我把心跳织得哐咚哐咚。如一朵娇羞的蝴蝶兰。如一朵蝴蝶兰，在春水盈盈的溪畔，用苗谣奇异的情韵，催开五彩缤纷的霓裳。我默默静立成吊脚楼千年万年不老的情景，我的眼神如春水盈盈，蓄满翠谷中各种啾啁的鸟鸣。我默默静立成古老的风景，我少女的心是那扇民族的窗口里闪闪烁烁的娇媚。

阿纳：惑巴兄弟，我们的筒车旋转了多久？我们的苗河畔，筒车的象形语言，不停地吱吱嘎嘎，叽叽喳喳。我们崎岖而漫长的旅程，我们狂澜而曲折的心路，一场挽歌时常令天空彩云飞絮，一支接龙舞能让干涸的土地动容。哪一条路几千年也没有走到家园，哪一首歌几千年还没有唱到尽头。越古老的句子，越支离破碎，像残损的落叶，像仓皇的日子。岁月给我们铸造了精神的内涵，像筒车与苗鼓，苗谣与烧酒，苗绣与银饰，一些用血脉勾勒的刻度与象征。时光的金线，丝丝缕缕，穿越我们的天空。亲爱的惑巴兄弟，我们的苗河淌过多少泪水和痛楚，多少幸福和欢乐。雪花飘飞，苗河两岸，升腾袅袅炊烟。翠珠飞溅，苗河的水浪，翻滚无尽的渴求。春节到了，惑巴兄弟，你想象的姑琅叫娅琅，是苗河边仙姿雅韵的卓著之女，是峡谷深处蕙心纨质的天然芬芳。春节过后，我就会将她带到你身边，在赶秋节上，你收获真真切切的幸福。我仍将是一座寂寞的塔，瞭望你们的幸福，我内心减少疼痛。即便我不可抑制滴下泪水，我仍旧万分充实，惑巴兄弟。委屈和痛楚又算什么呢，只要我们的记忆里蕴含更多的幸福和欢乐，就像我们赶秋节上的魅影和歌声，像你瑰丽却峭拔，迷人而忧伤的传奇。

惑巴：丰收在石缝边开放了。苞谷烧在秋日间开坛了。单薄而瘦弱，是一腔让我们欢欣过后就黯然神伤的孤独。但依然是一种欢乐，不应该让艰辛和泪水将顽强的种子埋葬。艰辛不是欢乐路上的针针丛棘。而欢乐是艰辛路上的灵丹妙药。那些自生自灭的野山樱，漫山遍野，怡然自得，它们的盛放是武陵山最美的光景。我们的迁徙歌含满悲怆的泥沙，可我们一样涉水蹚过万水千山。光有悲壮并不能成就伟大的行程，我们的心必须充满爱，而且与欢乐同行。我的负重前行的诗人，你瘦弱的身体和混浊的眼睛，使我抑制不住放声哭泣；我的蓄满沧桑的歌者，你那嘶哑的嗓道，使我想引吭高歌时，突然间天地狂风大作，败絮纷飞。在丰收的边缘，在我们心路的边缘，在我们爱人的边缘，仔细瞭望我们可爱的秋千吧。它有风车的原理，有筒车的形状，它旋转自如，充满自由和野性。它搭在哪里，都那么像一个民族的文化和生活的象征，它立在哪里，都那么能舒扬一个民族的个性。看看我们的秋千吧，它是我们民族的史诗，它诞生于爱和生活的源泉，是三十六师、七十二匠智慧的结晶，是一部民族的思想史和哲学史。秋千架上翻滚浩瀚的内涵，转动很久很久以前为开场的年轮。它源于一只秀美如诗的花鞋，源于对生活和美的讴歌与热情，源于对爱情的渴盼和执着。那一只花鞋、那一颗心，谁人知它的根底，谁人懂得它的情分，谁人能与她成双配对。它空荡的支架上，如我空荡的胸襟，谁的歌声来填充我空白的坐椅。

娅琅：传说中的惑巴，是苗乡一只俊美的雄鹰。年过三十的惑巴，他的生活是苗疆姊妹传唱不绝的一首歌，一首跌宕而神秘、绵柔却魔力的歌，仿佛一只遥远而野性，温馨与离奇的鹰。歌者惑巴，猎手惑巴，行动者惑巴，思想者惑巴，姊妹们的梦中情人惑巴，像一个扑朔迷离的神话，像一处引人入胜的风景。谁给你做满襟衣服，给你织花腰带，谁给你打格子头帕，绞布扣子。哥哥惑巴，你有没有蝴蝶兰妹妹，有没有像春阳中怪须横生的桃花虫哥哥。姊妹们聚集吊脚楼，成天练对歌，谈秋千，讨论做一只美轮美奂的花鞋，想象每个人盛装摇曳的身姿，优美荡漾的未来。即便挑下圩场所有精美的绣花图案，谁能绣出传说中的花鞋，谁的花鞋又能成双配对。姊妹们花鞋做了一只又一只，一只比一只精美，大家相互鼓励，相互媲美，相互打趣。看英雄惑巴，梦中情人惑巴成为谁的阿郎哥哥。娅琅不说话，娅琅低头怀想自己的未来。娅琅开始做模糊的梦，梦中的阿郎长着怪胡子，娇艳的蝴蝶兰开满山涧，奇异的气息浮满吊脚楼阁。十六岁的娅琅，羞答答的娅琅，蝴蝶兰妹妹娅琅，在涧水中照见十六岁袅袅婷婷的倩影，突然吓了一跳。那水中的人影分明不是静心织布绣花打朵的娅琅，不是静静开放淡淡幽香的蝴蝶兰妹妹娅琅，而是传说故事中惑巴哥哥的情人，是停靠在怪胡子上的一只粉蝶。

惑巴：看起来，是否有些奇异？这令人感动的秋千，它的思想是怎样地集合苗族历史的兴衰荣辱！八人秋，十六人秋，甚至三十二人秋。一排纳勾，一排黛帕，或者纳勾黛帕插花坐。秋千飞转，吆喝叠起。彩装飞舞，盘歌飞声。多少爱情在秋千上诞生，多少思想在秋千上凝聚。歌者啊，让思绪随秋千飞旋，随天地日月转动，亮起你的歌喉，敞开你的胸襟，紧紧抱住民族的爱与恨，历史与未来。要哭就哭吧，拥住我们亲爱的秋千，在亲人面前，在情人面前，在朋友面前，把通天彻地的思想用我们的苗谣娓娓道来。像武陵山中一条小河幽幽倾诉，我们秋千的道上，流满泪水，也积溢幸福。厚实的平声，凛冽的花腔，都在我们的记忆中风雨穿行，如豪迈且壮美的民族之旅。在立秋，我们的心集体欢乐，集合男女老少，集合民风民俗，集合历史与现实，让我们以秋千的名义集合，并从这里起步，开始边吟边舞。时间不能改变我们秋千的模样，不能改变我们的赤胆忠诚，坚韧并欢乐地旋转，以不顾一切的姿态凌厉前行。

娅琅：外婆是所有苗族故事中最慈祥仁爱的形象。我的娅琅不去秋场领回一位姑爷我就不当外婆了。水灵灵的娅琅，楚楚动人如一首纯洁的情诗，皮肤白嫩如苗河水制成的嫩豆腐，她的心地如熠熠发光的金子。外婆不厌其烦叮嘱娅琅，外婆明白每一条前进的道路都陷阱密布。过白水河要抹一把脸，脸蛋会白得赛过白水河浪花。过黑水河要梳一梳头发，就像古苗河的瀑布染过乌苍油。过火麻沟要放裙裾绕，不让火麻的粉刺接触娇嫩的肌肤。过牛屎塘要巧妙地提起花裙，避免污秽的味道沾染裙上的花朵。每一段路程皆险象环生，每一道关口都惊心动魄，每一道难题都在考验坚韧和智慧。豺狼虎豹，曾在我们的迁徙中抱头鼠窜，魑魅魍魉，曾在我们的生活中如影随形。是不是所有深刻的幸福都在危机四伏中孕育，那么我们宁愿要平平淡淡的日子。但面对危机，每个人都应该迎面出击。柔弱的娅琅在险境中展示出战士的气质，一一化解行进中的一道道机关。赶到秋场，娅琅的心事逐渐平息，平静而势不可当。盛况空前，姐妹们簇拥娅琅走向秋千，像精心编排的篇章。锣鼓喧阗，掌声雷动，仿佛故事的主角翩若惊鸿地降临。娇羞的娅琅最后坐上秋千，最后唱歌，就像压轴的节目在隆重的时刻闪亮登场。明明媚媚的娅琅，清清爽爽的娅琅，羞羞答答的娅琅。在情海歌山中恍恍惚惚的娅琅。蝴蝶兰妹妹娅琅，看见秋千架了，看见哥哥惑巴了。娅琅看见怪胡子了，桃花虫哥哥深沉的眼眸，俊朗的面容，娅琅看见怪胡子长在他流眉送眼的情意中。娅琅唱出花鞋的故事，还唱了桃花虫哥哥的怪胡子。在秋千上，娅琅的心事痴迷地旋转，情随意动地歌唱。我的惑巴哥哥，我毫无奢望，只是我的外婆要让我来赶秋。只是我的花鞋你一只，我一只，皆毫无意义，索性这一只一起送给你吧。这伟大的秋千，也不送给我一人，我以姐妹们的名义请求，每年的立秋，都将它立起来，让欢乐和爱情随秋千世代旋转，奔流不息。

阿纳：惑巴哥哥，又一个新千年的钟声敲响。我履行我的诺言，我将幸福交到你的面前。我知道，我们古老的历程中，每一束幸福都有一个悲剧性的情节，或者每一波欢乐都伴随一次驱之不散的悲苦。所以，我不愿再叙述下去。我隐忍对罪恶与不幸的追述，是想让我们的秋千永远快乐与幸福地旋转。你想象到此刻我泪流满面地幻想你的模样。是因为有时候孤独就像武陵山的顶峰，总想有人携手同行，放肆地歌唱，以及大碗地喝苞谷烧。那泪水并没有悲哀与痛楚，是一种侵心入骨的感动。你想象得到数百年，甚至上千年后，我们的秋千花枝招展的形态吗？我的奶奶是一名歌手，在我很小的时候，她唱一句讲一句，给我叙述赶秋的传说。当我坐上秋千，却始终只吼得出"妹妹你坐船头，哥哥我岸上走"，或者"妹儿丫头你莫走，唱首歌儿把你留"，立即引起满场哄笑。请不要责备那些善意的笑，秋千从它诞生的那天起，就不断地融入时代的脉搏和思想。无数的惑巴和娅琅在秋千的行进中踏着先祖的足迹，不断地寻找和追索幸福，不断地开创民族的新气象。今天，我以我的方式来记录惑巴和娅琅，叙说苗族秋千的传说，就是对民俗和民族哲学另类的承继和探讨。我之所以勇于大胆地这么说，是因为惑巴赋予了我们这种责任，而我们每一个个体也就是一名时代的惑巴。

写于 2000 年 2 月

一个人的城市

　　我和市委宣传部年轻的时部长几乎同时到任。在班子会上第一次见面我就直截了当地问她某乡贵寨。问到这么细致，因为之前早有熟悉。她忽闪大眼睛，略带戏谑又毫不含糊道："牛角市，不陌生吧，名声在外。"

　　确实是个似曾相识的地名，数次被人无意中提及。不过每次都只触摸个棱角梗概，不久便在印象中自然消散。仿佛童年时代每一头从身边走过的牛，它的犄角几乎留下大同小异的印象，只是那时节的某一天毫无特别的一个场景。

　　牛角是湘西的一个苗族或者土家族村落，这样的寨子湘西实在太多，叫这个名字或有这个别称的村寨有多少，没有谁统计过。湘西少数民族聚居，土家苗寨星罗棋布。我要说的牛角寨，它的不同在于，它坐落在峻峭恢宏的武陵峡谷台地之上，这里是峡谷的最佳观测点，地势跌宕起伏，寨子里的人家就势建在峭壁边缘，木楼吊脚，飞檐走壁，自成一番绝景。峡谷间每日云蒸霞蔚，气象万千，俯视之下，千峰万壑，神秘叵测。但在困难时期，这里却是穷山恶水的绝佳代言。突然置身此境，疑似天下之中刚刚经历一场史无前例的天崩地裂，仿佛君临的正是一派无以复加的尽头之地，所观所感与过往大为迥异。

美丽妖娆的时部长老家正居于此，长年临断崖幽壑，自然目含万峰之岫。峰林抹云，深谷蓄翠。景到极致且能怡情修性，颐养身心。女部长一番凌厉俊俏，被誉万人迷。

故事发端于二十世纪六十年代。自然我们都还未出生。这个悬挂在绝壁边缘的小寨子，有一天突然吹吹打打，锣鼓喧天。百里苗乡，乃闻名遐迩的民间文化艺术之乡，逢年过节聚集闹热乃稀松平常事。让五里八寨摸不着头脑的是，这个日子非年非节。一打听才知道，是寨子里的帅小伙石远志当兵了。那是多大的荣誉，如何闹热都不为过。那天晚上牛角寨破天荒地放了一场电影。石远志还未出征，就显得像一位英雄，昂首挺胸，光芒四射。

铺垫这么长一个引子，不知道还以为我准备写一个大东西。其实不然。有一段时间我非常厌恶这个与牛角关联的题材，把它冷落在桌面，与我初始的心境大相径庭。于是这之前的一段文字和今天，已经相距十数年。如果电脑中存在土壤或温湿度，我估计多半已经霉变或扭曲。一个偶然时机我又重温一遍这个故事，是乡里的人大主席给我复述，样子不会走多远。那天我突然心灰意懒，感觉这个故事也只是斗方名士之流的诌牙闲嗑。那么多人传说它，一定有它的精神，或者说魅惑。可我觉得百无聊赖，没有别的，只是很无意趣的迷茫。如果你那天和我在一起，一定也会感到索然寡味。

实际上那天心情特别好。又是牛角寨一年中最秀美的季节。一场春雨之后，早春的山花芳容四绽。峡谷间云雾缭绕，牛角寨附近的山头挤满白的、粉的山樱花，十多公里的山谷，山樱树像特意培植，形成蔚为大观的樱桃谷景象。许多城市的私家车携家带口，趁周末来山谷放松心情，欣赏美景，或郊游采风。有灵性的雾或柔和或淡雅，与盛装的樱桃树缠绵悱恻，在青天白日下极尽妩媚之事。

乡里的龙主席是武装干部出身，是我多年的老朋友。那天并没特意要龙主席陪同，我和军分区干部科长即兴而来，没想到就在路边碰到他带领群众栽植樱桃树。多年未见，龙主席热情洋溢，执意为我们带路。"我知道路线怎么走最漂亮。"他说着利索地钻进车。龙主席又是本地人，说起牛角市自然如数家珍，便一路给我们讲着此地的风景民俗与逸闻轶事。

二十世纪七十年代初的一天，湘西州府吉首别别扭扭地走着一对年轻人。男的叫成兵，女的叫花妮。花妮嘴里不停地嘟嘟哝哝，含混不清，仿佛喉管中卡住异物。心中的愤懑积攒到爆发边缘，她于是粗声粗气地放开嗓门吼叫："大城市哪有这么远，还不通车？狗娘的骗个鬼人哩！都走了十天半月，快半月哪。"女人心有不甘，边吼边跺脚，仿佛光凭两片轻薄的嘴皮已经不够她发泄怨气。男的打气道："跟你说你也不懂，没文化还要犟嘴，大城市都是相互离得远，你见广州和上海连在一起吗？也没有人说不通车，只是山路弯弯绕绕，那还不是地形险要嘛。"那时吉首还被人习惯叫所里，清末镇溪千户所遗留的称谓。吉首当州府十余年，一条河边扯开两条街道，算是城市的居民区兼商业中心，上两层的楼房都没几栋，大部分还是木房瓦舍。他们的对话不断吸引人们回头眼光，大都带着狐疑的神情。仿佛正流露无言的疑问，除了支援湘西建设的支边干部家庭，这两个操着外地口音的年轻人面相生分得很。

　　成兵捉住花妮撒气般来回使劲甩动的手，花妮就把劲儿顺势往下放到屁股，夸张地扭腰摆臀。成兵说道："也就百十里路了，坚持坚持。毛主席都说坚持就是胜利，最后的胜利往往在于再坚持一下的努力之中。"后面一句是成兵在部队政治课用心背下来的，没想到还没回到老家就派上用场。花妮问别人，知道牛角市还要走多久不，别人都惶惑地摇头。成兵心急火燎打断她的问话，说他们怎么可能听懂你说的话，叽里咕噜，鸟语一般。这话不假，问的几个人不是老就是小，确实没听懂她说的意思。他们在吉首宿一晚。成兵说第二天早上出发，就是脚板走路，后天天黑前也能到达牛角市的城郊。还有城郊，就是州府吉首，也就半个小时就能全城转完一圈，你说牛角市是不是大城市。吉首还是县，二十世纪七十年代，能叫市的没有几个。

　　还有一两天时间就到牛角市，花妮忍不住偷偷兴奋。这一路她失望了几次，一次比一次沮丧，加上舟车劳顿，她发了一路牢骚。女人一生气，成兵就低眉顺眼，和女人形成反差，他不但没计较女人絮絮叨叨，甚至心里还偷着乐。随着路程的行进，他的心思才变得凝重起来。想着这一路的情景，就像上演一出情节迭起的戏剧。

　　当绿皮车咣当咣当穿越南岭隧道，成兵兴奋地说，火车已经到达湖南的地盘。成兵几乎是吼出这一声。成兵和花妮不一样，成兵五年前坐了一天马车下到县城，换乘东风大卡车送到吉首集中，然后几十辆车浩浩荡荡送他们这一拨兵到怀化，在那里转乘火车，像蒲公英散花，一阵秋风吹过，几千个新兵几天时间分散祖国的各个角落。成兵被火车拉到雷州半岛。他从来不后悔当兵，也不后悔分配到粤西，很大一个原因就是认识花妮。花妮有些莫名其妙地盯住成兵闪光的双眼，不明白如何值得他这般兴奋。成兵当了五年兵，有点衣锦还乡的味道，尤其是，当然甚为重要的是，还捎搭花妮这位珠圆玉润的姑娘。几天后，这将是一条爆炸性新闻在全公社传播。如此这般地想象，成兵满腹自豪感油然而生，想到高潮精彩的情景，他甚至喃喃自语，热血偾张，火车驱动巨大的声响，都仿佛是为他伴唱或鼓掌而已。

车在衡阳停顿，车站里外人头攒动。花妮远眺灯火闪烁的城市，问成兵："牛角市比衡阳大不？"成兵想花妮说话怎么喜欢捎搭个"不"字，是谦虚还是那方人的口头禅？总之出奇地别扭，而且显得小家子气。车厢里人声鼎沸，上下车的人相互吆喝，成兵四处瞅瞅，谁也没注意谁。花妮坐在成兵的对面，成兵伏在桌面眨动双眼坚定地说，我那个市比衡阳要小，但也小不了许多，衡阳是湖南第二大城市，我那个市排在后面几位，在全省也数得着。他说话的语气类似于以新中国成立初期为背景的间谍片中，国民党的残兵余部在暗地里接头，带有点诡异色彩，声音小但斩钉截铁不容置疑。花妮发问的第一闪念，成兵正要脱口而出"那牛角市自然要大得多"，可转瞬间成兵就意识到，衡阳多大的名气啊，瞎话可不能瞎说。花妮乜斜成兵一眼，有些不满，那些人老说起衡阳，衡阳也就是这个样子，还说你那市多少万人，还不如衡阳，就知道吹嘘自己。花妮是自言自语，语气严重空虚，她心里也是这么思忖，城市小点就小点，谁还不说自己的城市好，情人的眼里都是西施，老家那豆大的小城，我还不是从来没嫌弃它小。花妮在想，我重点又不是冲着这个，成兵是城里人，我又没文化，还是个孤儿，公婆会不会喜欢我。这么想，花妮心里还真的忐忑起来。

花妮知道去牛角市要经过省城长沙，长沙再过去就得搭乘大客车到洞庭湖坐船，船到常德上岸，再改坐客车一路向西。到长沙时花妮就问成兵，还有多远？成兵掐了掐指头，蹙眉默然一会儿，像算命先生郑重其事的模样，把数算到个位数，七百九十一公里。花妮尖叫起来，仿佛面对的是一个难以置信的天文数字，或者前程是难以逾越的一堵墙。于是她有些气急败坏地吼道："那还不得好几天时间，要坐死个人哪！"成兵心里窃笑，但却不动声色地安抚花妮一阵。花妮的心仿佛就是为了得到安抚而生的，一说道高兴的事，就欢天喜地了。

那一晚他们宿长沙。男女共宿就坏事。花妮没有抵挡住成兵的死磨烂缠，简直就是一副死乞白赖相！多年以后花妮想起这一出，还恨得咬牙切齿。不过花妮那时候不是这么想，成兵堂堂一个帅小伙，还是退伍兵，又是城里人，城里人家就算条件不殷实，肯定也差不到哪里。所以过程也就带有半推半就的性质。这一发就不可收拾，成兵还以带花妮在省城多转转为由头，乐不思蜀地在长沙多住几日，整天与花妮耳鬓厮磨。原本成兵说好带花妮看望在省城工作的一位远房长辈，但走到巷口成兵就打了退堂鼓，成兵掂着手中的一提水果，有点嫌弃，说这礼物哪里像一位光荣的退伍兵带给长辈的，还是下次再去。其实成兵心里敲锣打鼓，担心的是花妮在长辈面前口无遮拦，自己吃相难看。那时，人的社会交往很狭窄，单纯的视野容易变成一条线。女孩变成女人，就依赖男人了，就认定这一辈子跟定他，还尽情畅想美好未来。幸福让人容易忘却忧郁，也让人容易满足，路途劳顿暂时烟消云散。

船行缓慢，好不容易在远处闪现出城市的烟火。花妮睡眼惺忪中惊叫起来，到了到了，我看见牛角市了！她清越的叫喊穿越机油船突突的柴油发动机声响，半船客人的眼光唰地向她扫射过来。成兵诚惶诚恐打了一个激灵。说哈宝，这岸上是常德市，主要是绕道行船，这从长沙到常德直线也就不过二百里距离。成兵待花妮安静下来，便捧着她的头轻摇，用一句粤语低沉而婉转地说，牛角市比常德要稍微大些，是那一带的中心城市。反正已经成为这个男人的女人，急切也无益，花妮于是闷闷沉沉跟在成兵身后下船，就像一只无精打采漏气的跟屁虫。

常德到湘西的大客车一天一趟，只得等到第二天上午出发。成兵说，别看牛角一乍听这名字，心里发悚，好像是大山旮旯里一处鸟不拉屎的小地方，其实不然。从常德过去数十里，就是连绵大山，无边无际，小日本就在这里被打趴喽。牛角说明什么？险要，牛犄角就是牛一身最显摆的地方。牛一骄傲，就拿一对角说事，耀武扬威，不可一世。可以说牛要是没了角，就像男人没有了阳刚，成兵突然嬉皮笑脸，用手指了指裤裆口。花妮赤红脸低头不语。成兵继续说，那说明什么？重要啊，兵家必争之地，要不然小日本在大半个中国横冲直撞，一靠近这里，就散了架，哈了腰。牛角市啊，就是那一带的中心，繁华！虽说谈不上鱼米之乡，可是吃喝不愁，你就没见过湘西人在外面靠乞讨度日营生。花妮想想，这年头碰到的乞丐不算少，确实没有湘西人，就没有反驳成兵。花妮还想，吃喝不缺就是大事，不像之前，为了吃上两口饭，到处漂泊流浪，食不果腹的情况也不在少数。大山谁没见过，有山的城市还不缺柴烧饭。这样，花妮在想象小家庭的无比憧憬中幸福地酣睡。

大客车半夜抵达吉首。山确实大，老家的山摆在这里只能是小巫见大巫。花妮住在饶州城，虽然饶州也是山城，但那时花妮小，没有与山直接亲近的经历，没有与山贴得这么近过，自然也谈不上好恶与感情。山脉重重叠叠地延展，硕大的躯体横蛮阻断一切视线，崎岖山路蚯蚓一般在山体里蠕动盘旋。这天花妮痛哭了几次。
一次是车子颠簸时她的头撞上车皮，肿了一块包，忍不住疼得哭起
来。这只是一个引子，她想到前途未卜，这大抵是跟一个男人昏天
黑地瞎跑，还不知道结局如何，想到早逝的父母，勾出伤心事，悲
从中来，稀里哗啦不可抑制哭出声。第二次是车爬到武陵山的一座
高峰，悬崖峭壁，坡陡弯急，而仿佛要散架的老式大客车，吱嘎怪
叫，东摇西晃，车轮贴着山崖如履薄冰。在花妮看来，客车几次差
点就晃进深谷，吓得她花容失色，心慌意乱，惊叫间眼泪鼻涕滚滚
而下。翻越这一道武陵天险，花妮也不顾得车上坐着其他乘客，拼
了命一般凶狠地擂打成兵几下，像击打一只人肉沙包。花妮号啕大
哭："就是你，你这个烂良心的骗子，把我骗来这个地方，穷山恶
水，把我都吓出心脏病来！"成兵哎哟哎哟地叫，紧紧抱住花妮，
让她动弹不得。

　　成兵和花妮都读到初中，不过都没读完。成兵是因为家里穷，
兄弟姐妹多，盘不起。花妮的父母是中原人，南下参加建设的干
部，所以给她起了带着北方味的名字。花妮是独女，是父母的掌上
明珠，父亲在"文革"期间罹患肺疾离世，母亲其后也染上重疾。
饶州没有其他亲戚，母亲去世前将花妮托付给嫁到广东的堂姨，这
个堂姨年轻时和母亲的感情最要好。堂姨毅然担起责任，从饶州将
花妮带回广东。堂姨家养了一堆小孩，堂姨对花妮再好，日子也过
得牵强附会。花妮还经常被那几个年龄相仿的老表排挤，在家里她
总是做得最多，得到最少，小小年龄饱尝人在屋檐下的滋味。成兵
的部队驻扎在花妮堂姨家附近，那一带农村遍地种植甘蔗，成兵和
战友在课外时间帮助生产队砍甘蔗，认识了正在劳动的花妮，就找
机会开始和花妮约会。我们附近的女孩对兵哥都有好感，生产队有

两个女孩前两年同时跟退伍兵走了，还是我的好姐妹。花妮告诉成兵这件事时，成兵心里就有了谱，临近退伍的边儿，天天算计如何将这个女孩带回湖南老家。部队严禁战士与驻地女青年谈情说爱，成兵进行得很隐秘。当然，复员了，身份又变回普通群众，那就另当别论。

从吉首到牛角，要经过一段险道。这截路径始筑于国民党退守大西南，垂直高度超过七八百米，十余道急弯，加起来十余公里长，筑路时牺牲了几十位民工。是一条名副其实的挂壁公路。到山脚时，想着车子要气喘吁吁爬上这一堵壁立的山崖，花妮就开始紧张，她一手箍住成兵的脖颈，一手按住突突跳动的胸口。花妮带着哭腔又极委屈地呜咽："这鬼地方，小日本不趴才怪，他就是有本事进得来也出不去！"一派童言无忌，急不择语！仿佛当年打败日本鬼子，多半依赖了武陵山、雪峰山的天堑屏障。即便如此，那也说明这地方连山都爱国深重，跟人似的，铮铮铁骨，爱憎分明。花妮甚至吓唬成兵，你把我骗到这地方来，要是还欺负我，我就从山崖跳下去！花妮把这一句狠话刚送出嘴唇，立马悔青肠子，老辈人非常忌讳在事关重大的时间节点胡言乱语，生怕一语成谶。

虽然不是自己走路，花妮双腿哆嗦，脸色惨白，语无伦次。她感觉自己使的劲一点也不比车子爬坡的动能少，仿佛一松劲车辆就会像煤井里的吊篮滑丝坠入万劫不复的深渊。成兵态度诚恳，说只要你肯留下来，谁也不会欺负你，我也不会让人欺负你。花妮像神经突然受到刺激，爆发歇斯底里的尖叫："我不留下来我还出得去吗！都怪你这只癞皮狗，癞皮狗！"女孩骂人癞皮狗，是很严重的词语，不过成兵的母语是苗语，对癞皮狗的骂人语不是特别敏感。也许成兵也感觉自己确实就是一只癞皮狗，甚至更坏。车子自从进入湘西地盘，成兵的负疚感越来越重，他甚至想到自己是不是伤天害理，但很快，他又善解人意地开脱自己，找婆娘的事谁不会自私。再说，也不是抢着绑着来的。为了心理平衡，成兵一边寻找理由，一边暗地里给自己下达信条，只要花妮留下来，就一辈子对她好。

人的一生会发生很多事，而人经常无能为力。花妮已经快满十八岁，这之前的日子，她都是跟着命运打转，就像群峰之间的一股弱水，只有在既定的沟壑里流淌。到她发觉自己开始有能力改变时，她决定赌一回，于是毅然跟成兵回湖南。为了不让堂姨撵上，她让人两天后再把留言条转交堂姨，大意是感谢堂姨养育之恩，告诉堂姨她跟一个退伍兵走了，是自己选定可以依托一辈子的男人，安稳以后再报答堂姨的恩德。她甚至连去向都没说，可见去意已决。成兵是设局人，自然洞悉前后经过，让他纠结的是他也掌握不了事情的发展。花妮肯不肯留下来，自己会不会伤害这个善良的女孩，并最终竹篮打水，均不得而知。越临近牛角，成兵心里的石头越沉重，仿佛心壁上也横七竖八地长起一根根锋锐的荆棘条来，不断鞭打和刺激他的意识。

成兵吆喝司机说下车。并把行李一咕噜扔到路边的草丛间，自己利索地一跃而下。花妮懵懂地跟着跳下车，慌乱间打了个趔趄，站稳后直接冲过去一把拽住成兵，狐疑地质问怎么在荒山野岭下车，鬼都见不着一个！成兵心虚，说不急，再转一个山头就看见牛角，反正行李也不多，不如步行，我给你聊聊家里的情况。成兵于是不再让花妮有插嘴的间隙，把家里的七大姑八大姨一股脑儿报上，听得花妮像刚刚经历一场语言的惨剧，一脸迷茫，一头雾水。

在一道小峡谷豁口，出现一条稔熟的山道，像条蛇一样很快钻进密不透风的山林。成兵示意花妮往山道走。花妮目瞪口呆，心里疑惑重重，一边使劲地跺脚，一边厉声呵斥。"成兵你跟我说清楚，这大山顶上会长出一座你说的牛角市！狗日的东西，你是不是成心欺骗老娘！"花妮的生活经历让她学会自我保护，骂人的陈词滥句需要的时候也是信手拈来喷薄而出。成兵只得低眉顺眼点头哈腰，极尽百般奉承，像小孩做错事，态度端正而谦恭。说这不大山嘛，公路惊险得很，看你之前吓得屁滚尿流，我是打心底心疼你，再说走山道近一半路程。花妮暂且将信将疑，于是又走，一路数落，好像这个地方天生欠她花妮的礼数。

这时节正长着红艳艳的火棘果，开着黄灿灿的野菊花，似乎漫山遍野。但花妮毫无心情。她面前的谜团等待揭晓，这事关她一生的幸福。任何事，不都是冲着幸福两个字嘛。瞅瞅四周无人，成兵雄浑地吼叫长长的一声。这一声没有词汇，就像一首无字的外文歌，拉得人心里波澜起伏。这一声突然让花妮感动，它来自心底，虽然花妮不知道成兵想表达什么意思，但这应该是有情分的男人心里的呐喊。花妮虽然文化不高，跟堂姨到广东后，上了一个学期初一就辍学，和表姐一起把读书的机会让给几个小表弟表妹。但人在屋檐下，察言观色，心思敏感，善于捕捉生活中的细节，由此她也看准并断定，自己跟的这个男人坏不到哪里去。这么想想，计较牛角市的大小，环境的好坏，就不那么揪心。又走走停停，走到暮云合璧，再到天空完全漆黑，转过一面山坳，前面出现了很多晃动的火把。

成兵朝火把处吆喝，叽里咕噜，花妮一句也听不懂。只见对面的火把晃动得更加激烈起来，人群发出欢呼声。成兵说那是欢迎我们的队伍，你在这块石板坐坐，我去接火把过来。仿佛不敢直面花妮的任何问题，成兵转身朝人群的方向快速奔去，隐没在黑暗中。除了闪烁的火把，夜很静，很暗，很深，地球似乎黑成一团窟窿，黑得让人胆战心惊，他们仿佛走到了天的尽头。花妮知道，这里就是牛角市了！这些火把就是成兵描述的牛角市的灯火辉煌了，也许那群举着火把的人员，就是牛角市的全体市民了。这个城市的市民都操着一口流利的外语，花妮一句也听不懂！这真是一座长在天上的都市呀！花妮恨死自己，那么大的一座城市，地图上也该标有一个点。花妮经常自诩聪明，在一群老表中周旋，斗智斗勇，并不见得落下风，而这么点常识，竟然被忽视，不是世界上最大的傻蛋是什么！花妮泣不成声，在石板上蜷缩一团，就像一只刚从烂松节中爬行出来的松虫。她感觉世界混混沌沌，茫无边际，意识一片苍白，而她自己仿佛被掏空隐藏在身体内的一切物质能量，只剩下一副皮包的躯壳，瘦弱而无力，随时都会烟消云散一般。

花妮连续两天不吃不喝，算是抗议。成兵走到床跟前，她就别过脸去，心里充满厌恶，仿佛面前站着恶魔鬼怪，不忍卒视。那天晚上众人打着火把，男女老少列成两路长长的队伍，准备隆重地迎接花妮。结果发现花妮时，她已经昏厥过去，弄得整座城市惊慌失措，鸡飞狗跳。这真像一场小人国里的惊险游历。一城人非亲即故，众人异口同声苛责成兵，成兵一时俨然众矢之的。当了几年兵，真是当到屁眼里了。本事不见长，学得伤天害理当骗子。"人穷不能穷志气。"成兵父亲说，等人家姑娘休息几天，怎么来还怎么给人送回去，不然天理难容。花妮有口难言，怎么个还回去法，已经是那个畜生的人了。真是一子错，满盘皆落索。凭任花妮心含万般怨，也只有和泪咽下肚。

两天后，花妮主动提出察看城市的地形，于是成兵的妹妹成为向导，小心翼翼，尾随而行。这座牛角市真是奇特，一个个木房子，就像悬挂在绝壁上的一个个鸟巢，大风一吹，就不怕被掀入万丈深渊。花妮如履薄冰，走得四肢发软，惊心动魄。不到五分钟，花妮就走完城市的所有巷道。为防止迷路，花妮仔细地辨识区分，大约也不过五条巷，最长的巷子分布七户市民，短的巷道才三户，再多走两步就出城了，进入城郊的独立别墅区。花妮也数了一下，一共是五户别墅，都分别有不规则的跳岩连接城区，熟练的行人还能一溜小跑，这让花妮惊讶不已。总体来说，交通还算方便。更让花妮惊奇的是，那五栋独立别墅有的造型别致，有两栋仿佛摇摇欲坠，其中一栋采用茅草盖顶，还有一栋的墙壁用玉米秆编扎而成，可谓物尽其用。

花妮突然笑将起来，笑得前俯后仰，仿佛抽风一般，不可抑制。开始她捧腹撑腰，后来干脆躺在城市中央的广场满地打滚，边哭边笑，惹得山溪失了音调，天空的云朵变了颜色。花妮的眼泪和汗珠一齐翻涌，不多会儿便淋湿城市的半座广场。这还是城市最大的一座广场，夏天是市民集中纳凉的地方，秋天就成为翻晒谷物之地，算一算，可能刚好超过一百个平方米。花妮用整个少女时代编织的向往，成兵费尽心机修筑的城市，花妮用一个眼光就全部揽入心底，要是再加上余光尾神的话，那面积可能就在牛角市的数十万倍平方之上了。

花妮的失常举动，惊动整座城市，所有市民纷纷跑来现场安抚。苗民善良，许多人看着孤苦伶仃的姑娘，流下同情的眼泪。成兵甚至都不敢露头，一时间就像风声鹤唳，千夫所指。所有人都埋怨他，仿佛他给这座城市带来奇耻大辱，玷污这座城市世代的纯洁。成兵也感到自己罪孽深重，并向众市民庄重承诺要痛改前非，重新做人，一定把人家姑娘好端端送回广东。

牛不喝水强按头，没用。算是枉费了一场。成兵不再做任何争辩。

花妮开始外出散心，上高坡望远，临峡谷探幽。听风，采花，望月，心情一天比一天疏朗，脸色一天比一天明媚。大家见了都问，姑娘哪天回去？花妮总说过几天过几天。他们的对话很艰难，老人几乎不通汉语，有时能对答上几句，也蹩脚艰涩，苗语中夹裹几个汉词，意思得猜。花妮开始对小学课程感兴趣，小学设在一户宽敞一些的农户家里，三个附近寨子的小孩共一个学校，两个老师，三个年级同一间教室，总共不到三十个学生，苗汉双语教学。上一年级课程时，二、三年级学生就安静地做作业。老师的普通话远远不如花妮，老师于是请花妮经常来教学生拼音，和学生对话。

一个月过去，两个月过去，三个月也过去了。已经入冬，花妮还不见回去，市井坊间就流传可能花妮姑娘决定不回去了。果不其然，数天后，牛角市响起热烈的火炮，像成兵当兵那天一样热闹。我还忘了说，成兵实际就是远志，当兵填写档案时，嫌弃远志这个名土气，于是就改成了成兵。那时节，男孩名字含兵军国，是一种时尚。

成兵和花妮按苗家风俗举行隆重的婚礼。整座城市笼罩在欢腾雀跃之中，每个人的喜悦都溢于言表。这一天是牛角市最幸福的一天，应该比城市评上 5A 级景区或全国文明城市还要幸福。因为幸福来源于人的心底，来源于心底的感动。市民们突然发现，其实花妮的身体已经变形，看来城市马上要添丁加口。这也是近五年城市人口的首度正增长，委实让人欢欣鼓舞。

如果故事到这里打住，也算功德圆满。实际上我也淡忘了这个故事。二十年前我从学校毕业进入武装系统，我到某乡住了一个星期，借此熟悉基层工作。乡武装部长和成兵是战友，便在田间地头调侃式地戏说他这个战友的轶事，还具体地给我指点牛角市的位置。说成兵一家人现在很好，就是孩子多，日子过得不算宽裕。不过两口子都算有些头脑的人，倒也把一个家划算得井井有条。

很快，花妮为石家诞生孙子辈，而且全方位地融入牛角市的家长里短，日出日落，休养生息。一城人都非常拥护她，她从一家之长，当到街道办事处负责人，还光荣加入党组织，成为为民办事的积极分子。正当她干得津津有味的时候，后院起火了。成兵嫌弃她一连生育几个女孩，让他在大伙儿面前挂不住脸，于是心生异端，偷偷摸摸和一个邻乡女孩勾搭上了。当事情木已成舟无可挽回时，花妮死的心都有。她一个人跑到峡谷边问天问地，回答她的只有悬崖上轰轰隆隆的瀑鸣。

据说成兵被城市开除户籍，扫地出门，并和石家断绝关系。如今不知成兵流落何处。成兵背叛誓言，丢弃花妮，但这座城市没有抛弃她。可以说，花妮成了这座城市的精神。

二十年一晃而过。就某个角度而论，人一辈子不过认识了某几个人，做了某几件事。人生所做的，只不过是把遗憾减到最低。到了中年之后，偶尔泛起这个念头，就难免产生些许伤感的情绪。这也是人生自然。

陪同我们看山樱花的龙主席说，花妮已经六十多岁，几个孩子都长大成家。城里有什么事情，她总是最热心。她如今在城市入口处开了一间小百货，讲一口地道的苗话，穿一身绣花打朵的苗服，举手投足，纯粹一个典型的苗老太婆。龙主席问我要不要和花妮坐一坐，说花妮的胸襟非常开阔，谈什么都不打紧。我摇摇头，说不，我不想打扰她的城市，也不想打扰那里的市民。

每个人都有自己心中的城市。宣传部时部长从那座城市里走出来，写了一篇《市长的女人》发到微博，一时引得点击无数。那么我也算从牛角市的边缘走过，也算是偷听了城市的某些秘密，写就《一个人的城市》。当然，在湘西，这座城市的名字也许还叫比耳市，或者叫别的什么市，就是叫牛角这个名的，大约也不下数十个。

是的，每个人都有自己的城市。重要的是，你是否找到它，并据此以为骄傲，据此以为幸福。

写于 2011 年 5 月